KB265069

변화의 힘

The Power of a Magnetic Personality

로버트 콘클린 지음 | 홍석연 옮김

새로운 자기의 모습

사랑하는 아내 민에게

고난의 세월을 인내하면서, 때로는 가족의
생계를 위해 일터로 나서야 하는, 결코 자기
희생을 두려워하지 않는, 하지만 보답의
댓가를 바라지 않는 모든 아내와 어머니들에게,
무대의 뒤켠에 서서 아들, 딸, 남편에게 조용한
박수를 보내고 있는 이 세상의 모든 아내와
어머니께 이 글을 드립니다.

지은이의 말

인도의 시인 타골은 한 폭의 비단에 다음과 같은 글을 썼다.

'작은 폭포물이 흘러서 언덕을 지나 바다에 이르듯이 나는 시를 써서 신에게 닿는다.'

마치 낮은 언덕이 저 멀리에 있는 바다에까지 이어지듯이 미국 중부의 작은 호수가에서 쓴 이 책이 많은 사람들의 마음과 영혼에 닿아 새로운 삶을 살아가는데 도움을 준다면 나로서는 가슴 설레이는 사건이다.

'인간은 누구 한 사람이라도 외딴 섬과 같은 존재가 아니다'고 하는 말은 지혜로운 생각을 명확히 표현하고 있다. 인간은 혼자 사는 존재가 아니다. 인류라는 거대한 흐름 속에서 문명이란 터전을 가꾸고 있다.

'오늘날, 당신이 어떻게 살고 있는가의 형세에 의해서 먼 나라의 낯선 사람들의 삶에까지 영향을 준다. 이런 사실이 당연한 것은 우리의 생각, 행동이 인생이라는 바다 위에서 잔 물결을 일으키고 있기 때문이다.'

인생은 항상 당신에게 반응하고 있다. 때로는 적극적, 소극적, 수동적으로 밀려오고 밀려간다. 당신이 적극적으로 행동하고 생각하는 습관을 몸에 지니고 있다면 그대가 일으키는 잔 물결 즉, 반응은 적극적인 것이 된다. 그렇게 되면 당신의 인생은 보다 더 풍요로워지고 성공으로 이끌어가는 경험으로 가득 찰 것이다. 이 책은 당신이 성공이란 정상에 오로는 길을 돕기 위해서 씌어졌다.

때로 우리들은 정원과 같은 존재다. 아주 새로운 것과 단순한 것을 함께 가지고 인생이란 길을 떠난다. 한편으로는 애정과 자비심을 가지고 자기 자신을 기르고 가꿔서 또 변화의 과정을 거쳐서 성장 되었을 때 아름다움과 평화를 손에 넣을 수가 있다.

많은 사람들이 그 마음의 정원에, 인생 속에 꽃 피우려고 하는 생각이나 경험을 영원히 나누어 가질 수 있다는 것은 큰 기쁨이다.

한 알의 씨앗이 새로운 개념으로서 심어지고 가꾸어져서 인간의 품격에 활기를 불어 넣어준다. 그 가능성과 능력과 생활의 규모를 넓혀가는 지혜야말로 인간만이 누릴 수 있는 축복이다.

나의 진정한 소원은 여러분이 이 책을 통해 삶의 씨앗을 발견해 주는 일이다.

어느 늦은 저녁 무렵의 호수가에서
로버트 콘클린 씀

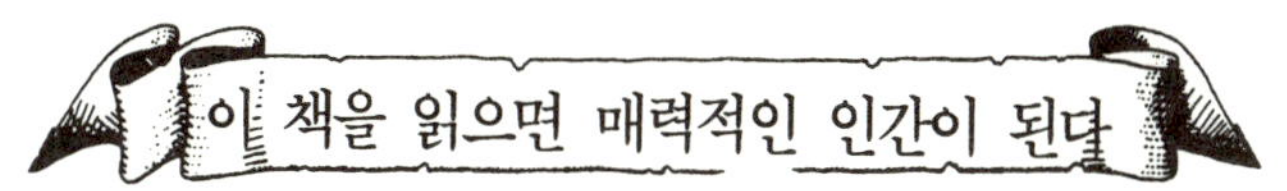

하루하루를 치열한 경쟁 속에서 살아가는 현대인은 많은 사람들을 만나게 된다. 그럴 때마다 남 앞에 당당히 마주 서려면 다음과 같은 조건이 요구된다.

'타협적으로 일을 처리한다. 영향력을 가진다. 설득력을 발휘한다. 효과적인 대화를 갖는다. 남을 내 편으로 끌어들인다. 강한 인상을 준다.'

■ 경영자로서 성공을 위한 최대의 요소는 인간성이다

위 글은 캘리포니아 대학에서 지도적 입장에 있는 기업체 40여 개 회사를 선정하여 연구 조사한 결과다.

연간 100억 만불의 판매고를 자랑하는 철강회사 사장 찰스 슈웹은 말하고 있다.

"꽃은 아름다운 향기가 생명이다. 그와 마찬가지로 우리에게는 인간성이 중요한 의미를 가진다."

미국 상공회의소가 발행하는 네이센스 비즈니스지에 의하면 기업의 사장이 되기 위해서는 다음 세 가지 조건이 필수적이라고 지적하고 있다.

'유연성이 풍부할 것. 경험이나 교육이 있을 것. 사람을 자기 편으로 끌어들이는 매력을 갖추고 있을 것.'

다른 사람들에게 좋은 인상을 주며 영향력을 지니고 있는 개성적인 사람의 주위에는 많은 사람들이 모여든다.

▌남을 내 편으로 끌어들이는 매력을 가진 인간성

어떤 인상으로 남에게 영향을 주는가에 따라서 당신의 인간성은 결정된다. 인간성이라는 말은 많은 의미를 가지고 있다. 그 여러 가지의 의미 중에서도 이 책은 아주 매력이 넘치는 인간성을 만들기 위한 안내서이다.

남을 내 편으로 끌어들이는 매력이 가져다 주는 중요한 점은 뜻하는 모든 것을 얻을 수 있기 때문이다. 결코 사람을 끌어들이고 강한 인상을 심어주는 것만은 아니다.

매력 있는 인간이 되면, 많은 친구를 얻는다. 남으로부터 존경과 협력을 얻는다. 인정을 받기 때문에 지도자의 자질을 갖춘다. 주위 사람들에게 활력을 느끼게 해 주어 성공에 도움을 받을 수 있다.

▌이 책이 주는 교훈

이 책은 매력적인 인간성을 만드는 법칙에 따라 진행되는 훈련 프로그램이다. 오랜 연구, 관찰, 경험의 산물이다. 인격 형성, 인간 관계, 세일즈맨쉽에 필요한 능력과 자질을 훈련시키고 지도해 온 결과의 표본이다.

'나는 고독하고 불행한 존재다.'라고 불평 불만을 쉽게 말하는 사람들의 모습을 주위에서 강의실 안에서 너무나 많이 보아왔다. 모두들 성공을 꿈꾸고, 세상에서 인정 받기를 고대하면서 자기의 인생이 장미빛으로 빛나기를 갈망하고 있다.

이러한 사람들의 유일한 장애물은 인간성이라는 사실을 깨닫게 되었다. 인간성이 꿈과 현실과의 사이에 가로 놓인 필연적인 장애물이었던 것이다. 그저 살아있다는 막연한 의식을 지닌 사람도 수 없이 많았다. 그들 중에는 세일즈맨·화이트 칼라·주부·점원·공장 노동자는 물론, 청년·노인·남성·여성에 이르기까지 예외가 아니었다. 모두가 인간성이라는 장애물의 덫에 걸려 있었다.

또다른 사람들은 공포와 열등감, 수치심에 갇혀 결국에는 자기 모멸감으로 하여 일상생활을 포기하는 모습도 보아왔다.

나는 이와 같은 사람들이 새로운 인간성을 형성하고 자기 자신의 이미지를 변화시키는 인간성 회복 프로그램을 개발하여 내가 운영하고 있는 인간능력개발원 교육강좌를 통해 실행한 결과 문제를 해결하고 해방되는 변모를 지켜보았다. 남이 자기 자신에게 반응하는 것은 새로운 변화를 의미한다. 당신도 새로운 모습으로 태어날 수 있다. **지금 당신이 손에 들고 있는 이 책과 매일 짧은 시간 틈을 내어 함께 하면 반드시 얻을 수 있다.**

'틈을 낼 수 없다.'는 말은 해서는 안 된다. 인생은 시간의 연속이다. 내 삶을 정상으로 이끌어가기 위해 더 유효하게 시간을 쪼개어 쓰기 바란다.

■ 새 인생을 시작하자

자! 새 인생을 다시 시작하자. 다음 장은 당신의 새로운 인간성을 바꾸기 위해 실험대에 올려놓고 초읽기를 진행 중이다. 이 책의 사용법이 적혀 있다.

이것이 당신의 인생에서 가장 중요한 첫 걸음이라는 명제를 마음 속에 새기면서 지금, 바로 힘 차게 시작해 주기 바란다.

차 례

지은이의 말 —— 7

이 책을 읽으면 매력적인 인간이 된다 —— 9

제1장 새로운 삶을 찾자 15

제2장 모든 것을 바꾸는 마력 |열의| 39

제3장 화和를 위한 3가지 단계 62

제4장 상대를 협력하도록 하는 방법 76

제5장 성공을 기대하면 반드시 이루어진다 95

제6장 설득하기 위해 질문의 힘을 빌려라 101

제7장 당신을 중요한 인물로 만드는 공식 109

제8장 한 걸음 앞선 마음가짐 125

제9장 사람을 움직인다 136

제10장 바람 속으로 파고든다 146

에필로그 / 이 책을 끝내면서 —— 267

옮긴이의 말 —— 276

제11장 무모한 논쟁을 피할 것 152

제12장 책임감을 기른다 160

제13장 뭔가를 부탁하려면 171

제14장 상대를 내 편으로 끌어들이는 방법 182

제15장 설득력과 커뮤니케이션 195

제16장 남에게 호감을 얻으려면 204

제17장 말하기를 개선하는 3가지 원칙 216

제18장 상대의 마음을 사로잡는 6가지 규칙 230

제19장 밝은 인간관계를 만들자 247

제20장 당신을 매력적인 인간으로 만드는 이유 262

제1장 새로운 삶을 찾자

지금 당신은 홀로 호수가에 서 있다.

호수는 넓고 깊은 정적에 잠들어 있다. 조약돌을 주어 호수를 향해 힘껏 던져 본다. 텀벙 하는 소리와 함께 물방울이 튀어오르고 물결이 호수면에 일면서 차츰 둥글게 원을 그리며 퍼져간다. 그리하여 퍼지는 크기만큼 물결은 작아지고 고요 속으로 빨려들어간다. 마침내 호수는 본래의 정적에 휩싸인다.

이때 호수의 수면이 큰 물결에 흔들리고 있다면, 당신이 던진 조약돌은 잔 물결조차 일으키지 못하고 그 큰 물결에 휩싸여 버렸을 것이다. 자신의 인간성을 바꾸려는 노력도 이와 같다.

당신은 자기 자신을 향상시키고 개선에 필요한 책을 찾아 읽고, 아침에 배달된 신문을 읽으면서 뭔가 인생에서 성공할 수 있는 비결은 없을까 하고 생각하게 될 것이다. 때로는 인간관계를 원만하게 하는 방법을 주위 사람들에게 묻기도 하고 유명 인사의 강연을 듣기도 한다.

그러는 동안에 자기 자신도 좋은 인간성을 터득해 풍요로운 삶을 살아가기를 바랄 것이다. 이제까지 책을 통해 읽고 배운 지식을 바탕으로 직접 시험도 해 보았으리라.

그와 같은 방법은 호수에 던진 돌멩이의 파문과도 같다. 처음에는 작은 물방울이 사방으로 튀어오르다가 잔 물결로 인다. 하지만 그 다음에는 호수가 고요로 되돌아가 듯이 당신의 인간성에 아무런 변화가 일어나지 않는다.

당신의 개성이 너무나 강한 나머지 어렸을 때부터 쌓아온 뿌리 깊은 성격이나 습관 등이 있다면, 한두 번의 노력으로는 아무것도 이룰 수가 없다. 호수의 큰 물결에 던져진 작은 조약돌처럼 모든 것이 허사로 끝나 버린다.

▌인간성은 바꿀 수 있다

그렇다면 인간성을 바꾼다는 것은 생각조차 할 수 없는 일인가? 결코 그렇지 않다. 당신이 자신의 인간성을 바꾼다고 하는 목표를 향해 노력하는 모습은 한 인간의 삶에 있어 매우 중요한 과정이며 사건이다.

이때 무엇보다는 중요한 것은 인간성을 바꾸는 방법을 잘 이해하여 적극적으로 자기의 것으로 삼는 일이다.

잠시 일손을 멈추고 내면의 세계를 사색해 보라. 이제까지 당신은 효과적으로 과감하게 자기의 인간성을 바꾼 사람을 얼마나 알고 있는가를…… 어쩌면 단 한 사람도 주위에서 발견하지 못했는지도 모른다. 그렇다면 두 가지 이유가 있음을 명심하기 바란다.

16

자기를 바꾸는데 저항한다 : 첫째, 대부분의 사람들은 의지로 자기 자신을 바꾸려 하지 않는다.

모든 일에 정력적이고 높은 이상과 신념에 넘쳐 있는 인간성에 의해서 얻어지는 이익은 크며 매력적이다. 넘치는 힘은 산을 무너뜨릴 것 같고 기가 하늘을 찌른다.

이런 사람은 보기만 해도 믿음직스럽고 생동감이 넘쳐 보인다. 그런데도 자기 자신을 바꾸려고 노력하는 사람은 쉽게 찾아 볼 수 없다. 오직 현실에 만족하며 안주하고 있을 뿐이다. 오히려 자기를 개선하려는 새로운 생각과 마주치면 무의식적으로 낡은 자신을 감싸기 시작한다.

인간의 습관이란, 마치 새로운 무기를 손에 넣은 아프리카 원주민과 비유해 볼 수 있다. 이들 토인들은 조상 대대로 사용해 온 무기에 강한 애착을 가지고 있어서 편리하고 성능이 좋은 무기를 손에 넣는다 해도 낡은 무기를 버리기 위해 또다른 노력의 나날을 거듭하지 않으면 안 되는 고통을 겪어야만 한다. 그래서 죽을 때까지 그 낡은 무기를 버릴 수가 없었던 것이다.

이처럼 매력적인 새로운 생각이나 행동을 익히려고 해도 낡은 습관을 버리기란 매우 어려운 일이다.

한 인간의 생각이나 자기 중심적인 행동 습관은 일상생활을 통해 반복되면서 뿌리를 내려 인격을 형성시키지만, 조금만 자극을 받아도 저항을 나타내는 불완전한 존재이다.

어떤 사람은, "인간은 무엇 때문에 사는 지 전혀 모르고 있어. 이렇듯 멋 없는 인생이라면 내일 죽는다 해도 생각하고 싶지 않는 존재가 아닐까?"라고 불평과 불만을 늘어놓는다. 이렇듯 불평을 말하는 그 자체가 이 사람의 인간성인 것이다. 더 보람 있는 일을 하고, 활기에 넘친 인생을 보내고 싶다고 말하면서도 미지근한 환경에서 뛰쳐 나올 생각을 하지 못한다.

제임스 바렌은 말하고 있다.

"인간은 자기에게 놓여진 상황을 보다 좋게 향상시키려고 염원하지만, 자기 자신부터 바꾸려 들지 않는다. 그 때문에 그들은 평생 동안 낡은 자신에 얽매인다."

그렇다. 인간에게는 습관에 의해 길들여진 후천적인 성격이 있는데, 그것이 본성처럼 되는 경우가 많다. 그러나 그러한 성격에 저항하는 습관도 만들 수 없다는 점을 유의해야 한다.

자기 자신을 변화시키는 방법을 모른다 : 인간이 자기 자신을 바꾸려 하지 않는 두 번째 이유는, 어떻게 하면 좋은 지 그 방법을 모르기 때문이다. 자기를 바꾸기 위해서는 어떤 일이라도 할 수 있다고 말하는 사람도 문제에 직면하면 의외로 속수 무책 상태에 놓여 있는 경우가 많다.

그러나 자기를 바꾸는 방법은 우연히 깨닫게 된다는 점이다. 자기를 바꿔야겠다는 강렬한 바램을 가지고 그 방법을 진지하게 모색하는 마음을 가졌다면 아주 우연한 기회에 발견할 수 있다.

하지만, 우연으로 밖에 발견되지 않는다든가, 그 방법이 비밀에 가려있다고 하는 근거는 없다. 그러므로 이 장에서는 다음과 같은 점에 대해 자세하게 설명해 보기로 한다.

① 자기 자신을 바꾸려면 무엇이 필요한가.

② 사람을 자기 편으로 끌어들이는 매력적인 인간성은 어떻게 길러져야 하는가.

③ 강인하고 활기 찬 인간성을 기르고 향상시키려면 어떻게 하면 되는가.

18

■ 당신을 바꾸는 TAFFY 방식

새로운 당신으로 바꾸는 것을 필자는 'TAFFY 방식'이라고 부르기로 하겠다. TAFFY 방식의 지시에 따르기만 하면, 당신은 자신이 원하는 인간으로 변신할 수 있다.

바로 이것이 이 책에서 다루고자 하는 기본 원리다. TAFFY 방식에서는 당신이라고 하는 한 인간을 형성하고 있는 갖가지 요소를 근본적으로 바꿀 수 있는가에 대해 조목조목 순서에 따라 설명해 보고자 한다.

그러므로 호수에 던진 조약돌과는 다르다. 우선 작은 변화를 만들어 내는 것이 무엇보다 중요하다. 그로부터 얻어진 변화를 계속 유지시킴으로써 그것이 습관으로 발전되어 큰 힘을 발휘하는 강한 바람처럼 작용한다. 이와같이 변화가 거듭되는 동안 습관은 새로운 당신을 창조해 낸다.

그렇다면 TAFFY 방식을 보다 자세히 설명해 보기로 하자. 이에 앞서 전인간성全人間性이라는 말의 개념을 충분히 이해하지 않으면 안 된다.

■ 전인간성이란?

주위 사람들은 당신을 어떻게 평가하고 있는 것일까? 그것은 음식맛을 보는 것과 같아서 당신이라고 하는 전인간성이 주는 인상에 대해 나름대로 판단하여 반응을 나타낸다.

예를 들어 전골이란 음식을 내놓고 그 맛이 어떻냐고 물으면 쇠고기와 두부맛은 매우 좋지만 함께 들어 있는 파는 싫다고 대답하지 않는다. 전체적으로 맛이 있다거가 없다고 명료하게 대답한다. 물론 똑같은 맛이라도 여러 가지 단계가 있다. 그런대로 맛이 있다라는 말부터 너무 맛이 좋아 날마다 먹고싶다는 대답에 이르기까지 다양한 양상을 보인다. 아무튼 전체적인 인상으로 본 것을 표현한다.

당신의 인간성도 이와 같다. 인격은 원만하지만 개성적이지 못하다던가, 개성은 있지만 인간적으로 모자라는 점이 있다고 꼬집어 말하는 것이 아니라 포괄적으로 판단한다.

당신을 대하는 사람은 여러 가지 부분적으로 판단하지 않고 당신의 전인간성이 풍기는 인상을 평가하여 말하게 된다.

그 결과 남들은 당신을 이렇게 평가한다.

① 당신을 좋아하는가, 싫어하는가, 전혀 무관심한가.

② 당신 곁에 있고 싶은가, 있고 싶지 않는가.

③ 당신을 위해 뭔가 해 주고 싶은가. 그렇지 않는가.

④ 당신의 존재를 거추장스럽게 느끼는가, 그렇지 않는가.

성자 석가釋迦도 인간의 신분, 빈부의 차에 관계없이 다음 5가지로 나누고 있다.

① 그 사람이 없으면 안 된다.

② 그 사람이 있는 편이 낫다.

③ 그 사람이 있으나 없으나 관계가 없다.

④ 그 사람이 없는 편이 낫다.

⑤ 그 사람이 죽었으면 좋겠다.

당신은 이 가운데 어느 상황에 해당되는가 생각해 볼 일이다.

▌인간성은 속일 수 없다

남을 평가하는 5가지 비결을 배웠고, 또 아침 잠에서 막 깨어나면서 명랑해질 수 있는 방법을 터득했다 하여 당신에 대한 인상이 새로워졌다고 생각한다면 큰 오산이다. 당신이란 존재는 어디까지나 인간성에 의해 판단된다는 사실에 유의해야 한다.

"저 사람은 늘 말씨가 상냥하고 친절하며 웃음 띤 얼굴로 인사를 한다. 그래서 나는 저 사람이 좋다. 거리를 떠돌아다니는 개를 걷어찬다든가, 입에 거품을 물고 화를 내거나 전철이나 버스 안에 앉아 있는 노인의 발을 일부러 밟는 무례한 행동은 하지 않는 사람이야……."

라고 칭찬해 주지 않는다.

당신의 인간성에 대해 불쾌하게 느끼고 있고, 아무리 재주가 뛰어나다고 해도 전혀 의미가 없다. 재미있게 이야기를 하거나 웃음 띤 인상이 좋은 사람처럼 과시해도 남들이 좋아하지 않는다면 아무 소용이 없다.

『논어』에도 교언영색巧言令色 이선인矣鮮仁 즉, 말 잘 하고 좋은 얼굴빛을 가진 사람은 어진 데가 없다는 말이 있지 않은가.

남에게 영향력을 미치고 좋은 인상을 주는 것은 당신의 인간성 전체에서 울어나는 매력적인 능력이다.

■ 당신의 인간성을 스스로 평가해 본다

당신의 인간성을 저울에 비유해 보기로 하자.

한 쪽 접시를 플러스+로 정하고, 다른 쪽 접시를 마이너스−로 본다. 마이너스 쪽이 15킬로그램이고, 플러스 쪽은 5킬로그램이라고 하면, 플러스 쪽 접시는 예외없이 위로 올라간다.

이번에는 플러스 접시에 5킬로그램을 더해 보아도 접시는 그냥 올라가 있다. 그러나 마이너스 접시에서 10킬로그램을 덜어 내서 플러스 접시에 옮겨주면 큰 변화가 생긴다. 여기에 문제의 열쇠가 있다.

당신의 인간성에 대해서도 이와같이 적용될 수 있다. 그럴 듯한 말이나 시선을 끌 만한 대화로 잔재주를 부려보았자, 그것만으로 당신에게서 느끼는 인상을 바꿀 수 없다.

그러나 당신의 사상이나 행동, 내면의 깊은 곳에서 우러나오는 진실의 변화는 자신의 인생에 획기적인 결과를 가져다 준다. 이는 이미 앞에서 설명한 마이너스 접시에서 10킬로그램을 덜어 내서 플러스 쪽 접시에 옮긴 거와 같이 당신의 인간성에 큰 영향을 가져온다.

■ 인간성이란 터전 위에 올바른 자신을 세운다

마치 집을 지으려면 튼튼한 터전 위에 세워야 하는 것처럼, 당신의 전인간성도 가장 내면 깊숙이 숨어 있는 사고나 사상, 마음가짐, 감정, 행동이라는 터전 위에 목표를 두고 있다.

그러므로 이 책의 첫머리에서 인간성의 터전에 대해 분명하게 밝히고자 하는 목적을 말한 바 있다. 당신의 인격이 매력적이고 능력을 발휘하여 남에게 영향력을 주려면 그 터전을 튼튼하게 가꾸지 않으면 안 된다.

이 책의 끝장에서는 당신이 인생에서 얻고자 하는 성공의 열매를 손에 넣으려면 그 터전 위에 무엇을 쌓지 않으면 안 되는가에 대해서 자세히 말할 작정이다.

한 채의 건물을 완성할 때 맨 나중에 쌓아올리는 창문이나 지붕 같은 구조물처럼 건전한 사고력을 지녀야 한다. 이런 것은 모두 당신의 인간성 전체를 매력이 넘치게 하는 터전이 있어야만 비로소 그 위에 효과적으로 세울 수 있다.

■ **TAFFY 방식이란 무엇인가**

당신의 인간성을 형성하고 있는 터전은 3가지의 예가 있다. 즉 사고, 행동, 감정을 뜻한다. 전인간성이 바뀐다는 것은 당연히 이 3가지를 변화시키지 않으면 안 된다. 그러므로 당신의 전인간성이란 마치 울퉁불퉁한 길을 굴러가면서도 모양을 흐트러뜨리지 않는 공과 같다.

그런데 이 공을 3분의 1을 잘라 내고 굴린다면 어떻게 되겠는가? 제대로 모습을 갖추지 못한 공은 이리 부딪치고 저리 부딪쳐 방향대로 구르지 못하고 금방 멈춰 버릴 것이다.

당신이 남 앞에서 공치사를 한다고 하자. 그럴 경우 남들은 당신을 불성실한 사람이라고 평하거나 비아냥거릴 것이다. 이와 같은 태도를 남들이 진정으로 좋아하겠는가?

오히려 그 공치사에 역겨워 얼굴을 찌푸릴 것은 자명한 일이다. 그렇다면 남을 생각해 준다든가 공치사를 하면 안 된다는 말인가. 아니다. 그렇지 않다.

다만, 여기서 강조하고자 하는 말은 공이 둥글지 않다는 점이다. 3분의 1을 잘라 내 버렸기 때문이다. 그러니까 공치사를 하거나 남에 대해 좋게 말하는 경우에 열을 올려봤자 아무 소득이 없다는 뜻이다.

공과 같이 둥근 인간성의 일부분에 지나지 않는 표면적인 행동에만 집착하고 있으니까 안 되는 것이다. 본심으로 생각하고 느끼지 않는 한 전인간성이라는 공은 제대로 굴러가지 못한다.

이 점을 명심하여 인간성 개발을 시스템화한 'TAFFY 방식'을 이해하고 활용하면 좋은 결과를 얻을 수 있다. 즉 TAFFTY 방식이란 다음과 같은 뜻을 말한다.

- T(Thoughts) : 생각, 사상
- A(Action) : 행동
- F(Feeling) : (2배의) 감정
- F(feeling) : 감정
- Y(You) : 당신

남을 끌어들이는 매력 있는 인간성을 창조하려면 우선 자기 자신의 생각과 사상T을 향상시키지 않으면 안 된다. 이러한 생각은 바른 행동A을 끌어내고 자신감과 신념을 갖게 되며, 당신의 감정F을 증대시킨다.

따라서 보다 적극적이고 창조적인 당신Y을 창조해 내는 것이 목적이다. 바로 이것이 TAFFY 방식이다.

▋감정의 상승과 하락

당신은 기분에 따라 남과 사이좋게 지내고 싶은 때도 있고 그렇지 못할 경우도 있는데, 이런 일상의 흐름이 인간성을 변화시키는 데 무슨 도움이 되겠느냐고 말하는 사람도 있을 지 모른다.

그 말은 사실이다. 당신이 아무리 훌륭한 인간성을 지니고 있다 하더라도 역시 기분이 좋을 때가 있고 언짢을 경우도 있게 마련이다.

당신의 인간성은 마치 에스컬레이트와 같아서 위로 올라가기도 하고 아래로 내려오기도 한다. 그러니까 좋아지기도 하고 나빠지기도 한다.

하지만 꼭 알아야 할 점이 있다. 그것은 TAFFY 방식을 사용하면, 당신은 에스컬레이트를 타고 위로 높이 올라가는 사람이 된다는 사실이다.

당신의 기분은 경우에 따라서 올라갔다가 내려갔다 하지만, 에

24

스컬레이트는 인위적인 작동으로 올라간다. 계단 끝까지 올라가면 반드시 아래로 내려가게 마련이다. 그러나 인간의 생각은 계단을 올라가기 시작할 때보다 훨씬 높은 곳에 머물러 있다.

이것이 당신의 발전된 모습이다. 남을 강하게 끌어들이는 사람이 되기 위해 끊임없이 인생이란 사다리를 밟고 올라간다. 그리하여 속임 없는 인간성을 자기 것으로 만든다면 기분이 나쁠 경우라도 남에게는 매력적인 모습으로 비치게 될 것이다.

그렇다면 다음 장에서 이와 같은 매력적인 인간성에 대하여 이것저것 음미하기 전에 TAFFY 방식의 요소를 하나하나 규명해 보도록 하자. 각 요소의 역할과 목적을 충분히 이해하기 바란다.

■T생각 : 사상의 중요성

'생물의 모양은 내부에서 만들어진다.'라는 말이 있다.

우리들의 눈을 즐겁게 하는 아름다운 모습은 나무의 크기나 잎의 모양도 내부의 구조에 의해 그 모양이 결정된다. 외적 요소, 즉 비, 바람, 빛 등이 생물의 겉모양을 바꾸지만, 내부에서 생기는 에너지가 생물을 키우고 가지를 뻗게 하는 원동력이 된다.

이와 같이 자신의 힘에 의해 내부로부터 형성되는 것이 성장인데, 인간은 이 위대하고 놀라운 현상을 무시하고 오해까지 한다.

당신의 외모와 인간성은 외부의 영향으로부터 만들어지는 것이 아니라 내부로부터 그러니까, 당신 자신에 의해 만들어진다는 사실이다. 즉 남들이 당신에게 행하는 행위에 의해 자기 자신에 대한 인식의 정도에 따라 만들어지는 것이다. 그런데도 많은 사람들은 이 사실을 알아보려고도 하지 않고 주위 사람들의 반응에만 열을 올리고 있다.

　한 가지 예로 위를 향해 입 안에 있는 물을 밖으로 뿜어보자. 곧바로 당신의 얼굴로 쏟아질 것이다. 아뭏든 자기가 행한 일을 먼저 생각해 볼 일이다.

▌남을 어떻게 생각하는가?

　재미 있는 이야기가 있다. 필자가 우연한 기회에 성인을 위한 교양강좌 세미나에서 인간성에 대한 강연을 할 때였다. 첫 강의를 끝내자 한 수강자가 다른 사람들이 모두 돌아가고 난 후 필자에게 면담을 청했다.

　그 수강자는 품위 있는 옷매무새를 한 매력적인 중년 여성으로서 흰 머리카락이 드문드문 섞여 반짝거렸는데, 오히려 그런 모습이 자연스런 아름다움을 보여 주었다.

　얼굴을 보자, 뭔가 걱정거리가 있는 어두운 표정에 입술을 꼬옥 다문 채 다소 긴장된 예리한 눈빛은 주위를 경계하는 것 같았다.

　"저는 하고 있는 일을 타의에 의해 그만두었어요."

　이어 그녀는 반항적인 어투로 말했다.

　"이 강의에 참석하는 일이 제가 안고 있는 문제를 해결하는 실마리가 되면 좋겠는데…."

　"그건 당신이 안고 있는 문제의 종류에 따라 다르겠지요."

　하고 대답해 주자, 그녀는 슬픈 음성으로 말했다.

　"이야기가 너무 길어서 말씀드리기가 다소…. 저는 지금까지 계속 남들로부터 따돌림을 당해 왔어요. 그래서 몇 번씩이나 직장을 그만두어야 했어요."

　그녀의 이야기는 누군가가 꼭 들어주어야 할 것 같은 생각이 들어서 필자는 계속 말하라고 권했다. 그러자 그녀는 눈물까지 글썽이며 남편과도 헤어져 이곳저곳 직장을 구해 일했으나 번번이 인간관계가 좋지 않아 그만둘 수밖에 없었다는 사정을 털어놓았다.

"이번에 제가 직장을 그만두게 된 동기에 대해 상사가 솔직하게 말해 주었지만요."

그녀는 이야기를 계속했다.

"상사의 말에 의하면 제 결점은 남들과의 관계가 좋지 않다는 거예요. 늘 주위 사람을 화 나게 만들고 사사건건 트집을 잡아 다투기 때문에 동료 여성들이 울며불며 상사를 찾아온다는 사실을 설명해 주더군요."

여기서 그녀는 잠시 머뭇거리다가 말을 계속했다.

"이제서야 저는 어떤 빛을 본 듯해요. 비로소 제 문제가 어떤 것인가를 깨닫게 되었지요. 저는 어렸을 때부터 몹시 부끄럼을 탔어요. 학교에서도 혼자 있는 것이 편했을 정도였습니다. 하지만 결혼을 하자, 이런 저의 태도를 남편이 바꾸려는데 화가 치밀었어요. 늘 남편은 저에게 이웃과 가까이 지내라고 말했어요. 그런 남편을 저는 비난하고 그의 결점까지 찾아내어 화를 낼 정도였으니까요. 남편이 저를 좀더 이해해 주기를 바랬던 거예요. 그야말로 결혼 생활은 악순환이었어요. 결국 저는 스스로 남편 곁을 떠나고 말았지요. 그 결과 저에게는 어린 아이만 남겨졌구요. 그 때부터 제 자신이 한없이 가엽고 불쌍하게 생각되었어요. 그래서 어떤 일이 있더라도 직장을 구해 돈을 벌어야겠다는 결심을 하게 되었지요. 그리고 누구나 다 저의 문제를 이해해 줄 것이라는 믿음과 함께 남들로부터 사람 좋다는 말을 듣고 존경 받을 것이라고 생각했던 거예요. 그러니까 꼭 순교자와 같은 자기 도

착에 빠진 거지요. 그 결과 저는 아무리 사소한 일이라도 남이 간섭한다든가 참견하게 되면 매우 기분이 언짢고 초조해진 나머지 전투적인 성격으로 돌변하는 거예요. 이에 문제가 커지면 번번이 남의 탓으로 돌렸지요. 그런데 이제서야 문제를 만든 장본인이 남이 아니라는 사실을 깨닫게 되었어요. 제 자신이 문제의 원인이라는걸 자인하게 된 거지요. 남들은 모두 행복한 결혼생활을 하고 있으며, 맡은 일에 기쁨을 느끼고 동료들과 사이가 좋았어요. 그러므로 문제는 제가 남을 보는 잘못된 견해에 있다는 사실을 깨닫기 시작한 겁니다."

이 말을 듣고 필자는 다음과 같이 말해 주었다.

"당신은 아직 모르고 있겠지만, '자신이 남을 보는 견해 때문이다.'라는 말이 당신의 인생에 얼마나 큰 변화를 가져오는가를 지켜보시오. 그 말만큼 당신에게 훌륭한 기쁨도 없을 겁니다."

▌문제는 남을 보는 견해에 달려있다

이 짧은 문장은 모든 종교의 가르침과 전쟁의 원인, 산업계의 많은 분쟁, 가정 안에서의 반목 등등 인간이 살아가는 한, 어느 누구에게나 발생되는 문제 해결의 계시와 진실을 포함하고 있다. 그리고 당신의 행복과 불행을 결정하는 열쇠도 이 구절에 포함되어 있다.

지금 당신이 안고 있는 여러 가지 문제를 상기시키며

"잠깐, 기다려. 불평을 하기 전에 남에 대한 나의 견해가 더 큰 문제야."

라고 스스로에게 타일러 보라.

당신의 불안감이나 초조함, 희망, 실망, 낙담, 기쁨, 지루함, 그리고 가장 기분이 울적해질 경우를 곰곰이 생각해 보면 모두 남과의 관계에서 일어나고 있음을 알 수 있을 것이다.

지금 말하고 있는 부인이 발견한 깨달음은 기분이나 감정의 흐름에 맡겨 남을 자기 뜻대로 조작하거나 바꿔야 한다는 편견을 버렸다는 점이다.

그녀는 주위 사람들의 감정과 분위기를 변화시킬 수 없었다. 하지만 남에 대한 자신의 반응은 바꿀 수 있었던 것이다.

▌남에 대한 반응을 바꾸는 법

가장 중요한 일이므로 다시 한번 설명해 보고자 한다. 당신에게 불안감을 주고 초조하도록 만들고 귀찮게 여기는 사람이 있다면 먼저 그에 대한 당신의 마음가짐을 바꾸는 일이 현명한 방법이다.

결코 상대의 기분이나 주위 상황을 무리하게 바꾸려 해서는 안 된다. 남에 대한 견해에 문제가 있기 때문에 찾아온 고통이므로 당신이 생각을 바꿈으로써 불안감이나 초조함, 실망, 낙담을 정복할 수 있다.

그러므로 남과의 폭넓은 교제를 즐기고 좋은 관계를 유지하면서 행복한 삶을 살아가는 능력은 당신의 생각과 태도에 달려있다. 그것은 전적으로 당신이 남을 어떻게 보는가에 따라 다르며, 자신의 인생도 달라지게 된다.

지금 당신의 모습은 어떤가. 다소 이해가 되는가. 희망이 보이기 시작하는가? 그렇다면 당신이 지니고 있는 내면의 훌륭한 재능을 활용하면 새로운 인생으로 변화시키는 삶의 길이 가까이에 열려 있음을 발견하게 될 것이다.

필자가 말하려는 비결이란 바로 이것이다. 생각을 바꿈으로써 당신의 인간성을 변화시킬 수 있다는 확신이다.

혹시 당신은 자신의 외모나 인간성을 그림과 같은 형상이라고 생각하고 있지 않은 지. 아니면 모양과 색칠이 이미 끝나 그림이 완성되어 있어 마지막으로 바꿀 수 있는 방법은 오직 그림을 끼어 넣을 액자뿐이라는 사실을 알고 있는가. 바꾸어 말하면 육체적인 외모가 모두 갖추어져 있으므로 당신의 액자, 즉 복장을 바꾸지 않은 한 겉모습은 변신되지 않는다는 생각에 빠져 있지 않은 지 묻고 싶다.

지금 당신은 새로운 힘, 즉 스스로를 남에게 인상 지우는 방법을 알게 된 것이다. 당신이 남에게 강한 인상을 심어주는 힘이란 외모를 바꾸는 일이다. 당신의 외모는 그림보다도 영화의 화면에 비유할 수 있다. 스크린은 영사기 안에서 일어나는 일을 그대로 반영한다.

당신의 사고와 태도는 바로 영화의 필름이며 마음은 영사기, 외모는 스크린에 비유할 수 있다.

스크린에도 몇 군데 흠이 있을지 모른다. 그러니까 당신의 용모는 자신이 생각하고 있는 것보다 덜 아름답고 멋지지 못할지도 모른다. 하지만 영사기가 강한 인상적 빛을 옮겨주기만 하면 그런 결점은 보이지 않을 것이다.

이와같이 인간성의 뿌리는 생각, 즉 TAFFT 방식의 첫 글자인 T | 생각 : 사고 | 속에 숨어 있는 것이다.

■ 당신은 자신이 바라는 인간이 될 수 있다

이 심원한 진리는 『성서』 속에서 바울이 로마인에 보내는 공개 편지에 '마음을 새롭게 함으로써 거듭 날 수 있느니라'는 말로 표현되어 있다. 이 진리는 바울에게 분명한 뜻이 숨어 있었다.

이미 4천 년이나 지난 옛날에 인간성과 사상과의 관계를 이해하고 있었음을 알 수 있다. 그들이 남긴 오래된 문헌에 '사람은 자신이 바라는 인간이 될 수 있다.'라고 씌여 있다. 이 진리는 영원한 것이다.

이와같이 인간은 어느 시대, 어느 세대에서나 행동에 대한 중요한 계시를 스스로가 발견하고 있음을 엿볼 수 있다. 인간의 행동과 사상과의 관계도 마찬가지다.

유명한 심리학자 윌리엄 젠스는 이렇게 말하고 있다.

"우리 세대의 가장 위대한 발견은 자신의 마음가짐을 바꿈으로써 인생을 변화시킬 수 있다는 것이다."

씨앗이 없으면 꽃을 피울 수 없다. 맛있는 음식은 요리하는 사람의 뛰어난 솜씨에 의해 만들어진다. 아름다운 집을 짓고 싶어도 청사진, 즉 설계도가 없으면 세울 수가 없다.

그러므로 당신의 인간성은 생각을 바탕으로 하여 형성된다. 그것은 당신 자신이 창조해 낸 산물이다. 남을 어떻게 볼 것인가, 이것이 그 바탕이다. 거기서 사람을 끌어당기는 매력 있는 인간을 만든다. TAFFY 방식의 첫째 단계는 T│사고, 생각가 된다. 이는 사상Thought이나 사고방식Think을 나타낸다.

▌행동은 자기 표현이다

사람들은 행동을 보고 당신을 알게 된다. 행동 여하로 당신의 인간성을 판단한다. 그래서 TAFFY 방식의 둘째 단계는 행동 Action인 'A'이다.

그렇다면 짧은 시간 동안 어린 시절로 돌아가 보자. 그리고 크리스마스를 맞는 거실의 풍경을 떠올려 본다.

방 한쪽에는 화려하게 장식된 크리스마스 트리가 세워져 있고 그 밑에 여러 가지로 포장된 선물 꾸러미가 놓여 있다. 선물의 모양 크기도 각각 다르다.

큰 것, 작은 것, 빨간 포장으로 된 것, 하얀 리본이 달려 있는 것, 그리고 갖가지 카드가 선물 상자에 꽂혀 있다.

당신은 어떤 선물이 자기에게 주어질 것인지 마냥 가슴을 설레인다. 포장 안의 내용물이 무엇인지 알고 싶어서 이리저리 흔들어도 보고 앞뒤 좌우를 살펴보기도 한다.

드디어 기다리고 기다리던 시간이 온다. 자기가 받은 선물 꾸러미를 황급히 뜯어본다. 비로소 선물의 내용을 알게 된다. 가슴이 두근거리는 즐거운 한때다. 어떤 선물은 예측했던 것이었으나 전혀 생각지도 않은 엉뚱한 것도 들어있다. 당신은 내용물을 알았다는 만족감에 젖어 선물을 보고 또 만져보며 즐긴다.

▌알맹이를 알려면 포장을 벗겨 내야 한다

인간 역시도 선물처럼 이 세상에 처음 태어날 때는 모두가 포장되어 있다. 즉 성격도 능력도 비밀처럼 베일에 가려져 있다는 의미다.

알맹이를 알려면 포장을 벗겨 내야 한다. 그러므로 인간의 행동은 포장을 여는 과정인 것이다. 다시 설명하면 알맹이가 무엇인지를 알기 위한 다툼이다. 어떤 사람은 쉽게 포장을 헤쳐 내용물을 보지만, 다른 사람은 좀처럼 열지 못한다. 매우 친절하고 좋은 성품을 지니고 있으나 어떻게 자신을 열어보여야 할지 모르는 사람도 많다. 자기의 선물을 자신있게 펴 보이는 행동이 이해를 돕는 가장 좋은 방법이라는 사실을 모르고 있는 것이다.

■ 당신도 예외는 아니다.

당신에게도 똑같은 말을 할 수 있다. 이미 당신을 위대한 지도
자나 매력적인 사람, 그리고 헌신적인 마음을 가진 사람들의 사상
과 생각을 받아들여 자기 개발에 노력하고 있으며 확고한 인간성
의 터전을 마련하였는지도 모른다. 하지만 이런 생각도 행동으로
나타내 보이지 않으면 아무런 뜻이 없다. 생각 끝에 나타난 행동
에 의해 남들은 당신이라고 하는 한 인간을 평가하고 이해한다.

물론 행동이란 걸음걸이, 말씨, 앉는 법, 사람을 관찰하는 눈길,
복장, 자세, 표정에 이르기까지 매우 중요한 표준이 된다. 그러므
로 이 책에서는 행동의 시스템을 내용으로 하고 있다.

올바른 행동은 남을 나에게로 끌어들이는 창조적인 인간성의 터
전을 가꾸고, 또 한편으로는 인상적인 인간을 만드는 힘이 있다.
이제까지 말해 온 인간성의 특징은 사실 특정한 행동에 의해 이루
어지고 있음을 간과해서는 안 된다. 그 행동을 기준으로 남들은
당신의 인격을 판단한다.

그러므로 이 행동 시스템을 이해하고 거듭 연습하기를 바란다.
그것은 큰 의미를 가지며 틀림없이 훌륭한 성과를 얻을 수 있을
것이다.

■ 작은 행동을 거듭함으로써 당신의 모습이 형성된다.

예를 들어, 당신이 스웨터를 뜨려 한다고 하자. 그런데 한 번도
떠본 경험이 없다면 뜨개질을 잘 하는 친구를 찾아 방법을 배우게
된다.

그 친구는 몇 시간에 걸쳐 뜨는 방법을 친절하게 설명해 줄 것이다. 사용해야 할 털실의 굵기와 두께에 따라 어떤 종류의 바늘을 써야 할 것인지, 매듭은 어떻게 모양을 만들어야 하는가를 세심하게 설명해 줄 것이다. 한 걸음 더 나아가 주름과 무늬는 어떻게 넣는가도 가르쳐 준다.

그리고 앞판과 뒤판, 소매를 따로따로 떠 가는 요령도 순서에 따라 가르쳐 준다. 그리고 목둘레 크기도 어떻게 떠야 균형에 맞는지 그 방법도 가르쳐 준다.

이렇게 당신은 친구의 도움과 솜씨로 스웨터 뜨는 방법을 알았다. 다음날 아침부터 친구와 스웨터를 뜨기 시작했다고 하자. 그런데 어느 쪽이 더 빨리 끝나고 솜씨가 뛰어났을까?

물론 친구 쪽이 뛰어남은 당연하다. 당신은 반도 못 떴는데 친구는 완성시킨 것이다.

당신도 친구와 같을 정도로 뜨는 방법을 알고 있는데도 왜 이렇게 되었을까? 그 이유는 친구는 수년 동안 뜨개질을 해 왔기 때문에 그 숙련된 지식을 행동으로 옮기고 있었을 뿐이다.

▌인간 형성에는 훈련이 필요하다.

인간성은 스스로 끊임없이 반복되는 훈련에 의해서 형성된다. 매력 있는 자연스런 인간성은 행동과 그 반복(연습)에 의해서만 닦아지는 것이다.

인격 형성에 대해서 타인과 원만한 관계를 유지하는 방법을 내용으로 쓴 책 몇 권을 읽었다고 하더라도 실제로 행동에 옮기지 않으면 모처럼 얻은 지식도 당신의 인격 형성에 아무런 도움을 주지 못한다.

▌인격 훈련법이란?

독자들도 확실한 방법을 깨달았을 것이다. 즉 아침 잠에서 깨어나면서부터 하루내내 당신은 자기 자신을 훈련하고 있는 것이다. 그러니까 아무 것도 하지 않을 때는 아무 것도 하지 않는 훈련을 하고 있다는 뜻이다. 타인에 대해 무관심하다면 그것은 무관심할 수 있는 습관을 익히는 연습을 하고 있다는 증거이다.

그러나 당신에게 행동 시스템이 주어진다면, 항상 이를 의식하여 새로운 자기를 만들려고 노력하게 된다. 이러한 자기 훈련은 좋은 습관으로 반복을 거듭해 나가면 훌륭한 인격이 형성된다.

이와같은 습관의 반복을 의식하는가의 여부에 관계없이 인간성은 훈련의 산물이라는 뜻이다. 즉 평소의 자기 개발의 결과는 잘 익은 과실의 향기처럼 넘쳐나게 된다. 새로운 인격 향상을 위한 행동의 반복을 고통스럽게 여기는 것은 아직 참된 자기 몫이 만들어지지 못했다는 증거다.

미국의 유명한 육상 선수 로버트 리차드가 장대뛰기에서 올림픽 금메달을 조국에 2개나 선사할 수 있었던 것은 1만 시간 이상에 걸친 피나는 연습 끝에 얻은 영광이다.

첼로의 명연주자 파브로 카자르스가 전 세계에 감동의 소용돌이를 불러일으킨 것도 나이 70세가 넘었어도 하루에 4시간 이상 끊임없는 연습에서 얻은 결과이다. 이렇듯 인간의 위대함을 결정하는 능력이나 힘은 오직 연습에 대한 열의뿐이다.

처음 시작의 성과는 사막에 떨군 한 방울의 물과 같은 소중함이었을 것이다. 그러나 행동을 반복함으로써 당신의 능력과 내부에 숨겨진 힘은 큰 흐름이 되어 도도히 흐른다.

█ 행동이 감정을 불러온다.

야구장 한구석에 왜 공간을 마련해 놓았을까? 그것은 연습을 하기 위해서다. 경기 중에 투수는 왜 연습을 할 필요가 있을까? 이 역시 대답은 간단하다. 투수는 늘 연습을 해두지 않으면 교체될 때 곧 투구할 태세를 갖추지 못하기 때문이다.

이것은 기술을 필요로 하는 어떤 일이던지 해당되는 말이다. 연습을 하지 않으면 행동을 일으킬 의욕이 생기지 않는다.

하버드 대학의 저명한 심리학자 윌리암 제임스 교수는 이와 같은 사실을 좀더 학구적인 말로 표현하고 있다.

'감정은 행동에 의해 환기된다.'

바꾸어 말하면 투수로 행동하지 않으면 투수로서의 의욕이 생기지 않는다. 행복하려고 노력하지 않으면 행복해질 수 없다는 말로 바꿀 수 있다.

이와같이 당신은 열의가 있는 것처럼 행동하지 않으면 열의가 생겨나지 않고, 성공한 것처럼 행동하지 않으면 성공하겠다는 의욕도 생기지 않는다. 그러므로 무슨 일을 할 때 해 보지도 않고 미리부터 "이건 안될 거야!"라고 생각한다면 될 것도 이루지 못한다.

아침에 잠자리에서 일어나자마자, '아! 지금 당장 일을 하고 싶다.'고 생각하는 사람은 없다. 일하는 동안에 '저것도 해야겠다, 이것도 하지 않으면…' 하고 일할 의욕이 생겨나는 것이다. 역시 적당한 준비 운동이 필요하다.

그래서 TAFFY 방식의 제3단계는 감정이 중요시 된다. 새로운 자기를 만들고 싶다는 생각을 행동으로 옮겨야 한다. 그렇게 하면 새로운 자기를 만들고 싶다는 적극적인 감정이 솟아나게 된다. 처음 이 감정은 단순한 바램 같은 것이지만, 그것이 행동을 유발시켜 반복함으로써 크게 부풀어진다. 이와같이 배로 부풀어진 감정을 강조하기 위해서 'F'를 중복시켜 FF로 표기한 것이다.

▌감정의 중요성

행동이 감정을 낳는다는 말은 인생에서 성공했다는 빛깔을 뜻한다. 사실 인생에 대한 추구나 탐구는 본질적으로 감정에 의해 지배되고 있다.

욕망이나 기대 역시도 모두 감정에 의해 이루어진다. 우리 인간은 성공, 우정, 행복, 평화, 사랑, 인식을 자기의 내부에서 찾고 발견하는데, 이는 감정의 표현이다. 그러나 대개의 사람들은 자기가 구하고자 하는 뜻이 무엇인가를 제대로 이해하지 못하기 때문에 습득할 수 없다. 그러니까 감정이 행동에 의해 솟아난다는 사실을 모르고 있다는 뜻이다.

앞장에서 이미 설명한 바 있는 여러 가지 감정을 다시 한번 살펴보기로 하자. 모두가 행동에 의해 일어난다는 사실을 깨달았을 것이다.

'행동은 곧 감정의 표현이다.'

▌나쁜 감정과 좋은 감정

이와같은 규칙은 열의를 불태우는 좋은 감정에 해당되는 말은 아니다. 반대로 나쁜 감정도 해당된다. 망설이거나 소극적인 행동을 취하게 되면 마음까지 우울해지기 마련이다. 두 걸음이나 세 걸음 늦게 행동하면 정말 뒤떨어지고 있다는 생각이 든다. 늘 게으름을 피우고 있으면 게으른 마음이 생기게 된다는 말이다.

이것을 요약해서 말한다면, '좋은 생각과 좋은 행동이 좋은 감정

을 낳게 되고, 나쁜 생각과 나쁜 행동이 나쁜 감정을 낳는다.'는 뜻
이 성립된다. 이 내용을 더 간단히 줄이면 다음과 같다.

'사람은 자기가 뿌린 씨앗만큼 거두어 들인다.'

▌왜 당신 자신이 소중한가

이제까지 생각과 행동의 관계, 감정에 미치는 요소를 설명해 보았
다. 이 시스템은 새로운 당신을 만드는데 도움이 되는 실질적인 요
소들이다. 이 시스템을 적절히 이용하면 당신의 인생에 변화가 일어
날 것이다. 그럴만한 내용과 깊이를 갖추고 있다고 단언할 수 있다.

항상 행복한 삶, 성공을 인생의 목표로 추구하며 행동해야 한다.
그러면 행동이 감정의 폭을 배로 늘리고, 그러기 위한 사고방식을
만들어간다.

여기에 좀더 참고해야 할 말을 곁들이고 싶다. 즉 자기를 바꾼
다는 것은 전혀 다른 사람으로 만드는 것이 아니다. 당신이 가지
고 있는 좋은 점과 훌륭한 내용을 강조해 행동으로 옮기면 된다.
당신은 딴 사람이 되는 것이 아니라, 바로 당신이 소중한 주인공
인 것이다. 당신 자신이 완벽한 인간, 최상의 목표라는 점을 잊지
말아야 한다.

당신의 이런 점이 매우 좋다고 남들이 말하는 걸 경험한 적이 있
을 것이다. 바로 이 점을 신장시켜 가지 않으면 안 된다. 매력적인
인간을 만들어 내는 요소는 내 자신 안에 있다. 자기 자신을 소중히
가꾸는 태도가 무엇보다도 중요하며 간과해서는 안될 점이다. 남이
싫어하는 바람직하지 못한 경향은 과감하게 버리도록 한다.

그 결과는 당신의 인생을 훨씬 풍요롭게 해 주고 매력적인 모습
을 창출해 준다.

제2장 모든 것을 바꾸는 마력 |열의|

최근 메이저 리그 LA 드래곤팀의 쉴즈 유격수는 신기록을 세웠다. 한 시즌에 104번 도루라는 놀라운 기록이었다.

다른 선수들의 도루 기록은 그 10분의 1도 되지 못했다. 이를테면 미네소타 트윈즈팀의 최고 도루자인 그린 선수조차도 불과 8도루로 쉴즈 선수의 13분의 1밖에 되지 않는다.

그렇다면 이 두 선수의 발의 빠름이 13배나 차이가 있다는 것일까? 그렇지는 않다. 두 사람의 달리기 차이는 불과 얼마되지 않지만, 성적으로 나타난 결과는 하늘과 땅이다.

이와같이 인간성에는 바늘 끝 정도의 차이가 있는데, 오랜 인생을 살아가는 동안에 큰 간격이 벌어지게 된다. 경제적인 수입에도 몇 십만, 몇 백만이란 격차가 생긴다. 한편으로는 주위 친구들로부터 미움을 받는 지 좋아하는지도 결정되며 성공과 실패를 갈라 놓는 결정적인 계기가 마련된다.

이 차이는 대개의 경우, 이제부터 필자가 말하려는 한 가지에 의해 구별된다. 그것은 오랜 동안에 걸쳐 당신의 인간성을 만들어 온 모든 것에 영향을 미친다. 그 차이는 무엇과도 바꿀 수 없는 삶을 이끌어가는 이상한 에너지를 만들어 낸다.

그것은 당신의 모든 인간성을 풍요롭게 하고 삶에 활력을 주어 완전하게 가동시키는 힘을 지니고 있다.

바로 '열의'라고 하는 마력이다.

▌열의는 새로운 인생을 약속한다.

필자는 다행스럽게도 취직을 하고 나서야 곧 열의라는 마력을 알 수 있는 기회를 얻었다. 그것은 내가 세일즈라는 일을 시작하고 나서부터였다. 그 당시 동료 직원으로 죠 윌리암이라는 사람이 함께 근무하고 있었는데, 나이 47세로 중학교와 고등학교에 다니는 두 아들의 아버지였다. 또한 그가 타고 다니는 차도 낡은 중고차였으며, 항상 일과 돈에 쪼들려 얼굴 표정이 어두웠다.

죠는 아침마다 어깨가 축 늘어져 힘 없는 걸음걸이로 무기력한 표정을 지으며 출근했다.

'또 실수하지 않을까?'

그의 걱정하는 모습이 역력했다.

그 때까지 그가 벌어들인 최고액은 1개월에 500만원 정도였다. 물론 적은 판매고는 아니다. 사실 그에게서 결점이라고는 한 가지도 찾아볼 수 없었다. 사람 좋고 인정 많은 사람이었으나 위대한 정신력을 발산시키는 능력의 소유자는 아니었다. 너무나 일상적인 생활에 빠져 느슨해진 나사와 같은 무기력한 나날을 보내고 있을 뿐이었다.

어느 날 저녁, 회사 판매담당 동료들의 단합대회에 참가했을 때의 일이다. 회의장은 미국 산업계에서 큰 성과를 올린 톱 세일즈맨의 경험담을 듣기 위해 수백 명이 모여 입추의 여지가 없을 정도로 대성황이었다.

그때 한 강연자가 '열의'에 대해서 말하기 시작했다. 그가 선택한 주제는 열의라는 내용이었다. 열의라는 감정이 한 인간에게 미치는 영향과 중요성, 그리고 어떻게 하면 열의를 가질 수 있는가에 대한 창조적이며 실험적인 경험담이었다.

이에 필자는 동료인 죠의 동태를 살펴보니 그는 이야기에 완전히 매료되어 있는 것 같았다. 숨을 죽이고 자세조차 흐뜨리지 않은 채 강연자의 말 한마디 한마디를 놓치지 않고 마음 깊숙이 간직하는 모습이었다.

강연이 끝나고 회의장을 나올 때 그는 열의에 대해서만 얘기하였다. 그는 전혀 다른 사람으로 바뀌어져 있었다. 이미 그는 강연장에서 얻은 새로운 지식을 행동으로 옮기고 있었던 것이다.

다음날 아침 사무실에 들어서는 죠의 모습은 다른 사람으로 변신해 있었다. 항상 축 늘어진 어깨는 물론 걱정과 근심으로 가득 찬 우울한 표정도 찾아볼 수가 없었다. 업무에 임하는 자세나 행동 하나하나가 모두 열의에 차 있음을 확연히 느껴졌다.

처음에는 그런 모습이 어쩐지 부자연스럽게 보였으나 2~3일 지난 뒤부터는 결코 억지로 꾸며서 하는 일이 아니라는 사실을 여실히 보여주었다. 너무나 무기력하고 소극적이던 그가 명랑하고 의욕의 눈빛으로 불타는 듯한 적극적이고 열의에 찬 인간으로 바뀐 것이다.

무엇보다도 필자가 잊을 수 없는 일은 죠의 열의가 낳은 자기 변신의 결과였다. 다음달 그의 판매 성적은 무려 1천 8백만원 이상으로 뛰어올랐다. 과거 자신이 47년 동안 얻은 수입의 최고액보다 무려 3배 반이나 많았다. 열의가 그를 인생이라고 하는 대지에 깊은 뿌리를 내리게 한 것이다.

죠는 그 후로도 성공을 계속했다. 성장이 거듭되자, 더욱 뜨거운 열의로써 일을 처리해 갔다. 이 때부터 참다운 인간미가 쌓트기 시작했다. 이 기적은 그를 완전히 변신시키고 가족들의 삶도 바꾸어 놓았다.

죠는 유명한 영국의 역사학자 아놀드 토인비의 '무기력을 극복시키는 것은 오직 열의뿐이다.'라는 말의 실제적 실천가였다.

▎열의가 위대함을 만든다

랠프 에머슨은 다음과 같이 말하고 있다.

'열의없이 이루어진 위대함은 한 가지도 없다.'

열의란 불을 밝히는 발전기와 같아서 인간을 움직여 위대한 업적으로 이끌어 간다. 잠 자고 있는 에너지, 이것은 재능과 활력을 깨워 목표를 향해 돌진해 가는 원동력이며 안으로부터 넘쳐나는 힘이다.

인생에서 열의를 원동력으로 이용하는 비결은 보다 진취적으로 행동하는 일이다. 열의를 습관화하며 당신의 삶을 다시 짜는 날줄과 씨줄과 같은 요소가 된다.

달리는 기관차가 그 에너지를 얻기 위해서는 차고 안에 멈춰 있을 때도 시동이 꺼지지 않도록 계속 연료를 태워야만 한다.

에드워드 파플러는 이렇게 지적하고 있다.

"누구나 열심히 일한다. 그러나 어떤 사람은 열의를 갖는 시간이 불과 30분 정도이나 다른 사람은 30일 동안 계속되는 경우도

있다. 하지만 성공하는 삶은 끊임없이 열의를 갖고 행동하는 인
간이다.”

■사고思考의 저수지를 만들자

자동차 액셀을 밟아보라. 금방 힘이 붙어 고속도로를 질주할 것
이다. 열의라는 감정도 마찬가지다.

열의는 동력이다.

당신의 생각은 액셀이다.

당신의 마음은 연료 탱크다.

액셀을 밟기 전에 연료 탱크를 가득 채워라. 그렇게 하면 열의
가 당신을 의욕적으로 행동하게 하는 힘을 분명히 느낄 수 있을
것이다.

지금 당신은 활기에 찬 의욕적인 사람을 동경하고 있을 지 모른
다. 그리고 “저 사람은 태어날 때부터 머리가 좋아서 나와는 다르
다.”고 자신의 삶을 스스로 포기해 버릴지도 모른다. 하지만 쉽게
포기할 필요까지는 없다. 아무리 좋은 기후라 할지라도 비료를 주
지 않으면 보리는 자라지 않는다.

이와같이 인간성도 영양분 없이는 형성되지 못한다. 내부에서
이루어지는 것이 그대로 밖으로 나타나는 것이다. 그러므로 우선
연료를 점화시켜 태우고 나서 액셀을 밟아야 한다. 당신이 열의를
가지고 활동하기 위해서는 우선적으로 에너지를 마련해야 된다는
점이다.

액셀이 되는 생각 : 그렇다면 액셀이 되는 생각이란 어떤 사고력을
말하는 것일까? 몇 가지 예를 들어보기로 하자.

필자가 알고 있는 어느 세일즈맨은 일을 시작하기 전에 나에게

이런 말을 했다.

"내가 만나고자 하는 사람과 대면하게 됨은 매우 기쁜 일이죠. 그는 우리 상품을 필요로 하고 있거든요. 난 이제부터 그가 상품에 기꺼이 투자할 수 있도록 최대의 노력을 기울일 작정입니다."

엘리베이터 안내양은 아침마다 이렇게 인사말을 했다.

"오늘은 내 최고의 날입니다. 오늘이라는 날은 내 인생에 있어 처음이니까요."

사회학을 가르치고 있는 어느 대학 교수는 수업 전에 눈을 감고 잠시 자신의 마음을 정리한다고 말해 주었다.

"나는 이 주어진 시간에 내가 가르칠 수 있는 최상의 학문을 학생들에게 들려줘야 합니다. 이제부터 강의가 끝나는 시간까지 그들은 자기의 인생을 좌우할 만한 학문을 배우게 될지도 모르니까요."

또 세계적인 소프라노 가수 슈먼 하잉크는 노래하기 전에 눈을 감고 다음과 같이 자기 자신을 타이른다고 했다.

"나는 청중을 사랑하고 있다. 객석에 앉아 있는 한 사람 한 사람은 모두 소중한 음악 비평가들이다. 그러므로 나는 이 사람들에게 최상의 노래를 들려주어야 한다."

이상과 같은 예는 모두 기도의 강력한 효과를 나타내 주고 있다. 짧은 시간 동안이라도 머리 숙여 자기 자신에게 엄숙히 선언함으로써 보다 강한 힘을 발휘하여 그 전보다도 더욱 활기에 찬 자신을 창출해 낼 수 있다는 효과를 얻는다.

액셀을 밟을 때 : 언제라도 액셀을 밟을 수 있도록 준비하는 마음을 지니고 있어야 한다. 자주 자동차를 점검하듯이 당신의 하루 일과 중 어디에 약점이 있는가를 살펴본다. 이를테면 아침에 어떤

44

일을 제일 먼저 처리할 것인가 계획을 세운다.

이른 아침 침대에서 일어나면 아직 잠에서 덜 깬 불분명한 상태 속에 창 밖은 흐린 회색빛에 덮여있을지도 모른다. 오늘 중에 처리해야 할 일이나 해결하지 못한 업무가 떠오른다. 바로 이 때가 당신의 하루를 결정하는 순간이다.

어느 주부의 말이다.

"집안 일이 산더미처럼 쌓여 있을 때, 아침에 일어나면 우선 그 날로 처리하지 않으면 안될 귀찮은 일이 제일 먼저 떠오르지요. 그러면 이삼분 뒤엔 꼭 머리가 아프기 시작해요."

그렇다면 그 귀찮은 일을 떠올리기 전에 잠깐 동안만이라도 생각을 바꿔야 한다. 그리고 다음과 같이 머리를 정리하며 마음의 액셀을 밟도록 한다.

"열의를 가지고 오늘이라는 하루를 열심히 살아야지! 건강한 생명이 있고 해야 할 일이 있으며, 사람들과 사귄다는 만남은 얼마나 행복한 시간인가!"

유명한 작가 아놀드 베네트는 이렇게 말하고 있다.

"아침에 일어나면 제일 먼저 지갑을 열어보라. 지갑에는 이상하게도 24시간이라는 하루가 가득 차 있다. 이것은 당신이 가지고 있는 것들 중에서 가장 값비싼 화폐다."

■ 마음다짐의 액셀을 다시 밟고 싶을 때

뭔가 복잡한 업무를 해결하지 않으면 안될 때, 이렇게 마음을 다짐해 보라.

"내가 알고 있는 가장 좋은 방법으로 해 보아야지. 중요한 일이므로 지금 곧 하지 않으면 안돼. 온 정성을 다해 해결해야지."

그리고 산더미처럼 쌓여 있는 업무를 처리하지 않으면 안될 경우, 스스로 감정의 액셀을 밟는다. 이 경우에 가장 적합한 말을 가르쳐 주겠다. 이 말의 유래에 대해서는 여러 가지 이야기가 전설처럼 전해 오고 있다.

어느 고대 왕국의 현인들이 그 나라 왕에게 어떠한 국가적 위기가 닥치더라도 항상 용기와 지혜로써 대처하도록 진언한 말이다.

"오늘의 일도 언젠가는 먼 옛날의 일이 될 것이옵니다."

어떤 장애물이나 문제도 모두 변화하기 마련이다. 이와같이 모든 사물은 시간과 더불어 변화해 간다는 역사적인 사실을 안다는 것조차도 마음에 큰 용기를 준다. 모든 것은 지나가 버린다. 지나감으로써 새로운 활력과 희망과 만남을 기대할 수 있다.

이와 같은 생각은 그대로 감정에 영향을 준다. 중요한 것은 바로 이 점이다. 액셀을 밟을 때 생각하는 능력이 곧 당신의 행동과 감정에 최면술 같은 효과를 나타낸다.

적극적이고 긍정적인 생각의 저수지를 스스로 만들기 시작하면 그것이 바로 열의의 에너지원이 된다. 의욕이 떨어지거나 열의가 적어지면 액셀을 다시 밟아보라. 그러면 열의에 의해 힘이 솟아나는 걸 느끼게 될 것이다. 당신은 자신의 생각이나 하고자 하는 말의 힘으로 자기 자신을 움직일 수가 있다.

▌휘발류에 에틸을 섞으라!

에틸은 엔진의 힘이 떨어지는 것을 예방하기 위해서 휘발류에 첨가하는 물질이다. 열의가 힘을 잃지 않도록 당신에게도 적당한 에틸이 필요하다. 큰 충격에도 견디어 낼 수 있도록 에틸은 필수 조건이다.

46

여기서 말하는 에틸이란 흥미와 관심을 뜻한다.

"흥미를 가진 사람은 어떤 일에나 용기를 갖고 있다."

이 말은 그야말로 명언이다.

열의 있는 매력적인 인간이 되기 위해서는 일에 흥미를 갖는 태도가 무엇보다 중요하다. 왜냐 하면 흥미를 바탕으로 하여 열의가 생기고 흥미 있는 대상에 대해서는 더 한층 적극적인 태도를 취하기 때문이다.

만약 당신이 세일즈맨이라면 상품을 파는 일에, 당신이 비서라면 모시고 있는 상사와 회사일에 열의를 보여야 한다. 그리고 마음이 따뜻한 매력적인 사람이 되고 싶으면 남의 일에 진솔한 흥미를 가져야 한다.

▌흥미야말로 열의의 원천이다.

인간이 무엇인가에 열중하기 위해서는 흥미가 필요하다.

흥미는 열의를 위한 에틸과 같은 작용을 한다.

흥미를 일으키려면 다음 사항을 이용해 보기 바란다.

① 호기심을 가질 것.

② 집중력을 기를 것.

③ 자기의 이익을 생각할 것.

1. 호기심을 가질 것

다음에 열거한 것들 중에서 흥미를 느끼는 것들 5가지만 골라라.

- 스페인 요리
- 골프
- 중국어
- 영어 회화
- 볼링
- 카 레이서
- 이 순신
- 주간지
- 상대성이론

- 스위스   • 축구   • 불교
- 제주도   • 조 용필

이들 가운데서 5가지를 골랐으면, 이번에는 다시 리스트를 보고 당신이 가장 잘 알고 있는 5가지를 고른다.

이 두 가지 리스트는 일치하고 있는가? 그렇지 않은가를 확인해 본다. 만약 일치하고 있다면, 당신도 대개의 사람들과 같음을 알 수 있다. 이는 자기가 잘 알고 있는 것에 대해서 흥미를 갖고 있음을 뜻한다.

이런 상태라면 앞으로도 이미 알고 있는 항목에만 흥미를 느끼고 있음을 알 수 있다. 뭔가 방법을 취하지 않으면, 그런 상태는 계속될 것이다. 의식을 넓히고 관심을 집중시켜 열의에 불을 붙이는데 도전하지 않으면 자기 향상을 기대할 수 없다. 모르는 것에 대해서도 호기심을 일으키도록 한다. 여기에서 좀더 탈피하려면 될 수 있는 한 많은 것에 관심을 가져야 한다. 사람, 물건, 장소, 생각, 사건 등등에 이르기까지 호기심을 기울여야 한다. 그렇게 하면 흥미의 폭은 넓어질 것이다.

호기심은 흥미를 자아내는 훌륭한 목수와 같다. 역사에 남는 위대한 발명이나 발견은 모두 강렬한 호기심을 가진 사람들에 의해 이루어졌다. 여러 가지 일에 흥미를 갖고 열의와 의욕에 불타는 사람이었다는 사실은 결코 우연이 아니다.

2. 집중력을 기를 것

다음과 같은 게임을 해 보도록 한다. 앞으로 1주일 동안 날마다 5분간씩 당신의 집 창 밖을 내다보며 이제까지 미처 몰랐던 풍경을 자세히 관찰해 본다.

48

　그런 다음에 식구들 끼리 즐거운 게임을 시작한다. 창 밖에 활짝 펼쳐져 있는 경치에 대해, 이를테면 빛깔이라던가, 크기, 배치, 뭔가 특별한 것, 집의 모양, 나무의 종류 등에 대하여 여러 가지로 질문을 해 보라.

　가족들이 어느 정도 관심있게 밖의 경치를 보았으며 알고 있는가를 시험해 보는 게임이다. 그러면 확실히 기억하고 있는 것들이 의외로 적다는 사실에 놀라게 될 것이다.

　또 몇 사람의 친구들에게 좋아하는 TV 프로그램 중에서 다섯 가지만 선별해 보도록 한다. 그리고 프로그램의 작품명과 스폰서 이름을 물어본다.

　다섯 가지 중에서 두 가지 이상을 맞추면 우수한 편이다. 대다수의 사람들은 집중하여 사물을 관찰하는 것을 소홀히 하고 있다. 마음을 집중시키지 못하고 여기저기 한눈을 파는데 길들여져 있기 때문이다.

　그러므로 마음이 집중되어 있지 않은 상태에서 신중한 대화나 업무 처리, 그밖의 여러 가지 일에 흥미를 느낄 수 없다.

　필자가 알고 있는 한 음악가는 주위가 시끄러운 장소에서도 태연한 모습으로 작곡에 열중하고 있었는데, 이는 집중력이 매우 발달한 사람임을 알 수 있다. 자기의 목적 이외의 것은 모두 차단하고 잊을 수가 있다는 점은 집중력이 발달되어 있음을 뜻한다.

　높은 파도에 밀려 바닷가에까지 뛰어오른 물고기가 파닥거리는 광경처럼 여러 가지 대상에 마음을 빼앗기지 않아야 집중력을 모을 수 있다. 주위에서 들려오는 소리나 대화에 마음을 빼앗기지 말고 목적하는 것에만 정신력을 집중시키는 방법을 연습하도록 한다. 이렇듯 평소에 사물을 관찰하거나 남의 말을 듣고 집중력을 작용시키는 것이 더 많은 흥미를 가져다 준다.

3. 자기의 이익을 생각한다

"아무려면 어때."라는 말을 자주 듣게 되는데, 이것은 무관심을 나타내는 반응이다. 즉 자기에게는 아무런 영향이 없으므로 관심 없다는 뜻이 된다.

이러한 반응이 자신에게 어떤 이익을 주는가에 대해 모른다면 흥미도 생기지 않는다. 한편 날마다 접하고 있는 TV, 신문, 잡지를 통해서, 그리고 회사 간부 회의나 세미나 등에서 얻는 지식이 언젠가는 꼭 도움이 될 것이라고 믿어도 좋다. 동시에 그 지식이 장차 자신의 이익으로 이어진다는 통찰력을 가져야 한다.

당신은 남의 이름을 쉽게 외울 수 있는가?

남의 이름을 외우는 일은 어려울지도 모른다. 그러나 만약 처음 만난 사람으로부터 "1주일 후에도 내 이름을 외우고 있으면 10만 달러를 드리겠소."라는 제안을 받는다면, 어떻게 하겠는가?

그렇게 사람의 이름을 외우기가 어려운 것일까? 그렇지는 않을 것이다. 왜 그럴까? 그 이유는 그 사람에게 계속 흥미를 갖고 있지 않다는 것을 의미하기 때문이다. 상대에게 관심을 갖는다는 것은 당신에게 이익을 가져다 준다.

흥미의 대상이란 모두 이와 같다. 흥미를 갖는 일이 최종적으로는 얻는 일이라는 사실, 이것을 믿는 지혜와 통찰력을 기르는 습관이 필요하다.

■휘발유 속에 섞여 있는 모래를 없애라

휘발유 속에 모래가 섞여 있으면 엔진을 파손시키고 액셀도 작동하지 않으며 연료의 구실도 못하게 된다.

열의를 만들어 내는 관점에서 액셀로 활용되는 적극적인 생각과 강한 흥미를 갖는 것만으로는 불충분하다. 이런 경우 당신에게 플러스가 되는 요인뿐만 아니라 마이너스가 되는 요인도 제거하지 않으면 안 된다. 즉 기계의 이상을 알리는 잡음의 원인이 되거나 엔진을 파손시키는 휘발유에 섞여 있는 불순물인 모래를 제거해야 만한다. 그런데 모래에는 다음과 같은 삶의 불순물 입자가 섞여 있다.

① 죽는 소리만 한다. ② 비판. ③ 불평 등 이러한 나쁜 습관들은 인간의 마음 속에 불행의 뿌리를 내린다.

죽는 소리만 하는 모래를 버려라 : 필자는 종종 수강자들에게 '지금 당신들은 친구들과의 관계에서 어떤 문제를 안고 있는가?'라는 주제로 글을 쓰도록 권장하고 있다. 이를 객관적 입장에서 몇몇 전형적인 내용을 간추려 보기로 한다.

어느 수강자는 이렇게 썼다.

"나의 장모는 미망인이다. 혼자 살고 있는 그녀는 늘 우리들을 찾는다. 전화도 없이 불쑥 찾아오기 때문에 아내와 함께 조용한 시간을 보낼 수가 없다. 그러나 아내는 그런 불편함을 어머니에게 말하려 들지 않는다. 그래서 나는 아내에게 자주 화를 낸다."

또 젊은 여직원은 이런 불평을 토로하였다.

"컴퓨터실에 함께 근무하고 있는 여직원은 항상 수다를 떨고, 게다가 잠시도 가만 있지 못하고 불필요한 전화질까지 하는데, 무슨 말이 그토록 많은 지 다른 직원에 비해 일도 제대로 하지 않는다. 그런데도 부장은 그녀가 미처 하지 못한 일을 우리들에게 떠맡기기까지 하는데, 이런 불공평한 일이 어디 있어요!"

어떤 가정 주부는 이런 내용의 편지를 보내왔다.

"남편은 저녁에 귀가해서 나를 상대로 전혀 말을 하지 않아요. 뭔가를 먹든가, 그저 TV를 볼 뿐이에요. 그래서 나는 혼자 쓸데없이 떠벌리게 되거든요. 남편은 내가 하루 종일 집안에서 이야기 상대도 없이 쓸쓸하게 지내고 있다는 사실을 전혀 모르는가 봐요."

어떤 상점 점원은 이런 말을 하고 있다.

"어떤 손님은 점원을 무슨 벌레처럼 취급하고 있어요. 인격 모독도 이만저만이 아니지요."

또다른 세일즈맨은 불만을 토로했다.

"호별 고객 방문을 하다보면 문도 열지 않은 채 만날 수 없다고 잘라 말하는데는 정말 질색이에요. 또 어느 경우에는 몇 시간 동안 노력 끝에 겨우 방문하게 되었는데, 대신 비서가 나와 지금은 면담할 수 없다는 거예요."

이렇게 말하는 여자도 있었다.

"나는 이웃집 아주머니를 가장 친한 친구라고 여기고 있어요. 그런데 그녀는 항상 나를 무시하고 있는 듯한 태도로 대해 주는 거예요. 정말 참을 수 없을 지경이에요. 오늘 아침에도 커피를 대접하자, 요즘 너무 몸이 난 것 같아서…라며 사양하는 거예요. 그것도 아주 태연하게 말예요."

죽겠다는 말은 열의의 적이다 : 위에 예를 든 사람들의 불만이 모두 비슷비슷하다는 사실을 알게 되었을 것이다. 한결같이 죽겠다는 무거운 짐을 지고 허우적거리고 있다. 이런 사람들은 부당하게 취급 받고 있으며, 이에 대하여 불만의 감정을 품고 있는 것도 당연한지 모른다.

그러나 아무리 죽는 소리를 한다 하더라도 진심으로 동정해 주지 않으며 본인 자신도 의욕이 생기지 않는다. 이런 불분명한 태도를 가지고 있는 사람들에 대해 의욕과 열의를 지니고 있다고 생각할 수 없다. 그러므로 나쁜 생각은 나쁜 결과를 낳고, 좋은 생각은 좋은 결과를 낳는다는 사실을 다시 한번 되새겨 봐야 한다. 죽는 소리만 하는 태도는 결코 바람직하지 않다.

이런 잘못된 생각과 습관은 다른 어떠한 것보다 철저하게 당신으로부터 열의를 빼앗아 간다.

불평의 모래를 아낌없이 버리자 : 당신의 어려운 사정을 솔직하게 글로 써 본다. 일년 동안 계속 써서 모아 보면 틀림없이 거대한 리스트가 될 것이다. 이를 모두 고통의 문제라고 쓰여진 쓰레기통에 던져 본다.

그런 다음 마음의 여유를 갖고 고통의 쓰레기통에 버린 괴로움의 알맹이를 진솔하게 관찰해 보라. 그러면 어떤 중대한 사실을 발견하게 될 것이다. 리스트 중에서 가장 큰 문제는 의외로 친구라는 사실을 깨닫게 된다. 만약 이 리스트에 쓰여 있는 문제를 모두 버린다면 한 인간으로서의 가치관마저 버리는 결과가 된다.

바꾸어 말하면 아이들이 말을 듣지 않을 때 어머니의 역할이 필요하듯이 일이 제대로 되지 않을 경우 자기 자신이 직접 해결하지 않으면 안 된다. 또한 가족들이나 친구들이 도움을 필요로 할 때 당신의 능력을 바란다.

말을 듣지 않고 제멋대로 행동하는 아이, 일이 제대로 풀리지 않는 경우 토로하는 불평의 씨앗이 도처에서 화합의 쌀을 틔울 때 당신을 가치 있는 인간으로 가꾸어 준다. 인격의 그릇이 크면 클수록 많은 어려운 문제를 처리하여 담을 수가 있는 것이다.

불평을 하지 않는 때일수록 열의가 필요하다. 그러므로 의욕을 가지고 문제에 대항하도록 한다. 해결하기 어려운 문제가 생기면 그것이야말로 인간성 확립의 절호의 기회라고 생각하라.

미국의 제너럴 모터[GM사]의 귀신 같은 수완가인 창업자 찰스 케타링은 당당하게 도전한다.

"가져 오라! 나에게…… 어려운 문제만을. 좋은 소식은 나를 약하게 만드니까."

불평불만으로 엉망이된 인생의 목표를 불행으로 덮어버리는 어리석은 일은 걷어치워야 한다.

불평의 모래가 모터에 들어가기 전에 걸러 내지 않으면 안 된다. 새 술은 새 부대에 담는다는 말과 같은 뜻이다.

비판의 모래를 없애라 : 몇 명의 어른들이 모여 있는 자리에서 이런 질문을 해 보는 것도 재미있는 하나의 예다.

"당신은 남성과 여성, 어느 쪽이 더 운전을 잘 한다고 생각하는가?"

"공화당과 민주당, 어느 쪽이 국민들 위한 좋은 정당으로 보는가?"

이런 질문이 주어지면 금새 두 그룹으로 나뉘어 열띤 토론이 시작된다.

필자는 이런 경우 언제나 자연스런 분위기 속에서 15분 동안 토론을 지속시킨 다음 또다른 질문을 제기해 본다.

"여러분들 가운데 이 토론에 참석해서 상대로부터 뭔가를 배웠거나 자기의 의견을 바꾼 사람이 있는가?"

필자는 이제까지 수백 명을 통해 이와 같은 실험을 예시해 보았지만, 그 질문에 '예.'라고 대답한 사람은 한 명도 없었다.

이는 무엇을 의미하고 있는 것일까? 많은 사람들은 그럴 리가 없다고 반론할 지 모르나, 인간은 자기 자신을 바꾸는데 인색하며, 또 변화를 싫어함을 엿볼 수 있다. 이렇듯 자기의 신념이나 생활을 쉽게 바꾸지 않겠다는 생각은 무의식 중에서도 확고하게 갖고 있음을 보여준다. 자신의 뜻과 정반대되는 생각이나 의견, 견해를 듣게 되면 어떤 반응을 보여줄까?

16세기 프랑스 작가 라 로스드꼬는 이런 경우의 기분을 잘 묘사하고 있다.

"우리들은 자신의 의견과 맞지 않는 사람을 결코 현명하다고 느끼지 않는다."

타인의 행동이나 신념, 감정 등을 비판하는 일은 삼가야 한다. 왜냐 하면 그릇된 비판은 곧 사나운 가시가 되어 열의를 죽이기 때문이다. 비판이라는 독극물로 열의를 죽여 버린다.

이와같이 자기만을 옹호한다든가 불평, 비판과 같은 나쁜 모래를 걸러내는 힘이 강력한 열의를 만드는 제3 단계이다. 이렇듯 장애의 쌌은 어릴 때 잘라 내야 불행의 줄기가 자라지 못한다. 이와같이 3가지의 나쁜 모래를 걸러내어 엔진이 파손되지 않도록 각별한 노력을 기울어야 한다.

▌열의 있는 행동의 실현

동물원에 가면 우리 앞에 '동물에게 먹이를 주지 마세요!'라는 팻말이 붙어 있는 걸 보게 된다. 이와 같은 팻말이 필요할까? 왜 관람자들은 동물에게 땅콩이나 팝콘, 과자 등을 던져 주고 싶어하는 걸까. 동물들이 굶어 죽을까봐 걱정이 되어서일까? 결코 동물들의 배고픔 때문만은 아니다.

관람객들 모두가 먹이를 주는 이유는 극히 간단하다. 동물들이 움직이는 모습을 보고 싶어서 먹이를 던져주는 것이다.

우리 안에서 던져주는 먹이를 받아 먹기 위해 필사적으로 움직이고 있는 동물들의 모습이 재미있기보다는 인간의 우월감을 자극하기 때문이다.

항상 눈에 익은 거리의 풍경을 다시 한번 주의 깊게 살펴보라. 광고업자들은 사람들의 시선을 끄는데는 움직이는 물체가 강력한 무기가 된다는 사실을 잘 알고 있다.

약국 앞에 광고용으로 서 있는 목을 움직이는 인형, 가을 하늘에 높이 떠 있는 애드벌룬, 역 앞 광장에서 담배를 피우고 있는 사나이의 광고에 이르기까지 모두 움직이도록 제작되어 사람들의 시선을 집중시키고 있다. 광고업자들은 상품의 가치를 알리기 위해 수천만 원에서 몇 억 원이라는 돈을 아낌없이 쓰고 있는 것이다.

연극 배우나 영화 배우, 탤런트, 가수들은 시청자와 방청객들을 매료시키기 위해 몇 시간 동안을 연습하고 반복한다. 대중 앞에서 연설하는 사람들도 마찬가지다.

움직임을 생생하게 연출하라 : 먹이를 쫓아 움직이는 동물, 사람들의 시선을 끌기 위해 모형 인간을 만드는 광고업자, 시청자나 관람객들은 연극, 영화 등의 장면을 통해 뭔가를 얻었을 것이다. 이렇듯 움직임으로써 자신을 표현할 때 매력적인 인간으로 성장할 수 있는 계기가 된다.

과감한 행동을 통해서 당신의 능력과 생각, 열의를 남에게 전달할 수가 있다. 행동하지 않고 부동의 자세로 앉아서 자기 자신을 불타는 열의와 의욕을 말해 보았자 아무도 믿어주지 않는다. 자신의 깊은 내부에서 열의가 불타오르고 있다면, 그것을 행동으로 표현해야 효과를 기대할 수 있다.

눈에 보이지 않는 열의라는 불꽃의 의미를 행동으로 옮겨 하나의 확고한 형태로 외부에 알려주어야 한다. 선반 위에 무서운 가면들이 즐비하게 진열되어 있어도 무섭지 않은 경우와 같다. 잠자는 사자도 깨어나 움직이기 시작해야 비로소 그 위력을 발휘한다. (역자주 : 이 설에는 예외도 있다. 그것은 선(禪)이다. 움직이지 않아도 모든 열의와 의욕을 한 데 모을 수 있는 동양철학을 말한다.)

만약 당신이 움직이는 것을 싫어하는 사람이라면 "저 사람은 도무지 의욕이 없고 재미 없는 사람이야!"라고 단정 짓는다. 그래서 말을 걸어보고 싶거나 관심조차 보이지 않는다. 마치 우리 안에 갇혀 있는 동물을 구경하듯 사람들은 그 앞을 별다른 감동없이 지나쳐 버릴 것이다.

필자가 한 친구로부터 인간의 행동과 그 반응에 대한 질문을 받았을 때 매우 당황하지 않을 수 없었다.

어느 날 점심 시간 때 식사를 함께 하면서 그는 학생들의 평가를 위해 자신이 고안해 낸 설문조사의 방안을 말해 주었다.

이 조사 진행 방법은 우선 학생들에게 선생님이나 친구, 또 그 밖의 어느 누구라도 구별없이 5명의 이름을 적어 보게 한다. 그런 다음 학생들이 이름을 적은 다섯 사람에게 설문 용지를 몰래 보여준다.

이 설문 내용은 학생의 성격이나 인성을 테스트하는 22개 문항의 질문이 있는데, 학생들이 적은 다섯 사람이 답을 써서 무기명으로 되돌려 보내는 방법으로 실시된다.

친구는 이러한 설문을 수천 가지로 분류 분석한 결과를 말해 주었다. 그 결과 학생 50퍼센트 이상이 움직임이 적은 분류로 평가되었는데, 이들은 동기와 우정, 열의와 같은 매력적인 인간성을 형성하는 여러 요소에 있어서도 낮은 평가를 받고 있었다. 매우 재미 있는 결과이며 놀라운 사실이었다.

늘 움직이고 활기 차게 활동하지 않으면, "저 사람은 기분이 좋고 명랑한 사람이야. 게다가 의욕도 있고……!"라는 평판을 받을 수 없는 극적인 사람으로 취급된다.

이에 대해 어떤 사람은 거짓말이다, 그런 결론을 성급하게 내린다는 것은 오해의 소지가 있으며 경솔한 일이라고 반론을 제기하는 사람도 있을 지 모른다. 하지만, 이는 현실이다. 남의 생각을 이유없이 바꾸려는 어리석은 일은 하지 말아야 한다.

그보다도 먼저 자기 자신을 변화시켜야 한다. 보다 활동적으로 움직이고 행동하라. 생기 넘쳐나게 움직이면서 만나는 사람마다 열의와 친근감을 느끼도록 노력한다. 그런 움직임을 습관화하기 위해 필자는 다음과 같은 움직임을 제안하고 싶다.

첫째, 의자에 앉아 제스처 놀이를 한다.

제스처 놀이란 말없이 몸짓 손짓만을 통해 상대에게 표현하고 있는 내용이 무엇인가를 맞추게 하는 놀이다. 이를테면 노래 제목이나 낱말, 물건 등을 맞추는 놀이다. 이 놀이를 필자는 권장하고 싶다. 한 달 동안 계속하면 틀림없이 생기있게 행동하는 사람으로 변해 있는 자신을 발견할 것이다.

이 놀이는 저녁 식사 후 1시간 정도 가족이나 친지들과 대화를 나누면서 시행해 보면 좋은 성과를 얻을 수 있다. 놀이 제목을 '오늘은 무슨 일이 있었다'로 정하고 의자에 앉아 말 대신 손짓 몸짓으로 설명해 보라. 1주일이나 2주일 동안 해 보면 누구나 사물을 묘사할 수 있게 된다.

따라서 일상생활에 있어서도 그 전보다 훨씬 움직임을 더 하게 된다. 손이나 팔을 움직여 강조하고자 하는, 묘사하고 싶은 내용을 원활하게 표현할 수 있으며 생각이나 의견을 보다 빠르고 정확하게 전달할 수 있는 효과를 얻는다.

둘째는 거울을 들여다 보며,

"거울아! 거울아! 가르쳐 다오. 이 세상에서 가장 열의 있는 사람은 누구게?"

하는 말을 제스처로 표현해 보도록 한다.

① 세계 일주 여행 복권에 당첨되었다는 사실을 식구들에게 알리는 제스처

② 오늘 승진했다는 사실을 상사에게 고마움으로 표시하는 제스처

③ 여객기에 탄 승객들의 인상을 친구들에게 알리는 제스처

④ 축구나 야구시합에서 좋아하는 팀을 응원하는 제스처

⑤ 3억 원의 유산을 받고 그 용도를 친구에게 알리는 제스처

⑥ 크리스마스 선물을 받은 어린이의 즐거운 표정을 흉내내는 제스처

⑦ 이 세상에서 가장 매력 있는 얼굴 표정을 지으며 복권 당첨금 10억 원을 받고 기뻐하는 제스처

위와 같은 제스처를 일상생활에서도 거침없이 발휘해 보라. 그리고 밝은 표정과 함께 열의를 빛내라. 그러면 세련된 개성이 돋보일 것이다.

아침마다 거울을 보며, "거울아, 거울아! 이 세상에서 가장 열의 있고 박력 있는 사람은 누구게……?"하고 물어보라. 그러면 거울이 "그건 당신이야!"라고 대답한다면 얼마나 멋진 일이겠는가.

이렇게 하루의 일을 시작하면 비록 거리에서 우연히 마주치는

사람일지라도 순간적으로 열의를 전달할 수 있다. 수많은 사람들 중에서도 오직 혼자만이 빛나는 인상을 주게 된다.

▌이 장을 끝내면서

박력 있는 사람이 되기 위해 다음과 같은 것을 행동에 옮겨 보라.

【규칙 1】 액셀을 밟을 것

적극적 긍정적인 생활을 가질 것. 힘차고 전향적인 생각으로 액셀을 밟을 것. 항상 자신에게 활기에 넘치는 말을 들려줄 것. 아침에 일어나서 저녁 잠자리에 들 때까지 계속 열의를 가질 수 있도록 자신을 훈련할 것. 비록 1분간이라도 열의를 갖고 일을 할 수 있다면 그 감각을 소중히 할 것. 그리고 하루, 한 달, 1년으로 그 열의를 연장해 가는 훈련을 쌓는 일이다.

【규칙 2】 휘발류에 에틸을 탄다

모든 일에 흥미와 관심을 가질 것. 열의를 일으키기 위한 에틸은 흥미를 갖는 일이다. 사물이나 주위 사람, 또 장소에 대해서도 강한 관심을 갖도록 한다. 흥미를 갖기 위해서는 다음과 같은 일이 필요하다.

① 호기심을 가질 것 | 일에 대한 내용을 알게 되면 흥미가 솟아난다. 호기심은 사물을 관찰하는 첫걸음이다. 호기심이 많은 사람은 남들로부터 어린애 취급을 받지 않는다.

② 집중할 것 | 집중하지 않고 흥미를 가진다는 것은 있을 수 없다. 그러므로 집중력을 기르라. 자기가 선택한 것에 초점을 맞추어라. 집중력을 길러 흥미를 갖도록 하라. 에너지를 한 방향으로 집중하면 된다.

③ 자기의 이익을 생각하라 | 자기에게 이익을 가져 오면 무의

식 중에도 관심을 갖게 된다. 그러므로 일에 흥미를 갖는 것이 큰 이익이 된다는 사실을 알아야 한다.

【규칙 3】 휘발류 속에서 모래를 없애라

소극적 부정적인 생각을 버릴 것. 자기 자신에 대한 연민, 즉 너무 자기의 몸을 보호하려는 나약함, 불행, 비판과 같은 모터를 손상시키는 모래를 되도록 빨리 없애야 한다. 부정적인 생각에 얽매어 있는 한 적극적인 행동과 열의가 생길 리가 없다.

【규칙 4】 움직임을 가지고 늘 생기 넘치게 할 것

흥분이나 열의가 남에게 전달될 때까지 가족이나 거울 앞에서 움직임을 연습하라. 그 결과 인간성은 박력이 넘치고 활기 차게 될 것이다.

열의를 가짐으로써 당신은 큰 보답을 받을 수 있다. 생각이 열의에 차 있고 행동도 박력에 넘친다면 감정과 흥미도 배로 늘어난다. 살기 위한 에너지가 계속 활활 불타게 된다. 기분도 한결 상쾌해지고 건강해지며 모든 일이 원만하게 진행된다. 이와같이 전혀 새로운 모습으로 당신은 다시 태어나게 될 것이다.

제3장 화和를 위한 3가지 단계

인생의 모든 면에 도움이 되는 좌우명을 예시해 주겠다. 인간관계, 세일즈, 비즈니스, 가정생활 등에서 성공에 필요한 그 어떤 멋진 말보다도 도움이 되는 명언이다.

이 말은 특별한 마력을 가지고 있다. 충실하게 그대로만 실행하면, 당신은 틀림없이 남들로부터 인정을 받게 될 것이다.

인생의 새 출발 선상에 서 있는 젊은 세대에게 충고를 해야 할 경우 꼭 이 말을 알려주도록 하라. 그런 다음 젊은이들의 성공을 빌어주고 남들보다 뛰어나도록 격려해 주어라.

【1 단계】 마력이 있는 말

"모든 근심 걱정거리는 나에게 맡겨다오!"

이 말처럼 자신감 넘치고 듣기 좋은 신선한 표현이 또 어디에 있겠는가.

필자가 처음 이 말을 듣게 된 것은 어떤 부동산 업자로부터였다.

그의 말인즉, 전화로 매우 복잡한 부동산 문제가 있는데, 누구에게 부탁하면 해결할 수 있겠느냐고 물어왔다는 것이다.

그때 이 업자는 이렇게 대답했다.

"그런 일이 있다면, 나에게 맡겨 주시오. 몇 군데 알 만한 곳이 있으니 연락해서 당신에게 필요한 정보를 조사해 보지요. 연락이 되면 곧 전화를 드리겠소."

이렇게 해서 그의 무거운 짐을 덜어주었다는 것이다. 그 후 이 부동산 업자는 그 사람으로부터 수십억 원이나 되는 일을 맡아 수입료를 올렸다.

어쩌면 당신은 가시아라는 위험 인물에게 메시지를 전해 준 한 젊은 장교의 얘기를 알고 있는지 모르겠다. 미국이 스페인과 전쟁이 한창일 때 맥킨리 대통령은 폭도 우두머리인 가시아와 연락을 취할 다급한 일이 있었다. 그러나 가시아가 은신해 있는 곳이 큐바의 어느 산중이라는 것밖에 몰랐다.

"이 메시지를 가시아에게 전하라!"

이때 명령을 하달 받은 젊은 장교 앤들 로완은 단신으로 적지 큐바로 건너 가서 광대한 정글 속으로 들어갔다. 그로부터 2~3일이 지났다. 로완은 위험을 감수하며 지혜를 짜내서 마침내 가시아를 만나 대통령의 메시지를 전해 주었다.

이 예화는 그런 걱정거리는 나에게 맡기라는 말을 실제로 증명해 보인 한 젊은 장교의 멋있고 훌륭한 이야기다.

이 말이 주는 의미 : 필자는 수많은 사람들이 이 말을 행동으로 옮겨 실천함으로써 성공한 예를 보아왔다. 세일즈맨은 고객과의 상담을 하기 위해 사용하고, 또 어떤 기업가는 사업상의 여러 가지 불만을 해소하기 위해 인용하고 있었다. 평범한 회사원은 보다 적극적인 마음가짐을 가꾸는 하나의 수단으로 이 말을 활용하고 있다는 사실을 알았다.

전형적인 한 예로 저녁 파티에서 몇 번 얼굴을 마주친 일이 있는 엘랜 보이어에 관한 이야기를 해 볼까 한다. 우리들은 이 말을 다른 상황에서 어느 정도로 응용할 수 있을 것인가에 대해 이야기를 나누고 있었다. 그때 엘랜은 이 말을 어떤 경우에 활용했는가를 여러 사람들에게 들려주었다.

그녀는 어느 대기업의 전산실에서 근무하고 있었는데, 어느 날 점심 때 회사 중역이 찾아와서 오전 중에 정리해 달라고 부탁한 계획안 서류를 찾으며 물었다. 그때 전산실 책임자는 외출 중이었다. 그 중역은 다른 직원에게 물어보았으나 진행을 알 수가 없어서 결국 엘랜에게로 왔다. 그녀는 이렇게 대답했다.

"글쎄요? 그 계획안은 모르겠습니다만, 어쨌든 저에게 맡겨 주세요. 제가 찾아서 곧 중역님에게로 가져가겠어요."

이렇게 그 계획안의 뒷마무리를 해결하자, 중역은 매우 기뻐하더라는 것이었다.

그러나 여기서 이야기는 끝나지 않고 행운이 기다리고 있었다. 4주일 후, 그녀에게 기쁜 소식이 전해졌다. 승진하여 더 큰 책임을 맡게 된 것이다. 누가 그녀를 추천했는가는 확연한 일이다. 물론 서류를 찾아준 그 중역이다. 그녀의 상냥하고 슬기로운 일 처리에 감동한 그가 중역회의에서 추천한 것이다.

너무 편하다 : 오늘날의 우리들은 최고의 생활 수준에 이르고 있다. 세탁기, TV, 자동차, 컴퓨터, 각종 전자 제품 등으로 힘을 덜어주는 문명의 이기 속에 풍요로운 생활을 누리고 있다. 과거의 어느 시대보다 이토록 편리하고 여가를 활용하는 시대는 없었다.

일찍이 조상들이 꿈에 그리던 여가 생활을 통해 레저도 즐길 수 있으며, 노동 시간도 단축되고 정년도 연장되었다.

우리 인류가 바라던 일이다. 그러나 여기에 한 가지 문제가 생겼다. 그것은 모두에게 생활이 너무 편해져서 생긴 부작용이다. 따라서 자기 자신도 모르는 사이에 해야 할 일이나 생활까지도 될 수 있으면 힘이 안 들고 편해지려는 경향이 지나치다는 점이다.

그 결과 다음과 같은 말을 예사롭게 쓸 수 있게 되었다.

"그건 내 담당이 아니다."

"3시간 후에 다시 한 번 전화해 주세요."

"그렇다면 어디서 조사하면 되는 겁니까?"

"그건 제가 할 일이 아니예요."

"슈퍼나 할인매장에 가 보시면 어떨지."

"그걸 하는데 시간이 얼마나 걸리나요?"

"그 일은 다른 직원의 소관입니다. 그에게로 가 보세요."

"전혀 도움이 되지 않겠는데요."

"도서관에 가 보셨습니까?"

"여기서는 그런 것을 취급하지 않습니다."

이 밖에도 자신이 편하려는 생각에서 무심히 내뱉는 무성의한 말은 얼마든지 있다.

책임 전가 : 어느 날 필자는 백화점에 물건을 구입하기 위해 간 적이 있었다. 그 물건이 있을 법한 매장으로 가서 물어보니 점원은,

"그 물건은 다른 매장으로 가 보세요."

하는 것이었다. 그래서 이곳저곳을 헤매이다가 찾기는 했지만, 그들이 조금만 더 성의있게 처리해 주었더라면, 그토록 시간과 노력

을 허비하지는 않았을 것이다.

"책임 전가의 종점은 바로 여기야!"

미국 트르만 대통령이 자신의 집무실에 써 붙였던 좌우명을 매장 한구석에 복사해 놓았다면 많은 도움이 될지 모른다.

즉, 여기가 바로 종점이라는 마음가짐이다. 이곳저곳으로 책임을 전가하며 남의 탓으로 돌리는 일은 이쯤해서 끝내자는 격언이다.

이 말을 시험해 보라 : 당신도 자신을 매력 있는 인간으로 만들고 싶다면 적극적으로 이 말을 시험해 보는 자세를 가져주기 바란다. 아침에 출근하면서 아내에게 다정한 음성으로 저녁 식사 메뉴는 무엇이냐고 물어본다.

"아직 정하지 않았는데요."

"그렇다면, 오늘 저녁식사는 내가 한 번 준비해 볼까? 내가 돌아올 때까지 기다려요."

하고 말해 보라.

한편 당신의 상사가

"한국 ○○상사로 보낼 서류 발송은 어떻게 되었지?"

하고 묻는다면, 이렇게 대답해 보라.

"저는 잘 모르겠는데요. 그러나 저에게 맡겨주세요. 곧 알아볼테니까요."

또 당신의 고객이 전화로 불평을 말하거나 곤란한 문제가 생겼다고 연락이 왔을 때, 이렇게 말해 보라.

"당장은 대답할 수 없지만, 아무튼 저에게 맡겨주세요. 곧 좋은 해결책을 알아내서 연락해 드리겠습니다."

당신도 앞에서 말한 가시아에게 메시지를 전달해 보라. 이때 가장 효과적이고 즐거운 울림이 있는 말을 사용해 보라. 이를 몇 번이고 연습하여 습관화하도록 하라.

매력적인 인간이 되고 싶다면 그 어떤 기회도 놓치지 말고 이렇게 말하도록 하라.

"그런 걱정거리는 나에게 맡기세요!"

【2 단계】 남의 약점을 용서할 것

아브라함 링컨의 부인은 성질이 매우 급하고 참을성 없기로 소문이 나 있었다.

어느 날 링컨의 친구가 대통령을 찾아와서 이야기를 나누고 있었다. 그때 부인이 달려와서

"부탁드린 일은 어떻게 되었나요?"

라고 링컨에게 다그치듯 물었다. 그러자 링컨은,

"아, 시간이 없어서…… 아직…"

하고 대답하자, 영부인은 험악한 얼굴로 남편 대통령을 탓했다. 집안 사정보다도 다른 사람들의 일을 더 중요하게 여긴다면서 문을 요란하게 닫고는 밖으로 뛰쳐나갔다.

이 광경을 보고 눈이 휘둥그래진 친구에게 링컨은 빙그레 웃으며 별일 아니라는 듯 태연하게 말했다.

"저렇게 아내의 마음이 틀어지면 그대로 놔 두는 편이 나 역시도 기쁘지!"

미국이 낳은 위대한 인물 링컨은 인간을 매력있게 변화시키는 제2의 규칙을 행동으로 옮겼다.

조금만 더 생각을 가다듬어 보라. 우리 인간은 강한 존재가 아니므로 남이 당신을 원하고 있는 것이다. 자기 나름대로의 약점을 가지고 있기 때문에 서로를 필요로 한다.

이 말은 중요한 삶의 교훈이므로 다시 한번 검토해 보기로 하자.

로마의 위대한 황제 마르크스 아울레리우스는 이런 말을 한 일이 있다.

"인간은 손과 발처럼, 그리고 윗니와 아랫니처럼 서로 협력하지 않으면 안 된다."

자기가 갖고 있지 않은 지혜나 능력을 보충하기 위해 다른 사람들의 협조가 필요하다는 점을 강조한 말이다. 링컨 부인이 화를 내자 그녀에게는 성질이 급하다고 하는 약점을 받아주는 남편이 필요했다. 분명히 그녀의 행동은 잘못된 일이 없으며, 하지만, 보기 좋은 모습도 아니었다.

그녀의 참을성 없는 태도는 약점이며 맹점이다. 남편 링컨은 아내의 급한 성격을 잘 알고 있었으므로 분노를 폭발하면 자신의 인내가 필요하다는 점을 깨닫고 있었던 것이다.

남의 약점을 보완하라 : 자동차 부품 회사 영업부장으로 근무하고 있는 친구와 점심을 함께 나누고 있는데, 그는 갑자기 이런 말을 했다.

"나 지금 하고 있는 일을 그만둘까 해. 사장은 발명의 천재이지만, 학벌 없는 견습사원 출신이라 너무 독선적인 것 같아서 말야. 그 동안 고생하며 배운 기술인지라, 우리 회사 제품은 모두 사장을 닮아서 빈 틈이 없지만, 그 외에는 아무것도 모르거든. 요즘은 첨단 장비를 갖춘 공장도 있고 해외에 지점도 확장해 놓았어. 하지만 모두 자기 할 일을 제대로 못하고 있어. 꽉 막힌 고집불통 위인이란 말야! 우리들이 생각하고 있는 판매 시장 개척 따위는 전혀 이해를 못하거든. 그러면서도 무엇 하나 제대로 결단을 내리지 못한단 말야. 우리가 하는 일에 항상 비판만 하지…… 그래서 의욕도 생기지 않아. 어디 다른 곳으로 자리를

68

옮길까 봐!"

이 말을 듣고 나는 조용히 충고해 주었다.

"자네가 품고 있는 불평불만이야말로 다른 사람이 자네를 필요로 하고 있다는 증거일세. 사장은 재능이 있고 천재이니까, 자네를 필요로 하는 게 아니야. 시장 개척도 모르고 의사 결정도 할 수 없고 영업 활동은 더 어렵다고 생각하기에 자네가 필요한 것일세."

그로부터 몇 달 동안 그를 만나지 못했다. 그러던 어느 날 그에게서 전화가 걸려와 식사라도 함께 하자는 전갈이었다.

잠시 후에 만나자마자, 그는 대뜸 들뜬 음성으로 말했다.

"나 중역으로 승진했다네. 자네에게서 그 말을 듣고 이제까지 해 온 일들을 재검토 해 봤지. 결국 나는 사장과의 의견 차이를 좁힐 수 있었고, 그의 약점을 보완하기 위해 일하고 있다는 걸 깨닫게 되었네. 그래서 사장의 태도를 바꿔 보려고 노력했네. 그러자 사장도 내 뜻을 알았는지, 나의 의견을 인정해 주더군."

이 친구는 회사에서 자기가 필요한 인물임을 깨달았기 때문에 남을 기쁘게 하는 방법을 행동으로 옮겨 그 결과 승진까지 한 것이다.

나는 회사 초청으로 사내 강의를 할 때면 사원들에게 상사의 잘못된 점을 써 보도록 한다. 그러면 사원들은 매우 좋아하며 열심히 쓰는 모습을 본다. 마치 사이다병을 흔들었다가 뚜껑을 여는 것처럼 말이다. 그러나 거품이 없어지고 냉정하게 그들의 불평불만을 분석해 보면 알 수 있는 일이지만 대답은 늘 천편일률이다. 상사를 가장 기쁘게 하는 선물은 그의 약점을 보완하는 일이라는 걸 알게 된다. 더 이상 상사를 기쁘게 하는 방법은 없었다.

나는 아내를 사랑하고 있다. 그 이유 중에 한 가지는 나에게 약점이 있기 때문이다. 나는 너무 말이 많고 잘난 척하며 뜻대로 되지 않으면 마음이 놓이지 않는 급한 성질을 가지고 있다. 그러나 지금은 이런 성품이 결점이라는 걸 깨닫고 많은 노력을 기울여 변화를 시도하고 있다.

아내는 그런 성격은 좋지 않다는 말을 한 번도 표현한 적이 없다. 그래서 나를 으시대도록 해준다. 하지만, 아내는 이러한 나를 비판할 수 있을 것이다.

"당신은 오늘날까지 한 번도 제가 좋아하는 대로 해본 적이 있어요?"

아내는 내 약점을 잘 알고 있으면서도 나를 사랑하고 필요로 하는 것처럼 행동한다. 그 보답으로 아내는 나에게서 감사하는 마음과 함께 애정을 받고 있는 셈이다. 그러므로 그녀는 착한 아내이며 기분 좋은 여성으로 존경 받는다.

당신은 언제나 필요한 인간이다 : 건강할 때 의사는 필요 없는 존재이다. 병에 걸렸을 때 건강을 회복하기 위해 의사가 필요하다.

식료품이 떨어지면 가게로 간다. 하수구가 막히거나 수도꼭지가 망가지면 수도공사를 하는 사람들의 도움을 받으므로 고마운 생각이 든다. 또한 자동차가 고장 났을 때는 자동차 수리공에게 감사한다.

이와같이 상대의 필요성을 채워주고 약점을 보완해 주면 모두 감사하는 마음을 보내준다.

이것이 매력적인 인간이 되는 제2단계다. 당신의 상사나 아내, 남편, 친구, 동료, 친척, 고객에 이르기까지 그 누구도 완벽한 인간은 없다. 이 점을 분명히 깨달아야 한다. 하지만 모두가 당신을 필요로 하고 있다. 약점을 보완해 줌으로써 사람들은 당신에게 감사하고 매력을 느낀다. 그러므로 제2단계는 남의 약점을 이해하는 일이다. 좀더 구체적으로 말한다면, '남들이 당신을 필요로 하는 것은 그 사람이 강해서 지배하려는 뜻이 아니라 약점이 많기 때문이다.'는 이유가 더 타당하다. 이 점을 꼭 명심하기 바란다.

선택은 당신의 몫이다 : 필자의 친구인 인간능력개발원 원장과 아침 식사를 약속하고 호텔 커피숍으로 갔다. 이미 기획된 비행기 출발 시간이 촉박해서 차분하게 식사할 여유가 없었다.

커피 숍은 매우 붐벼서 2~3분을 자리에 앉아있었으나 웨이트리스는 돌아보지도 않았다. 이에 참다못한 친구가 웨이트리스를 불렀다.

"이봐, 아가씨! 주문 받아요. 우린 시간이 없는데……"

그러자 겨우 다가왔지만, 그녀의 태도는 엉망이었다. 미안하다는 말은커녕 주문을 받는 둥 마는 둥 바쁘다고 투덜대며 가 버렸다. 그 모습을 지켜본 친구는 이렇게 말했다.

"참, 어이가 없군! 하지만 이해해 줄 수밖에 ―. 저 웨이트리스는 지금 감정이 이완되어 불안 초조한 나머지 자기 신세를 탓하고 있는지도 몰라. 하지만 그런 생각을 지속적으로 갖는다면 문제가 심각할 걸세."

이 말을 듣고 나는 대답해 주었다.

"한 가지겠지. 그녀의 문제이니까."

"그러나 나도 그녀처럼 불안 초조해져 있다면 또다른 문제가 발생하지 않았을까?"

"그 때는 두 가지겠지. 그녀와 자네라는!"

그러자 친구는 동의한다는 듯 웃으며 말했다.

"자네 말이 옳아. 그렇다면 문제를 한 가지로 하든, 아니면 두 가지로 하는가는 스스로 선택할 일이군."

이런 선택은 어떤 경우에든 당신의 몫이다. 화가 나서 호통을 치고 싶을 때도 당신은 선택할 수 있다. 문제가 되는 당신 자신을 빼면 문제의 반은 해결한 셈이다. 자, 그렇다면 다음은 매력적인 인간이 되기 위한 제3단계로 옮겨 본다.

【제3 단계】 질책을 기꺼이 받아들여라.

오스트리아의 유명한 정신과 의사 푸랑켈 박사는 제2차세계대전 때 독일의 나치 수용소에 오랫동안 갇혀 있었다. 가족들은 모두 가스실에 감금된 채 살해되었고, 그 자신도 고문으로 많은 고생을 했다. 그럼에도 불구하고, 그는 자신이 쓴 책『산 자의 보람을 찾아서』에서 다음과 같이 말하고 있다.

"우리들은 서로를 위로하며 마지막 빵 한 조각까지 나누어 먹으면서 수용소 안을 서성거렸던 아픔을 기억하고 있다. 그들은 인간으로부터 모든 걸 빼앗을 수는 있어도 단 한 가지만은 가져갈 수가 없다는 사실을 입증해 주었다. 즉 인간에게 부여된 최후의 자유, 그러니까 어떠한 환경에서도 자기의 삶을 선택할 수 있는 자유는 빼앗지 못한다는 사실을 실증해 주었다. 수면 부족, 불충분한 음식, 정신적 압박 등에 의해 인간은 어떤 반응을 나타낸다는 사실을 체험했다. 그러나 최종적으로 분명히 말할 수 있는 점은 수용자가 어떤 인간이 되는가에 대해서는 수용소의 영향에 의해서만 결정되는 것이 아니다. 그 사람 내부의 진실에 의에서만 정해진다는 사실이다. 그러므로 누구나 이와같은 상황에 놓이더라도 자기 자신이 지적으로나 정신적으로 어떤 인간이 될 것인가를 선택할 수 있는 자유가 있음을 입증할 수 있었다."

이것은 중요한 말이다. 남이 당신을 부당하게 불공평하게 취급

하더라도 태도를 정하는 것은 바로 당신 자신이다. 독설과 분노와 보복과 비웃음을 선택한다면 당신은 배척 당하는 인간으로 전락해 버린다.

그러나 상대의 무례함과 질책과 비난을 조용히 감내한다면 당신은 신중한 원칙을 선택하고 있는 중이다. 이러한 인간이야말로 모든 사람들로부터 존경 받는 칭찬의 과녁이 된다.

당신은 군중들이 예수 그리스도를 십자가에 못 박아 세운 역사적인 진실을 알고 있는가?

"당신은 진정 하나님의 아들인가?"

라고 묻자, 예수는 그저

"그렇다."

라고 대답했다. 잠시 후에 재판관이

"정말 당신이 유태인들의 왕이란 말인가?"

라고 묻자, 예수는

"그렇다"

라고 대답했다.

이때 예수는 부정하거나 자기를 정당화하기 위해서 불필요한 말을 늘어놓지 않았다. 이미 모든 것을 결정한 상대와 감정적으로 다투어 봤자, 아무런 도움이 없다는 걸 알고 있었던 것이다.

만약 다른 행동을 취했더라면 자기 자신을 스스로 끌어내리는 나약함을 보일 뿐이다. 그 행위는 곧 하나님을 고발한 사람들과 같은 위치로 비하시키는 나약자가 되었을 뿐이다.

동양의 성자 석가모니도 악의를 갖고 길을 막는 무뢰한들에게 이와 같은 모습을 보여 주었다. 욕설과 위협하는 사나이가 숨을 쉬기 위해 잠깐 말을 멈추자, 그는 이렇게 물었다.

"만약 당신이 어떤 사람에게 무엇인가를 주려고 하는데, 상대가 거절했다면, 결국 그것은 누구 것이 되겠소?"

그러자 사나이는 당연하다는 듯 대답했다.

"그야 물론 주려고 했던 사람의 것이 되겠지."

"그렇다면, 나는 당신의 욕설과 질책을 거절하겠소."

석가모니는 이렇게 말하며 홀연히 그 자리를 떠나갔다.

그러면 여기에 어떤 문제가 남겠는가. 단 한 가지, 욕설하고 질책한 그 사람의 문제만 남게 된다.

정복되지 않는 비결 : 몇 년 전에 오스트리아에 한 소녀가 살고 있었는데, 그녀는 매우 자존심이 강해서 주위 사람의 사소한 부주의에도 화를 내곤 했다.

어머니는 아이의 성장과 더불어 잊지 않도록 다음과 같은 말을 입버릇처럼 가르쳤다.

"화를 낸 상대에게 넌 틀림없이 정복되고 말 것이다!"

이 소녀가 훗날 '시스터 케니'가 되어 그 유명한 자선재단을 창설한 장본인이다. 이 재단은 소아마비에 걸린 수 천 명의 어린이들의 행복과 위안의 천사였다. 그러나 소녀의 인생은 사회로부터 항상 격렬한 논쟁과 통렬한 비판을 받는 대상이었다.

당신은 자신의 분노와 감정적인 반감을 억제함으로써 정복당함을 피할 수 있다. 만약 누군가가 부정을 저지른다면 그 보복으로 애정을 쏟아보라. 이는 석가모니가 말한 것과 같은 뜻을 나타내고 있다.

당신이 선택하라 : 다음에는 현실적인 면을 생각해 보기로 한다. 당신은 살아가는 동안 주위로부터 악의적인 욕설이나 비난, 분별 없는 행위 등에 자주 부딪치게 된다. 이런 경우 당신 자신은 스스로 가치가 없는 존재로 여기게 된다.

이에 대해 어떻게 대처할 것인가는 당신 스스로 결정해야 할 문제다. 눈은 눈으로라는 냉혹한 생각을 갖고 하루하루의 생활을 영위하며, 자기 자신을 비참하게 만들 수도 있으며 감정에 치우친 나머지 화를 내고 복수심으로 똑같은 행위를 저지르는 것도 당신의 선택이다.

또는 남의 행동에 대한 부정한 고발, 즉 무고에 대해서는 자제하고 조정이 가능하다는 것도 당신의 자유다.

이런 경우, 어떤 태도를 취할 것인가는 당신이 선택할 문제다. 제3단계를 수행하고 있는 당신에게 도움이 되지 않는다고 하더라도 무례와 부정을 달게 받아 현실에 충실한다면, 오히려 남의 존경을 받는다. 마침내 성공하여 좋은 인간으로 향상된다.

이 규칙의 힘은 바로 용서하는 일이다. 용서한다는 것이 무슨 뜻이냐고 물었을 때, 어떤 소년은 다음과 같이 대답했다.

"아름답게 피어난 꽃이 짓밟혔을 때 풍기는 그윽한 향기지요!"

이 말이야말로 정답이 아닌가.

제4장 상대를 협력하도록 하는 방법

한 가정의 남편, 아내로서 자격이 낙제인데도 훌륭하게 결혼생활을 보내고 있는 사람을 알고 있는가.

항상 패배만 하는 팀에서 대표팀의 멤버가 되어 영예로운 선수로 변신하는 사람이 얼마나 있을까.

도산 직전인 회사에서 일하면서 마지막에는 성공한 사람이 몇 사람이나 되는 지 알고 있는가.

항상 지고 있는 팀인데, 코치 만큼은 훌륭한 경우가 얼마나 있을까.

위에 든 예는 성공과는 거리가 먼 경우이다.

■ 협력하면 성공한다

결혼생활이 원만하고 순조로운 것은 당신이 훌륭해서 만은 아니다. 그 이유는 부부 나름의 공동체 역할을 성실하게 책임을 다 하고 있기 때문이다. 한 나라의 대표팀 멤버가 뛰어난 것은 선수 한 사람 한 사람이 팀을 이끌고 있는 구성의 힘이다.

회사원이 잘 되는 것은 자기가 근무하는 회사가 발전하기를 바라며 열의를 갖고 열심히 일을 하기 때문이다. 또 코치가 훌륭함은 승리할 수 있는 선수를 열심히 훈련시키고 기른 결과에서 얻은 명예다.

수상비행기가 수면을 박차고 뜨는 광경을 본 일이 있는가. 수상비행기가 움직이기 시작하면 양 쪽에 여울이 인다. 비행기가 속력을 내기 위해서는 흐르고 있는 기류를 거슬러 프로펠러를 계속 돌려야만 한다.

그러면 비행기 밑에 달린 활강기가 기류를 받아 여울 위로 뜨게 작동한다. 이런 과정을 거쳐야 수상비행기는 떠오를 태세에 이른다. 이제 조금만 속력을 내어 활주하면 비행이 시작된다.

■물을 밀쳐 내는 일은 그만두자

인간도 마찬가지다. 자기 앞에 있는 사람을 밀쳐 내고 성공하려는 사람이 많다. 경쟁하고 서로 다투며 무조건 성공하려고 한다. 이런 사람들은 남을 장애물로 여기고 있다. 자기가 성공하는데 방해가 되는 존재로 생각하고 있을 뿐이다.

남에게 피해를 주는 행동을 자제하고 파도를 잘 이용하면 그 뒤에는 조금만 힘을 들여도 떠오를 수 있다는 법칙을 모르고 있다.

예전에 필자의 한 친구는 같은 회사 중역인 상사의 자리를 노리고 있다고 말했다. 그때 나는 이렇게 대답해 주었음을 기억하고 있다.

"그렇다면 자네가 생각하고 있는 방법으로 상사의 자리를 빼앗으려는 것은 아니겠지? 나 같으면 상사를 도와서 성공하는 편이 더 바람직한 일이 아니겠어? 그렇게 되면, 그 상사는 자연스럽게 승진하게 될 것이며, 결국은 자리가 빌 것이 아닌가. 그 자리에 자네가 승진하여 앉게 된다는 걸세. 자, 어떤가?"

그는 내 말을 쫓아 노력한 끝에 몇 년 사이에 두 번씩이나 승진을 거듭하였다.

【방법 1】 남의 성공을 도우라.

주위 사람의 성공을 도우며 당신 자신도 매력 있는 인간으로 변신하면서 승진하기 위한 3가지 방법이 있다.

1. 찬성할 수 없는 일이지만 다른 사람이 성공하도록 돕는다.

이를테면 당신이 친구에게 영화를 보러 가지 않겠느냐고 말했다고 하자. 이때 당신이 보고자 하는 영화와 친구가 보고 싶어하는 프로가 달라 당신이 양보하여 친구가 보고 싶은 영화를 관람하게 되었다.

그런데 당신은 영화를 보면서도 마음이 안정되지 않아 팝콘을 먹거나 하품을 하며 관객들이 재미있게 웃어도 그저 무표정하게 관람할 뿐이다.

영화가 끝나자, 당신은 이렇게 말한다.

"어때, 역시 재미 없잖아. 내가 보자고 하는 영화를 보았더라면 더 좋았을텐데……"

하지만 당신은 친구와 함께 즐기려는 노력은 전혀 하지 않았다는데, 더 큰 문제가 있음을 상기해야 한다. 그러니까 친구가 보고자 하는 영화를 단순히 동의하고 따랐을 뿐이다.

어린 왕자와 가정교사의 이야기를 알고 있는가? 여왕은 새 가정교사에게 이렇게 말했다.

"왕자는 장차 이 나라의 국왕이 될 몸이오. 그러므로 왕자가 바
라는 건 무엇이나 들어주지 않으면 안 되오."

그로부터 2~3분 뒤, 왕자의 공부방에서 크게 외치는 소리와 울
음 소리가 들려왔다. 여왕은 깜짝 놀라 왕자방으로 달려가 무슨 일
이 있었느냐고 가정교사에게 물었다.

그러자 그는 태연하게 말했다.

"여왕님께서는 왕자님이 바라는 것이라면 무엇이나 들어주어야
한다고 말씀하셨습니다. 그런데 창가에 벌 한 마리가 날아와 앉
았습니다. 그걸 보시고 왕자님은 잡아 달라고 졸랐습니다."

가정교사는 여왕이 맹목적으로 따르게 한 명령조의 의견이 틀렸
다는 사실을 분명히 밝힌 예다.

다음과 같은 항목을 꼭 알아두어야 한다.

**항상 유연성을 잃지 말 것. 남의 생각이나 방법이 제대로 이루
어지도록 도와줄 것.**

남의 생각이 옳았다는 것을 알게 되면 그것을 지지하기를 잘 했
다는 믿음을 갖게 된다. 만약에 잘못된 생각이라면 곧 밝혀지게
마련이다. 굳이 당신이 서두르지 않아도 자연히 그렇게 된다.

회사 간부들의 반대를 무릅쓰고 새로운 사업을 시작했다고 하
자. 이런 일은 흔히 있는 회사의 변화다. 이에 어떤 간부는,

"아뭏든 하라고 하니까 해 볼 수밖에…… 하지만 제대로 되지
않을 것 같은 예감이 들거든."

하고 말하면서 잘 되지 않기를 증명하려고 안간힘을 쓰기도 할 것
이다. 반대로 회사의 업무 추진이 예정대로 잘 진행되는 경우도
있다. 그렇게 되면 반대한 사람들은 탈락할 수밖에 없다.

그러므로 당신의 의견과 다르더라도 남의 생각을 지지할 입장이 서면 최선을 다 해서 제대로 이루어지도록 노력하는 것이 현명한 방법이다.

2. 남을 칭찬할 것

자기에게 방해가 되는 상대나 적에 대해 옛날에는 어떻게 대처했는지 알고 있는가.

마술사나 무당들은 적을 닮은 허수아비와 인형을 만들어 표적으로 삼고 바늘로 찌르거나 칼질을 하여 괴롭히는 흉내를 내기도 한다. 이것은 동서양을 불문하고 유래된 풍습이다. 물론 이런 방법으로 효과를 기대할 수는 없다.

그러나 많은 사람들은 이 낡은 관습을 지금까지도 버리지 못하고 있다. 비록 인형이나 허수아비는 쓰지 않지만 실생활에서는 그 방법을 응용하고 있는 것도 사실이다. 성공의 길은 남을 넘어뜨리는 것, 그러니까 남에게 바늘을 찌르는 일이라고 믿고 있는 것이다.

엘비트 하버드는 훌륭한 충고의 말을 들려준다. 상사나 친구, 남편, 아내의 성공에 도움이 되는 계기를 마련해 줄 수 있다.

• 남을 위해 뭔가를 해 주고 싶다면 진심으로 그 사람의 일에 협력해 주어라.

• 윗사람이 당신의 빵과 버터를 위해 급료를 지불하고 있다면, 그를 위해 온 힘을 기울이고 칭찬하라. 그리고 그 사람의 조직을 지지하라.

• 위기에 직면했을 때 한 조각의 충성심이 백 명 모두의 지혜와 같은 능력을 발휘한다. 비록 견해 차이로 다투고 직장을 그만두는 경우에 놓이더라도 그 조직의 일원인 이상 비난을 해서는 안 된다.

80

3. 남을 위해 당신의 지혜를 빌려주어라.

서로 지혜를 교환함으로써 두 배가 되어 되돌아오는 것은 아이디어다. 그러므로 아이디어 제공자가 되어야 한다. 남의 성공을 돕는 아이디어를 찾도록 노력하라.

특허국 서류 창고에는 한 번도 사용된 일이 없는 몇 십만이라는 발명품이 쌓여 있다. 발명자들이 공표하지 않기 때문이다. 만약 공표하면 누군가가 자기보다 더 득을 보지 않을까 하는 우려 때문일 것이다.

필자의 친구 폰 스팬서는 종종 나에게 아이디어를 제공해 준다.
"여기 자네가 활용할 만한 아이디어를 보내네. 지금부터 그것은 자네 것일세."
라는 쪽지와 함께 복사물을 넣은 봉투가 배달된다.

이렇게 해서 이 친구는 아이디어 제공자로서 널리 알려지게 되었다. 그가 근무하고 있는 이벤트 회사는 지금 다른 사람들에게 지혜를 빌려주고 원조하기 위해 그를 팀장으로 임명하고 있을 정도다. 이렇듯 폰은 남에게 아이디어를 제공함으로써 훌륭하고 끈끈한 우정을 오랜 동안 함께 해왔다.

■다른 사람의 성공을 위해 노력할 것
여기에는 3가지 방법이 있다.
① 찬성할 수 없는 계획일지라도 다른 사람의 생각이 옳다면 진행이 되도록 노력할 것
② 남을 칭찬해 줄 것
③ 남을 위해 지혜를 빌려줄 것
이 3기지 방법을 실제 행동에 옮겨 보아라. 그러면 당신은 더욱

매력적인 인간이 될 많은 기회가 찾아올 것이다.

▌남을 괴롭히는 비결

이는 남을 잠시 동안 불안에 빠지게 하거나 자신의 욕구불만을 해소하기 위한 괴롭힘이 아니다. 정신적 고통을 주는 방법이다.

이 방법은 너무나 통렬하다. 비난이나 매도, 욕설, 비웃음, 부정한 비평, 놀림, 잔소리, 모욕 같은 괴롭힘보다도 더 비열하다.

왜냐 하면 앞에서 말한 고통에는 대처할 방법이 있다. 그러나 지금 설명할 내용은 매우 통렬해서 인간의 육체적, 정신적 건강까지 파괴해 버릴 정도다.

그 방법이란 다음과 같다. 우리 인간에게 극단의 정신적인 초조와 고통을 주기란 매우 간단하다. 무조건 그 사람을 무시하면 된다. 다른 방법으로 어느 정도는 고통을 줄 수 있지만, 상대를 감정적으로나 정신적으로 완전히 무시하면 인간은 공백 상태에 이르러 상실감에 빠진다.

고대 그리스인들은 이 방법을 사용했다. 유죄로 판정된 죄인에게 조개껍질 추방[오스트라시즘]을 선고한 다음 격리시켜 배척했던 것이다.

전쟁 후 고아원에서는 갓난아이나 아이들이 애정을 거부 당한 채 죽어버린 경우도 많았다. 이런 일은 지금도 우리들의 가정에서 심심찮게 일어나는 현상이다.

코미디언 렐리 루이스는 신문 가십에 오르자, 그 비평에 대해 TV 쇼에 나와 이렇게 반박했다.

"신문에 가십 기사를 쓴 기자에게 허락할 수 있는 만큼의 괴로움을 주고 싶다. 이 자리에서 그 사람의 이름을 밝히지 않지만……."

　이것이 당신의 소원인가 : 남을 무시하는 데도 여러 가지 방법이 있다. 전혀 대꾸를 하지 않는다든가 딴청을 부리는 경우도 남을 부정하는 벙법 중의 하나다. 때로는 복수심에 불타거나 남을 무시하고 싶을 때가 있을지 모른다. 너무도 공격적이어서 상대를 아주 비참하게 만들려는 생각이 들기도 할 것이다. 그러한 태도에는 문제가 발생할 수도 있다. 즉 당신 자신도 비참한 생각에 빠져 갈등과 고민에 스스로 괴로워한다는 사실이다.

　또 당신이 남을 무시하면 언젠가는 그 사람도 당신을 무시하게 된다는 상대성을 염두에 둔다.

　비난이 도움이 되지 않는 이유 : 안타까운 일이지만 무뚝뚝하거나 투정을 부리면 요구가 이루어지는 경우도 있다. 당신도 어렸을 때 투정을 부린 적이 있었을 것이다. 그러면 부모님은 측은하고 언짢은 생각에 아이의 기분이 좋아지도록 친절하게 보살펴 주었을 것이다.

　한편 어른이 된 후에까지 이와 같은 태도를 보였다고 하자. 이를테면 결혼생활에서나 직장에서 남의 주의를 끌기 위해 의도적으로 자기 의사를 관찰시키기 위해 표현을 하지 않는다거나 토라져 보라.. 그러면 상대는 자신의 뜻을 버리고 당신 편을 들어 줄지도 모른다. 결코 좋아서 동의한 뜻이 아님을 유념해야 한다 .

　이런 경우 상대를 무시했는데도 무슨 연유에서 당신을 좋아하게 되었다고 믿어서는 안 된다. 그것은 큰 오산이다. 그들은 당신의 고집에 잠시 손을 들어줬을 뿐이다. 자신의 존엄과 당신에 대한 존경, 그리고 성실한 애정을 희생했을 뿐이다.

　그러므로 남을 기쁘게 하고 상대와 자신을 비참하게 하지 않으려면 방법 2에 따라 행동하면 된다.

[방법 2] 남을 무시하지 말 것, 토라지거나 원망하지 말 것

무엇이 위대한 인물을 만드는가? : 위대한 인물은 증오심을 갖지 않는다. 그 때문에 그들은 위대한 인물이 된 것이다. 어린 아이의 투정, 반감이나 편견, 복수심에 불타는 태도를 취하지 않고 미워하는 마음도 갖지 않는다.

미국 남북전쟁 때 남부연방 대통령이었던 제퍼슨 데이비스는 로버트 리 장군에게 그의 부하 사관의 신상에 대해 물었다. 그러자 리 장군은 부하를 매우 칭찬했다는 것이다.

이 소식을 들은 다른 부하 장교가 리 장군에게 충고를 했다.

"장군님, 장군께서 대통령에게 자랑하신 그 사관은 장군님을 나쁘게 비판하고 있습니다. 기회 있을 때마다 장군님에 대해 비웃고 있다는 사실을 아셔야 합니다."

그러자 리 장군은 웃음 띤 얼굴로 조용히 대답해 주었다.

"그건 나도 알고 있네! 그러나 대통령께서 나에게 물으신 것은 내가 그를 어떻게 보고 있는가에 대한 대답이었네. 그가 나를 어떻게 보는가는 묻지 않았다네."

하고 말해 주었다는 것이다.

또 아브라함 링컨 대통령과 국무장관 맥레란의 불화는 유명하다. 맥레란이 링컨에 대해 너무 불순하게 대했다는 이야기는 잘 알려진 사실이다. 그럼에도 불구하고 링컨은 이렇게 말했다.

"음, 맥레란이 우리들에게 승리만 안겨준다면, 나는 그의 마부 노릇도 할 수 있어."

링컨은 정치적 대항자들을 내각의 요직에 임명하여 국민을 놀라게 한 사건도 있었다. 정적인 스탠튼은 링컨에 대해 항상 요술꾼이며 고릴라와 같은 인간이라고 비웃었는데도 그를 국방장관에 임

84

명하기도 했으며, 스위드라는 정치인은 자기가 링컨보다 훨씬 유능하다고 큰 소리를 치며 비웃었는데도 그를 차기 국무장관에 임명했다.

나폴레옹은 결코 이상적인 인물은 아니다. 그러나 개인적으로 비판을 받았다 해서 원한을 품는 속 좁은 인간도 아니었다. 대항자를 왜 고관으로 발탁했느냐는 질문을 받고 이렇게 대답했다.

"유능하고 일만 잘 한다면, 그가 나를 어떻게 보든간에 관계가 없잖은가."

흑인 교육자 부커 와싱턴은 길거리에서 스치는 사람의 팔꿈치에 밀려 도랑에 빠진 적이 있었다. 그 광경을 본 그의 친구가 그런 모욕을 당하고도 어떻게 가만히 있을 수 있느냐고 묻자, 그는 이렇게 대답했다.

"난 어느 누구에게나 원한을 품고 살지 않네!"

훌륭한 인물의 위대한 점은 남을 원망한다든가 증오심을 갖고 있지 않았다. 그런데 정신과 병원에는 원한이나 적의, 질투, 분노 등의 환자로 만원을 이루고 있다.

【방법 2】를 지키려면 : [방법 2]를 따라 행동하기 위해서는 다음과 같은 점을 알아두면 도움이 된다.

남에게 마음을 주고 싶지 않을 때 더 친절하게 대해 줘라. 이는 지키기 어려운 말이지만, 위대한 인물들은 이 방법을 잘 활용해서 빛나는 인물이 되었다.

평범한 사람들은 변함 없는 마음을 주어도 친절해질 리가 없을 것이라고 생각하지만, 빛나는 사람들은 항상 최선을 다해 친절을 생활화하였음을 엿볼 수 있다. 즉 사소한 원한이나 혐오감, 분노, 무시함은 남으로부터 좋은 인상의 대상이 될 수 없으며, 어린애 같은 행동으로는 존경 받을 수 없다.

그러므로 상사가 당신에 대해 비난하거나 비판하였다 하더라도 감정을 앞세워 기분 나쁜 표정을 짓지 말고 미소로 대하라. 그것만으로도 상사는 당신을 훌륭한 사람이라고 평가한다.

또 부부 사이에 사소한 오해로 서로를 헐뜯거나 탓하는 일이 있더라도 토라져서는 안 된다. 비록 의견이 다르고 뜻대로 되지 않는다고 감정 싸움으로 화를 내서도 안 된다. 항상 연민의 정을 잃지 말아야 하며, 서로에게서 애정을 얻어야 한다. 그것이 가정을 성공으로 이끄는 길이며 비결이다.

친구나 동료들이 당신을 비판하고 헛소문을 퍼뜨릴 때야말로 가장 친절하게 대해 줄 수 있는 좋은 기회이다. 그러면 그 사람으로부터 고맙게 여겨질 뿐만 아니라, 모든 사람들로부터 존경과 칭찬을 받을 수 있다.

▌이 장의 결론

남을 괴롭히고 싶으면 우선 상대를 무시하라. 그러나 당신이 하는 일이나 결혼생활, 친구 관계에서 성공하기를 바란다면 [방법 2]를 활용하여 당신의 인간성을 매력있게 보이도록 하라. 남을 무시하지 말고 분풀이로 원한을 품지 말라.

스승이라 불리우는 인간 : 의사 토빈 박사와 아홉 살 난 내 아들 짐과 나는 병실 의자에 앉아서 짐의 손을 찍은 X레이 사진을 살펴보고 있었다. 짐이 넘어져서 손가락을 다친 것같아 병원으로 데리고 온 것이다.

박사는 짐에게 X레이 사진을 분석해 보라고 말했다. 그러자 짐은 2~3분 동안 말없이 사진을 들여다보다가 외치듯 말했다.

“여기가 부러졌어요!”

어떻게 그걸 알았느냐고 박사가 물었다. 그러자 짐은 “여기예요.”라고 자랑스럽게 말하면서 손가락으로 주위에 희미하게 하얀 선이 들어나 보이는 부분을 가리켰다.

“그렇다. 넌 정말 좋은 눈을 가지고 있구나!”

박사는 곧 처치해 주겠다고 말했다.

박사가 짐의 손가락에 부목을 대고 붕대를 감는 동안 나는 복도에서 기다렸다. 마침 X레이 기사가 지나다가 나를 보며 물었다.

“조금 전에 박사님께 수근골 골절이라고 말씀드렸는데, 또 어디 나쁜 데가 있다고 하시던가요?”

“아니오.”

지금 나는 스승이라고 부를 만한 사람을 만났다는 사실에 기쁨을 실감하고 있었다.

박사는 너무나 잘 알고 있었다. X레이 사진을 보는 순간, 박사는 상처를 입은 부분이 어디인지를 9세된 아이에게 발견케하는 감동을 전해준 것이다. 숨겨진 보물을 찾은 듯한 감격을 맛보게 하는 순간이었다.

돌아오는 길에 짐은 박사로부터 상처 입은 곳을 알게 해준 이야기만 되풀이했다. 그리고 엄마나 선생님, 친구들에게 그 이야기를 들려줄 것을 고대하는 모습이었다. 손가락이 아픈 것조차 잊은 듯 말이다.

그때 내가 불현듯 생각한 것은 도대체 이 세상에서 자기의 전문 분야에 대해서 9세의 어린아이에게 묻는 사람이 몇 명이나 될까? 하는 물음이었다.

인간은 성장하는 어린아이다 : 어른들은 한편으로 어렸을 때의 내면적인 요소를 가지고 있다. 또한 성장하여 인격을 갖춘 독립된 사회인이 되어 엄격한 규범과 규율을 지켜야 하지만, 아이들과 같은 경향도 가지고 있다. 때로는 9세의 아이와 같은 행동을 하는가 하면 전문가와 박사가 되고 싶어 하며 남을 비평하고 충고하기를 좋아한다.

남에게 기쁨을 주며 그들의 마음을 따뜻하게 감싸주고 싶다면 이 규칙을 지키도록 하라. 협조적이라는 평판 속에 많은 사람들로부터 존경을 받고 싶으면 꼭 이 규칙을 지키도록 하라.

【방법 3】 남으로 하여금 비판하고 충고케 하라

이 방법은 남의 비판에 동의하고 충고에 무조건 복종하여 따르라는 말은 아니다. 이 점을 명심하고 주의 깊게 행동해야 한다. 신경질적으로 대꾸하거나 반발하지 말고, 남으로 하여금 비판하고 충고하도록 하라는 말이다. 왜 그럴까?

그 대답은 간단하다. 자기의 견해에 가치가 있건 없건, 또 좋든 나쁘든 대다수의 사람들은 자기의 의견을 말하고 싶어 한다. 거의 본능적으로 충고와 비판을 하고 싶은 것이다.

이와같은 방법에 대하여 불쾌감을 표시하면 안 된다고 말하는 사람이 있을지 모른다. 그 생각은 옳다. 그러나 이 책을 쓰고 있는 필자의 뜻은 인간의 어떤 점이 잘못되었는가를 지적하고 가르치는 데 목적을 두고 있지 않다.

이 책에서는 참된 인간 본성에 대한 것이 아니라, 실력 있는 인간의 모습을 말하고 싶은 것이다. 어떻게 하면 매력적인 삶을 영위하면서 적절하게 대처할 수 있는가에 대해 말하고 있을 뿐이다. 무엇보다도 현실로 나타나고 있는 인간의 모습이란 헐뜯기를 좋아하고 비판하기에 열중한다는 점이다.

한 예로 오페라 관람 막간에 휴게실로 나와 청중들이 주고 받는 대화에 귀를 기울여 보라. 대사와 배경의 구별도 제대로 못하는 주제에 등장 배우의 역할에 대해 이러쿵저러쿵 비난하면서 맹공격을 퍼붓고 있다.

음악회에서는 악보에 따라 연주자가 다르고, 이미 역할이 정해져 있다. 그러므로 지휘자의 엄격한 통제를 받는다. 그런데도 자기가 좋아하지 않는 곡이 연주되면 혹평한다.

축구시합을 보러갔을 때 필자 뒷자리에 앉아 있는 어떤 부인은 왜 공을 차지하고 있는 선수만을 공격하느냐고 흥분한다. 그리고는 시합을 큰소리로 비난하면서 팀의 코치나 감독의 태도에 대해서까지 불만을 터뜨린다.

비판이나 충고를 잘 들어주는 사람은 호감을 받는다 : 우리 인간은 비판이나 충고하는 역할을 본성적으로 좋아 할 뿐만 아니라 자기의 충고와 비판을 잠자코 들어주는 사람을 칭찬하며 심지어는 존경하는 마음까지 갖는다.

인류 역사학자 버너드 쇼는 어떻게 해서 유명해졌는가를 알고 있는가? 그는 런던의 한 신문으로부터 통렬하게 비판을 받고 매도되었기 때문에 유명해졌던 것이다. 사건은 기자가 예고도 없이 쇼의 숙소로 쳐들어가서 인터뷰를 강행하려 한 것이 그의 프라이버시를 침해하였던 것이다. 이에 거친 항의를 하자, 기자는 쇼의 인품에 가혹한 혹평을 했으며, 신문지상을 통해 피해자가 된 셈이다.

이 기사를 읽은 런던 시민들은 분개했다. 왜 쇼는 경찰을 부르지 않았을까? 왜 그는 자기의 권리를 행사하지 않았을까? 과연 쇼는 이 세상의 사람일까? 인간이 이토록까지 순교자 같은 태도를 취할 수 있을까 등등 시민들의 여론이 들끓었다.

이렇게 해서 버너드 쇼라는 이름이 세상에 알려지게 되었고 존경과 동정의 눈으로 그를 보게 된 것이다. 그러나 몇 년 뒤에 이 인터뷰 기사가 사실은 쇼 자신에 의해 꾸며진 사건이었다는 내용이 알려지게 되어 또 한 번 논란을 불러일으켰다. 쇼는 인간의 본질을 꿰뚫고 있었으며 세상 사람들로부터 비판을 받음으로써 명성을 얻게 된 것이다.

그와 마찬가지로 교사는 비판이나 충고를 솔직하게 받아들이는 학생을 좋아한다. 또한 코치는 자기가 참가하고 있는 경기 내용에 대해 비판이나 충고를 받아들이는 선수를 좋아한다.

또 인내심을 갖고 비판이나 충고를 받아주는 남편이나 아내는 서로를 고맙게 여긴다.

어떻게 할 것인가? : 인간의 윤리성이나 세일즈맨쉽에 대해 가르칠 때, 필자는 늘 수강생들에게 연습문제를 풀도록 하고 있다. 이는 매우 복잡한 문제이므로 망설이면서도 강의 방법으로 활용하고 있다. 그만큼 어려운 문제지만 내용상으로는 가치를 더해 준다. 그것은 겸손을 가르치는 일이다.

이를테면 이런 문제다.

"어떻게 하면, 나 자신을 향상시킬 수 있을까?"

이런 말로 상사나 친구, 남편, 아내에게 물어본다.

직장이라면 상사에게 질문을 던져본다.

"제가 하는 일을 향상시키기 위해 필요한 말씀을 해 주세요."

그리고 남편이나 아내에게 말해 본다.

"가정생활을 보다 즐겁고 가치있게 하기 위해 내가 할 수 있는 일이 뭔가 없겠소?"

또 친구에게 이렇게 말해 본다.

"남들이 나를 평가하는 것처럼 나 자신이 나를 객관적으로 평가하기란 거의 불가능하다고 생각해. 그래서 부탁하겠는데, 내가 남들에게 더 친하기 쉽고 연민의 정이 있으며, 사귀기 쉬운 인간이 될 수 있도록 자네 눈에 비친 나를 묘사하여 그 힌트를 말해 줄 수 없겠는가?"

이는 매우 어려운 일로 상대가 귀에 거슬리는 비난의 말을 하더라도 그 자리에서 대꾸를 한다든가 부정적인 언사로 공격을 해서는 효과를 얻을 수 없다. 인내와 겸손이 요구된다.

결과는 도움이 된다 : 이토록 간단한 연습문제를 제시하여 그 해답을 요구했기 때문에 큰 이익을 가져왔다는 결과가 수 없이 보고되었다. 어떤 사람은 17세된 아들에게 문제를 제안해 주도록 부탁해 왔다.

"내가 어떻게 하면 좋은 아버지가 될 수 있으며, 착한 가장이 될 수 있는가에 대해 아들 녀석은 많은 제안을 해주더군요."

"아들 녀석이 제안한 몇 가지는 참으로 나의 눈을 새로 뜨게 해주었어요. 지금까지 전혀 예상하지 못했던 문제, 즉 가족은 소중한 관계라는 이해가 아들과 나 사이에 생겼지요. 아들 녀석이 처음으로 나를 부모로서가 아니라 진정한 인생의 상담자로 본 셈이지요."

또 어떤 부인은 이런 말을 전해 주었다.

"상사는 동료들의 비판을 받고 겸허하게 수용한 사람은 아직까지 없었다고 말했어요. 상사는 나의 결점뿐만 아니라 장점도 말해 주며 승진을 시켜주겠다고까지 말하더군요."

이 사람은 자신이 받는 비판의 가치에 대해 참뜻을 깨달은 것이다. 이는 윈스튼 처칠의 말 속에 잘 나타나 있다.

"나는 인생의 어느 시기에서나 비판을 믿음으로써 이익을 얻었다. 내 생애를 통해 나에 대한 비판이 적었던 시기는 없지 않았나 여겨진다."

시험해 보라 : 하루 한두 번이라도 이를 시험해 보라. 결코 손해는 없을 것이다. 실행에 옮겨 보면 틀림없이 그 가치를 확인할 수 있다. 남의 눈에 비치는 자기 자신의 모습을 볼 수 있다.

올바른 비판이나 충고를 들어줌으로써 신뢰를 얻을 수 있고, 자신을 향상 시키는 방법을 음미함으로써 겸손을 배울 수 있다. 그리고 무엇보다도 중요한 것은 [방법3]의 '**남으로 하여금 비판하고 충고케 하라**'를 연습하는 일이다.

▌설득력을 위한 10계

남에게 무엇인가를 시키기 위한 방법에는 두 가지 밖에 없다.

㉠ **힘으로 밀어붙인다.** ㉡ **설득하여 스스로 행하게 한다.**

사람들은 힘으로 밀어붙이는 강압적인 행동을 싫어한다. 아무리 윗사람이라고 하더라도 이유 없는 명령에는 반발하며 또 억지로 행동하는 것을 배척한다. 그래서 힘으로 밀어붙여 강압적인 것이 되지 않도록 각별한 노력을 기울어야 한다. 상대방의 압박이 강하면 그만큼 반감은 거세지며 초조감은 증대한다.

그러므로 힘으로 밀어붙이면 아이는 부모에 반발하여 집을 뛰쳐나가게 되고 남편과 아내는 서로 반목한다. 노동자는 고용주에게 반발하여 파업을 하거나 분규를 일으킨다.

▌설득이 최상의 방법이다

한편 설득되어 행동하는 사람은 다음과 같은 결과를 나타낸다.

92

① 설득한 사람에게 호의를 갖는다.

② 자기 이익을 위해 기꺼이 맡은 일에 자부심을 느낀다.

③ 설득되어 자발적인 행위에서 만족감을 얻는다.

값비싼 재능 : 설득력 있는 사람은 얼마만큼의 가치를 발휘하는가를 알게 해 주는 한 예로 존 록펠러는 인간의 재능 중에서 이 설득의 재능에 가장 높은 가치를 부여한다고 말했다.

설득력은 인간의 가장 값비싼 능력이다. 결혼생활, 아이들의 교육, 일에 대하여 불가사의한 효과를 올릴 수 있는 지혜와 힘을 가져다 준다.

설득력이 필요한 까닭 : 설득은 남에게 뭔가를 하도록 하는 힘을 가리키는 방법이 아니다. 설득은 당신의 인생을 뜻깊게 만드는 하나의 기술이다. 설득은 필요한 것을 채우는 능력이다.

아이는 부모를 설득하면서 자란다. 설득에 의해 사랑 받고 음식물을 받아 먹으며 옷을 얻어 입고 보호 받는다. 10대가 되면 조금씩 세상살이에 적응해 가면서 성인이 될 때까지 사회를 설득해 나간다.

어른이 되면 의식적으로 남을 설득하고 있는가의 여부와 관계없이 눈이 떠 있는 동안 만큼 항상 뭔가를 설득하며 시간을 보내고 있다.

남을 기분 좋게 설득함으로써 사랑 받고 도움을 받으며, 한편으로는 필요한 존재로 여겨지게 된다. 가족을 설득시켜 뭔가를 하도록 만들어 아이들을 부모의 성격이나 행동의 기준을 받아들이게 하는 근거가 됨을 간과해서는 안 된다.

이렇듯 주위 사람들을 설득하여 남을 사랑하도록 영향을 주고 있는 것이다. 의식적인 노력의 대부분은 사회로부터 수용되고 인정 받으려는 내부의 욕구에서 많은 작용을 한다. 그러나 사회는 당신을 받아들이고 인정하지 않으면 안 되는 의무도 없으며, 사실은 기대한 적도 없다.

당신이 할 수 있는 유일한 것은 오직 설득하는 방법뿐이다. 다음 제10장에서 설득하는 방법을 연구해 보도록 하겠다.

이 기술은 수백 권의 책, 수백 명에 이르는 회사 중역이나 부장, 세일즈맨을 상대로 20년 동안에 걸친 연구 결과 습득한 내용이다.

한편 실업계나 세일즈 업무를 위한 강습이나 성인들을 위한 교양강좌에서 15년 동안의 경험을 통해서 짜여진 결과이다. 이 내용은 시간을 초월한 법칙이며 위대한 지도자나 설득자들이 즐겨 쓰고 있는 설득의 10계를 말한다.

이 설득의 10계는 당신의 인생을 크나 큰 성공과 행복으로 초대하며 지금도 실현되고 있는 중이다.

제5장 성공을 기대하면 반드시 이루어진다

"여보게, 자네의 성공 비결은 뭔가? 다른 세일즈맨보다 훨씬 뛰어나게 성과를 올린 원인은 무엇 때문인가?"

점심 식사를 하면서 앞자리에 앉아 있는 친구에게 물었다. 그는 교육 프로그램 세일즈를 시작한 지 1년 사이에 이미 9천여만 원을 벌어들이는 성과를 올렸다. 유능한 세일즈맨이라도 1년 동안 그 4분의 1 정도만 벌어도 좋은 성적이다.

하지만 그의 대답에는 어떠한 의문도 허세도 보이지 않았다.

"이보라구. 자네도 알다시피 작년에 이 일을 시작할 때까지 난 15년 동안 주유소에서 일해 왔어. 스탠드 앞에 차를 대면 난 뛰어나가 기름을 넣었었지. 그러니까 거기 오는 사람은 나와 거래하기 위한 것이라고 생각했단 말일세."

그러면서 그는 지금 하는 일도 그 때와 조금도 다를 바가 없다고 덧붙였다.

"난 말일세. 나를 만나러 오는 사람은 모두 뭔가를 거래하고 싶어서 찾는 고객이라고 생각해. 그렇지 않다면 내일이라도 곧 일을 그만두는 편이 낫겠지. 내 판단으로는 다른 세일즈맨과 차이점이 있다면, 그들은 누군가와 거래하기를 막연하게 바라고 있을지 모르나, 난 틀림없이 거래할 수 있다는 확신을 갖고 있다는 신념의 차이겠지."

▌첫째 계율

친구 세일즈맨이 설득에 필요한 첫번째 계율을 말하고 있음에 유의해 볼 필요가 있다. 그는 대화를 통해 상대방을 슬기롭게 설득하기 위한 방법을 강조하고 있음이 엿보인다. 당신이 현재 진행하고 있는 일, 말하고자 하는 내용은 처음부터 설득자의 태도에 달려 있음을 강조한다.

설득력을 가지고 있는 사람의 첫째 계율은 **'제대로 설득할 수 있다고 하는 확신을 가질 것'**이라는 자기 신념이다.

그 이유 : 이 계율은 왜 필요한가? 이유는 간단하다. 사람은 이렇게 행동할 것이라는 예측과 기대로 행동하기 때문이다. 희극 배우의 연기를 보고 웃는 것은 웃게 되리라는 기대감 때문이다. 교회나 사원에서 경건한 몸가짐을 하는 이유도 살펴보면 그렇게 하도록 기대하고 있기 때문이다. 야구 시합 때의 응원도 마찬가지다.

아침에 일어났을 때의 기분이 하루 종일 계속된다는 사실을 당신은 잘 알고 있을 것이다.

뭔가 사소한 일이 아침에 일어나자마자 생기면 그 여파는 어머니의 기분을 좌우하게 된다. 그래서 아이가 하루 종일 말을 듣지 않는 경우도 있다.

96

"호통을 치거나 큰 소리로 하루를 시작한다는 건 얼마나 활기에 넘치고 멋 있는 일일까요. 하지만 하루 종일 이런 기분으로 참고 견딜 수는 없지요."

이렇게 어머니는 하소연할 것이다. 결국 그녀는 하루 종일 참고 견뎌야 한다. 왜냐 하면 그럴 것이라고 짐작하고 있었기 때문이다.

"오늘 사장님은 기분이 언짢으신 것같아!"
하고 비서가 중얼거린다.

"어쩌면 오늘은 긴 하루가 될 것같군!"

그의 말대로 지루한 하루가 시작된다. 이 역시도 그녀가 기대하고 있었기 때문이다.

세일즈맨은 아무것도 팔지 못한 채 첫 방문을 끝냈다.

"아아, 오늘도 글렀는 걸!"
하고 낙담한다. 그러자 모든 것이 실망으로 끝나는 하루가 된다. 이것도 그가 은연 중에 그렇게 되기를 믿고 있었기 때문이다.

맨체스터 대학의 심리학 연구진에 따르면 실패의 주된 원인은 그렇게 될 것이라는 예감에 직결되어 있다고 한다.

세익스피어도 지적하고 있다.

"우리는 의구심 때문에 시도하는 것조차 두려워한다. 그러므로 실행했으면 얻을 수 있을지도 모르는 훌륭한 성과조차도 놓치는 경우가 있다."

남에게 영향을 주려고 해도 그것이 제대로 미치지 않은 것은 의심이다. 두려움과 망설이는 마음을 가지고 있기 때문이다.

부정적인 예측은 부정적인 반응을 불러일으킨다. 긍정적인 예측에서는 긍정적인 반응이 생긴다. 이것은 철칙이다. 그러므로 보다 더 믿게 하고 설득하여 영향을 주기 위해서는 그 사람과의 인간관계에서 성공을 기대하지 않으면 안 된다.

유명한 심리학 프랭크 차닝 퍼득은 그의 저서 『의지의 힘』에서 이렇게 설명하고 있다.

'성공을 믿고 기대하는 것 만큼 성공을 다그치는 좋은 방법은 더 이상 없다. 이것이야말로 의지의 힘이다.'

그러므로 슬기롭게 설득할 수 있을 것이라고는 확고한 믿음을 갖고 예기해야 한다.

또 퍼득은 강조하고 있다.

'바라는 것을 강하게 요구하는 긍정적인 마음이 조마조마해 하는 부정적인 마음보다 훨씬 바라는 바를 얻기 쉽다.'

이러한 인간의 행동에 대한 원칙을 예수 그리스도는 간결한 말로 나타내고 있다.

'너희 뜻대로 되리라.'

사고방식을 훈련한다 : 호박씨를 유리병에 넣어 키운 농부의 이야기를 알고 있는가? 호박이 다 자랐을 때 농부는 유리병을 깨서 호박을 꺼냈다. 호박은 꼭 병과 같은 모양으로 닮아 있었다. 이와같이 그 뜻을 잘 모른체 자기 생각을 유리병에 억지로 밀어 넣는 우매한 사람도 있다. 그래서 많은 사람들은 남의 의견이나 행동에 큰 영향을 주기란 어렵다고 생각한다. 이미 그 예측이나 기대는 유리병과 같은 모양이 되어 있는 것이다.

당신의 태도는 다음과 같은 방법으로 형성될 수도 있다.

· 남으로부터 비판 받은 경험이 있으면 비판을 예측하게 된다.

· 남이 당신을 멸시하면 그런 취급을 기대하게 된다.

· 가족들이 충분한 존경을 가지고 대해 주지 않는다고 생각하면 그런 상태가 계속된다는 점을 예기한다.

· 직장에서 승진되지 않으면 그것에 익숙해진 나머지 항상 무
  관심한 행동을 취하게 된다.

이와같이 일상생활에서 일어나는 작고 큰 일은 물론 모든 경험
이 당신의 장래에 대한 기대를 만들어간다. 그 결과 당신의 태도
는 예기한 유리병 속으로 밀어 넣어진다.

가까스로 차례가 왔지만 : 그러므로 당신의 기대가 부정적인 유리병
이 아니라 긍정적인 유리병에 넣어지는가의 여부를 확인할 필요가
있다. 지혜로운 설득자라면 최악을 기대지 말고 최선을 기대하도
록 예기한다. 남과의 접촉이 좋은 결과를 가져올 것이라고 기대하
면 효과를 얻을 수 있다.

그 예로 야구를 하며 놀고 있는 토미 소년을 살펴볼 필요가 있
다. 소년이 야구에 한창 재미를 붙이고 있을 때 아버지가 구경을
하러 왔다.

"그래, 스코어는 어떻게 되었니!"

"예, 19대 0이에요."

"어느 쪽이 이기고 있는 거야?"

"저 쪽이에요."

"와, 그럼 완전히 지고 있구나!"

"아니예요. 우리들에게 아직 공격할 차례가 오지 않았는 걸요."

과거를 잊을 것 : 그러니까 어제, 지난 주, 지난 달에 어떤 일이 있
었다 하더라도, 또다른 과거가 있었다 해도 오늘과 내일이 순서
있게 차례로 찾아오므로 기다려야 한다.

오늘은 새로운 도전의 시작이다. 앞으로 9장에 걸쳐 설명하는
계율을 지키면 남과의 관계에 새로운 시기를 맞을 수 있을 것이다.

무엇보다도 성공을 기대하는 확신이 필요하다. 그리고 비록 10

퍼센트 밖에 성공하지 못하였더라도 항상 첫째 계율에서 설명한 것처럼 **지혜롭게 설득할 수 있다고 생각하며** 자신을 훈련하도록 하라.

이 계율을 첫째로 꼽는 까닭은 결과가 확실하기 때문이다. 이 첫째 계율을 지키지 않으면 나머지 계율은 전혀 의미가 없다. 사람의 행동에 영향을 주기 위해서는 우선 성공할 수 있다는 기대감을 갖게 해야 한다. 그렇게 하지 않으면 설득을 위한 다른 방법은 거의 가치를 잃는다.

아무리 성능이 좋은 기계라고 할지라도 엔진을 움직이려면 연료가 필요하다. 훌륭한 연을 만들어도 바람이 없으면 하늘 높이 오르지 못한다. 값비싼 TV를 가지고 있다고 해도 전기가 없으면 아무 소용이 없다.

이 첫째 계율이야말로 다른 계율의 원동력이 되고, 바람이 되고, 전기의 역할을 한다. 이것이 다른 계율의 효과를 올리는데 없어서는 안 되는 행위이며 필수 조건이다.

다른 계율을 완벽하게 습득하여 지킨다 해도 이 첫째 계율을 제대로 활용하지 못하면 아무런 도움도 받을 수 없다. 거뜬히 설득할 수 있다고 생각함으로써 나머지 9가지 계율이 생명을 갖게 되고 효과를 나타낸다.

제6장 설득하기 위해 질문의 힘을 빌려라

지금 곧 필자의 질문에 대답할 시간을 낼 수 있는가?

첫번째 질문을 위한 준비가 되었다면 보다 슬기롭게 설득하려는 확신에 찬 생각을 갖기 바란다. 그렇다면 당신은 생각하고 있는 목적을 행동으로 남에게 전달할 수 있다.

두 번째 질문은 앞에서 설명한 목적을 얻기 위해서 평생 동안 사용할 수 있는 간단한 도구가 있다고 하면, 그것은 얼마만큼의 가치가 있는 것일까? 또한 그 도구를 구입하는데는 어느 정도의 금액을 지불해야 하는 걸까?

세 번째 질문을 15분 동안 활용하는 시간의 값은 비싼가? 잠시 앉은 자세로 정신을 집중시키는데 필요한 투자로서의 노력은 너무 싸다고 생각되지 않는가?

네 번째 질문은 더 잘하기 위해 15분이라는 시간을 지금 당장 할애해 보지 않겠는가? 보다 더 슬기롭게 설득할 수 있는 도구를 스스로 개발하기 위해 15분 동안 이 장을 읽어볼 생각은 없는가?

발견했을 것이다 : 그 도구가 무엇이며, 설득력 있는 현명한 사람이 되기 위한 다음 계율은 어떤 것인가를 틀림없이 깨닫게 되었을 것이다. 만약 제대로 이해하지 못하였다면, 다음과 같은 질문을 던져 보라.

이 장을 읽으라. 단 15분 밖에 걸리지 않는다. 설득력 있는 인간이 되기 위한 둘째 계율을 설명하고 있다. 그러므로 이 장을 읽기 위해 15분을 할애하는 작은 수고는 자신의 삶에 큰 가치를 얻을 수 있다고 확신한다. 그 뜻을 대강은 깨달았을 것이다.

결국 이 장을 당신에게 읽히기 위해 두 가지 시험을 해 보았다. 하나는 질문의 형식으로, 다른 하나는 서술 형식으로 당신을 설득의 장으로 초대하였다.

그렇다면, 어느 쪽이 더 당신 적성에 적합한가? 어느 쪽이 더 설득력이 작용한 것인가? 당신에게 관심을 불러일으킨 것은 어느 쪽이었는가? 첫번째 질문 형식은 아니었는가?

첫번째 방법을 계율의 도구로 활용해 보았다. 즉 질문의 형식을 취해 본 것이다. 그렇다. 설득력 있는 인간이 되기 위한 두 번째 계율은 분명해졌다.

'설득하기 위해 질문의 힘을 빌려라.'

질문은 사고思考의 원동력이므로 설득할 때 큰 힘을 발휘한다. 그러므로 사고는 의견이나 행동을 일으키는 원천이 된다.

명령을 받기 보다 부탁을 받는 쪽이 더 설득되기 쉽지 않은가?

사물을 객관적으로 가르쳐 주는 것보다 당신의 의견을 묻는 쪽이 더 즐겁지 않던가.

또 어떤 일에 대해 찬성하고 있을 것이라는 추측보다 찬성인지 반대인가를 직접 질문 받는 쪽에 동의하고 싶지 않은가?

어떤 물건을 살 때, 이것이 좋다고 가르쳐 주는 것보다 어느 것이 좋으냐고 질문 받을 때가 더 신뢰감이 느껴지지 않는가.

그 결과 당신에게 질문을 하지 않은 사람보다 질문을 주는 사람에게 더 호감이 느껴진다는 사실을 알 수 있을 것이다.

질문하기 : 남의 생각을 움직이기 위해 질문을 슬기롭게 하는 방법에는 여러 가지가 있다. 여기서는 그 구체적인 방법 3가지만 예로 들어보기로 한다. 그러나 가장 중요한 방법은 어떤 질문을 할 것인가를 연습하는 일이다. 대다수의 사람들은 질문하는 것보다 질문 받기를 선호한다.

질문하는 습관에 익숙해져라. 그렇게 하면 자연히 남의 의견이나 감정에 더욱 흥미를 가지게 된다.

상대에게 스포트 라이트(spot light)를 비출 것 : 이것은 설득력이 있는 사람만이 가지고 있는 하나의 재능인데, 질문을 통해서 획득할 수 있다. 다음에 설명하는 3가지 질문 방법을 사용함으로써 설득의 문이 열리고 질문이 힘을 발휘한다.

【질문 방법 1】 우선 질문하라. 그리고 설득하라

권투 선수가 제1라운드의 공이 울리자마자 코너로부터 뛰어나와 춤추듯 상대의 주먹을 피하거나 허점을 노려 공격하는 동작을 보았을 것이다. 또 시합 전에 상대 팀의 전력을 탐색한다는 사실도 알고 있을 것이다.

그리고 전투를 개시하기 전의 선발 부대는 미리 투입시킨 첩보 요원의 보고를 기다렸다가 작전에 돌입한다.

시장 조사를 위해 수천만 원이라는 많은 돈을 서슴없이 쏟아 놓는 기업들을 생각해 보라. 새로운 상품을 시장에 내 보내기 전에 기업은 소비자들의 의견을 요구하고 있다.

질문 형식을 사용하는 것은 상대를 설득하기 위한 기본력인 필수조건이다.

'설득하기 전에 먼저 물어보라.'

이 원칙은 당신에게 많은 도움을 준다. 상대의 관심과 흥미를 불러일으키는 수단의 하나로 설득에 기울이지 않으면 아무 것도 이룰 수가 없다. 질문은 주의를 환기시키는 최선의 방법이다.

당신의 의견은 어떠하며 이에 대해 어떤 생각을 갖고 있는가? 당신의 견해를 말해 주지 않겠는가? 이렇게 하면 어떤가? 이런 질문으로 상대의 주의를 환기시켜 본다.

우선 상대에게 성의 있는 질문을 한 다음에 설득하는 것이 좋은 방법이다.

당혹한 세일즈맨 : 첼리 콜러는 필자가 아는 사람 중에서도 뛰어난 세일즈 매니저이다. 그는 질문은 고객에게 접근하는 세일즈의 최고 수단이라고 강조하고 있다.

"먼저 물어보라. 그리고 팔라!"

또 그는 자신이 직접 이 원칙을 세일즈맨들에게 실행해 보였다. 한 번은 회의가 끝나자, 한 세일즈맨에게 강연 내용을 물었다.

"오늘 강연한 사람에 대해 어떻게 생각해?"

"그저 무난하더군요. 하지만 강의 내용이 좀 딱딱하다는 느낌이 들었어요."

"그렇다면 별로 칭찬할 만한 내용이 없었다는 이야기구먼."

"예, 그저 그렇다는 거지요."

하고 세일즈맨은 대수롭지 않게 대답했다.

그러자, 곧 그는 언짢은 표정으로 말했다.

"자네, 그 강의 한 분은 나의 은사님이야. 이 회의에 그 분을 모신 것은 나라구."

이 말을 듣자 세일즈맨은 몸둘 바를 몰라 했다. 그러면서 강연이 그렇게 서툰 것은 아니었다고 극구 변명했다.

그러자 그는 웃으며 말했다.

"사실은 그 강연한 사람은 전혀 초면이었다네."

세일즈맨의 표리가 같지 않은 태도에 다시 일침을 놓았다.

"보통 사람들이 생각하지 않고 의견을 말할 때 흔히 볼 수 있는 일이거든. 그러니까 언제나 먼저 물어보고 나서 물건을 판다는 각오가 중요한 태도란 말일세."

【질문 방법 2】 결론을 얻으려면 질문 형식이 우선이다

린든 B 존슨 미국 전 대통령은 워싱턴 광장에 모인 4천 명의 노동조합 지도자들 앞에서 그의 단골 인용문을 쏟아놓았다.

"자, 우리 서로 토론해 보자구."

상대와 토론하면서 결론을 이끌어 내기 위해서는 질문 형식을 취하는 것이 최선이다. 명확한 질문은 의견 일치를 위한 가장 적절한 방법이다. 자기의 견해와 상대의 견해가 어느 정도 가까운가를 파악하는데 도움이 된다. 대화를 주고 받으면서 몇 번이고 질문을 하여 상대의 의견을 알아보아야만 훌륭한 결론을 이끌어 낼 수 있다.

이상한 예 : 달에는 먹음직한 치즈로 된 산이 많으며, 평야는 너무나 메말라 먼지 투성이다. 하지만 호수에는 달고 시원한 음료수로 가득 차 있고, 나무들은 빗물을 흡수하기 위해 뿌리가 하늘을 향해 뻗어있다.

또한 달의 표면에는 큰 분화구가 수 없이 많으며 살고 있는 모든 동물에는 발에 귀가 달려 있어서 먹을 때는 눈만 깜빡거리면 된다.

당신은 이와 같은 달의 설명에 찬성할 수 있는가? 당신은 틀림 없이 그럴 리가 있겠느냐고 웃을 것이다. 하지만 이 엉터리 이야기 속에도 동의할 수 있는 사실이 몇 가지 엿보인다.

이를테면 달의 표면은 건조하여 먼지 투성이라든가 분화구가 있다는 것은 정확한 내용이기 때문이다. 이렇듯 달에 관한 글에는 7가지 내용으로 엮어져 있는데, 그 중 5가지에 대해서는 전혀 믿을 내용이 못 된다. 사실 무근인 것이다. 뛰어난 설득자라면 상황에 따라 상대로부터 찬성 여부를 확인한 다음 질문을 주고 받으며 서로의 의견에서 도출된 결론에 이른다.

이 달이야기를 토론하기 위해서는 다음과 같은 질문이 필요하다.

"달에는 치즈로 된 산이 있다고 하는데, 당신은 이 점에 대해 찬성하는가?"

그러므로 서로 토론하여 결론을 이끌어 내야 한다.

"달의 표면, 즉 평지는 너무 메말라서 먼지 투성이라고 하는데 이 내용은 옳습니까?"

라고 묻고 난 다음, 당신의 옳다는 대답에 찬성을 하는 지 살펴볼 일이다.

이와같이 자신의 생각이 질문에 따라 달라질 수 있다. 그러므로 질문에 의해 하나하나의 새로운 상황을 일일이 명백히 밝히고 나서 토론에 접근해야 한다.

【질문 방법 3】 '왜'라고 물을 것

존슨 대통령 재직시 국무장관이었던 로버트 맥나마라는 케네디 정권 때부터 매너지먼트의 천재로 정평이 나 있는 인물이다.

그는 국민들로부터 호기심 많은 정치적 사건을 해결하는데 필요한 6감을 발휘하여 문제를 해결하는 특별한 수완을 지니고 있었다.

사건이 터지면 언제나 '왜?'하고 물었던 것이다. 당신도 이와 같은 질문을 이용해 상대의 다른 점을 확인한 다음, 그 격차를 줄여 스스로 마음을 열게 해서 문제를 해결해 보도록 하라.

필자는 어느 날 주택업에 종사하는 부동산업자들의 모임에서 '왜?'라고 묻는 것이 얼마나 중요한가를 강조한 적이 있었다. 그 후 2~3일이 지나 그들 중의 한 사람인 본 마본이 나를 찾아와서 다음과 같은 말을 들려주었다.

"내 고객이 바라고 있는 조건에 맞는 집이 매물로 나왔어요. 그런데 꼭 한 군데가 마음에 들지 않는다는 거예요. 그는 식당이 딸린 집을 찾고 있었는데, 이 집엔 식당이 없는 거예요. 나는 이 집을 그들 부부에게 소개했지만, 식당이 없다는 것 이외는 모두 만족해 하는 것 같았어요. 집을 다 둘러보고 나서 손님은 '이 집은 마음에 드는데, 식당이 없는 것이 흠이군요.'라고 말하는 거예요. 그래서 나는 왜 식당이 필요하냐고 물었지요. 그러자 손님은 그저 식당에서 식사를 하고 싶어서 그렇다는 것입니다. 그래서 나는 거듭, 왜 그러냐고 물었더니 습관이어서라는 대답 밖에는 특별한 이유가 없더군요. 그래서 나는 그 습관 때문에 얼마나 많은 돈이 드는 것인가를 설명해 주었지요. 식당이 따로 있으면 호화주택으로 분류되어 세금은 물론 전기료며 또 집안을 손질하는 데도 훨씬 많은 비용이 들지 않겠느냐고 말해 주었지요. 식당에서 식사를 하면 한 끼에 2만원 정도 더 들 것이라고 내역까지 계산해 주었지요. 내 말을 듣고 그들은 비로소 식당에서 꼭 식사를 해야 한다는 이유가 얼마나 사치스런 일인가를 깨달았던 것입니다. 결국 내가 왜? 라는 질문을 거듭한 덕분에 그들은 그 집을 사게 되었지요."

인간은 이상한 동물이다 : 인간은 자기 자신도 잘 모르는 이유로 생각하거나 행동하는 이상한 동물이다. 왜 그러느냐고 물으면 자기의 돌발적인 행동이나 태도에 대해 이유를 설명하지 못한다. 결국에는 자기 합리화에 변명을 늘어놓는다.

위에서 말한 부동산 소개업을 하는 마본의 고객은 단순한 식사 습관에 얼마나 많은 돈이 불필요하게 소요되는가를 깨닫고 나서야 생각을 바꾼 예다.

사람은 누구나 질문을 받아야 자기의 존재를 깨닫는다. 인간이란 질문에 의해 인도되고 설득되는 이성적 동물이다. 그러므로 설득력을 갖춘 인간이 되기 위한 둘째 계율의 3가지 방법을 익혀야 한다.

'설득하기 위해 질문의 힘을 빌려라.'

① 우선 물어보라.

② 토론하기 위해서는 질문 형식을 취하라.

③ '왜'라고 물어보라.

제7장 당신을 중요한 인물로 만드는 공식

1917년에 러시아 정부는 사관의 지위를 폐지하였다. 이는 군부의 일대사건이었다. 그래서 사관들은 병영 숙소를 직접 청소하고 일반 사병들과 함께 식사함으로써 특권이나 칭호까지도 모두 잃어버렸다.

하룻밤 사이에 어마어마한 조직 붕괴가 이루어진 것이다. 군대 역사에 일찍이 없었던 큰 변혁이었다.

그 결과 사관들의 위신은 땅에 떨어지고 일반 병사와 같은 책임 없는 처지로 전락해 버렸다. 이런 돌발적인 사태를 일으켜 큰 혼란에 빠진 러시아는 급기야 모든 사관들의 지위를 예전으로 회복시키기에 이르렀다.

이러한 잘못은 러시아라는 국가가 인간의 행위를 좌우하는 능력을 간과한 데서 야기되었던 일이다. 이 사건을 통해 러시아는 다음과 같은 아픔을 배웠다.

‘구성원이 인간으로 조직화된 사회에서 목표한 바를 달성하려면 지위를 부여하지 않으면 안 된다.’

‘개개인은 중요한 존재’라는 사실을 인식시키는 일이었다.

이것은 인생의 만능약이다. 인간의 중요성을 탐구하는 것이야말로 당신이 활용해야 할 방식이다. 남을 행복하게 하기 위해서는 당신이 사용해야 할 방식이다. 이러한 지혜의 가르침은 옛부터 철학자나 성자들 사이에서 행하여져 온 삶의 방법이다.

세익스피어는 인간의 높은 이상을 칭찬하였다.

“나는 내 인생의 최고 목표이며, 나 자신이 남보다 더 귀엽고 사랑스럽다.”

사뮤엘 존슨도 예외는 아니다.

“일시적으로는 불편할지 모르나 별 문제는 없다. 하지만, 나의 중요성을 빼앗긴다면, 나는 이 세상에 존재할 이유가 없다.”

매력적인 인간이 되어 남에게 영향을 주고 싶으면, 또 살아 있는 동안 뭔가를 성취하고 싶다면, 다음과 같은 자기 성찰이 중요하다. 즉 설득력 있는 아름다운 인간이 되기 위한 셋째 계율을 지켜야 한다.

‘남에게 내 자신이 중요한 존재라는 사실을 알리는 일이다.’

■주의를 끌기 위한 평생의 노력

인간의 행동 배후에 숨어 있는 의식은 중요한 독립적인 존재가 되고자 하는 바램이다. 이것은 태어날 때부터 죽을 때까지 변하지 않는다. 갓난아이는 주의를 끌기 위해 울고 유아들은 주의를 끌기 위해 장난을 친다. 10대들은 스스로를 인정 받으려고 유행을 쫓는다.

어른들은 아름다운 집, 고급차, 유행하는 옷을 손에 넣으려고 애

쓴다. 특권자로 사회에 군림하려고 끊임없이 달린다. 인정을 받고 명성을 얻는 것이 꿈이다. 인생의 삶이란 자아를 만족시키기 위한 투쟁일 따름이다.

성공하기 위해서는 남에게 자기가 중요한 존재라는 사실을 인식시켜 만족감을 주면 된다. 이것은 결코 어려운 일이 아니다.

남에게 자기를 중요한 존재라고 느끼게 하고 알리는 방법은 많다. 그러나 그 중에 90퍼센트는 3가지 법칙에 바탕을 두고 있다. 이것을 배워 연습하면 설득력은 하룻밤 사이에 몇 배로 늘어날 것이다.

【규칙 1】 감사한 마음을 만들어줌으로써 내 자신이 중요한 존재라고 느끼게 한다.

심리학자 윌리암 제임스는 책을 집필하는 도중에 병에 걸려 입원한 일이 있었다. 그때 한 친구가 아델리아꽃과 감사의 말을 쓴 카드를 보내 왔다. 제임스 박사는 그 답례로 감사의 글을 썼다.

'이 선물은 내가 책에서 미처 쓰지 못한 말을 상기시켜 주었소.'

이때 제임스 박사는 인간의 깊은 내면에 도사리고 있는 감정, 즉 감사를 받고자 하는 갈망을 미처 쓰지 못했다고 말하고 싶었던 것이다.

감사한 마음을 전하면 상대는 사랑을 받고 있음을 느낀다. 그리고 주위 사람들로부터 필요한 존재라고 생각하게 된다.

직업의 만족도를 조사해 보면 불만 원인 가운데 감사에 대한 부족이 큰 비중을 차지하고 있음을 엿볼 수 있다.

또 결혼에 대한 이모저모를 조사해 보면 불행한 결혼의 직접적인 원인은 감사하는 마음을 나타내지 못하는데 있었다.

인간은 주위 사람들로부터 존경을 받지 못하면 행복해질 수 없는 존재다. 인생을 통해 원만한 삶을 살아가려면 이와 같은 내적인 이기주의를 가지고 있다는 마음을 잊지 않고 감사하다는 한 마디의 말로 어느 누구도 해결할 수 없는 일을 해결한다.

향기가 있을 때 꽃을 보내라 : 가족들로부터 전혀 고맙게 여기지 않는데도 그들을 위해 고생하며 열심히 일하고 있는 어느 여성의 이야기를 소개해 본다.

어느 날 밤, 그녀는 남편에게 물었다.

"여보, 만약 내가 죽는다면 당신은 큰 돈을 들여서라도 꽃을 사 주겠지요?"

"그야 말할 것도 없지. 그런데 왜 갑자기 그런걸 물어?"

"그때 가서는 비록 20만원 짜리 꽃다발일지라도 저에게는 아무 소용이 없을 것 같아서 말이에요. 하지만 제가 살아 있는 동안 한 송이 꽃이라도 보내주신다면 얼마나 고마울까요."

한 가정 주부의 평범한 이 말은 우리 주위에 있는 많은 사람들의 마음 속에 간직하고 있는 작은 소망이 아닌 지 한 번쯤 음미해 볼 필요가 있다. 어쩌다 보내 온 몇 송이의 소슬한 꽃다발은 사람들에게 살아 있다는 기쁨과 희망을 안겨주는 감격을 맛보게 한다.

왜 인간은 심장이 멎고 눈이 보이지 않고 귀가 듣지 못할 때까지 삶의 종말을 기다려야 할 필요가 있을까?

지금 당장 상대가 기뻐할 수 있는 기회라면 어찌하여 한 송이 꽃이라도 보내지 않은가. 그 꽃다발을 만들어 보내는 방법은 많지만, 몇 가지를 알아보기로 한다.

칭찬의 꽃다발을 보내라 : 심리학자 필립 브룩스는 다음과 같이 말하고 있다.

"조금이라도 잘한 일에 대해서는 그 노력을 칭찬해 주어야 한다. 그렇게 하면 생각할 수 없을 만큼의 큰 에너지를 얻을 수 있다. 그러므로 당신도 관대하게 칭찬을 아끼지 말아야 한다.”

다음은 어느 대학에서 실험한 예다.

우선 학생들을 세 그룹으로 나누었다. 그런 다음 제1 그룹은 칭찬과 격려를 해 주었고, 제2 그룹은 완전히 무시되었다. 남은 그룹에 대해서는 비판으로 일관했다.

그 결과 전혀 발전을 보이지 않은 그룹은 무시된 제2 그룹이었고, 비판으로 일관한 마지막 그룹은 다소 발전을 보였지만, 칭찬 받은 제1 그룹은 놀라울 만큼 향상되었음을 알 수 있었다.

왜 말해 주지 않는가 : 필자는 수강생들에게 항상 남을 칭찬하도록 훈련시키고 있다. 강의 때마다 수강생들 중에 한 사람씩을 연단으로 나오게 하여 다른 사람에게 칭찬의 말을 하도록 한다.

이러한 연습 과정은 모든 사람을 즐겁게 할 뿐만 아니라 인간만이 가질 수 있는 특성을 잘 나타내준다. 친구로부터 자신의 웃는 모습에 칭찬을 받은 한 수강자는 이런 말을 들려주었다.

“나는 그와 15년 동안을 사귀어 왔지만, 오늘 내 미소에 대해 칭찬해 준 것은 이번이 처음이었습니다.”

왜 칭찬의 꽃을 보내지 않는가? 왜 우리들 주변에서는 칭찬의 말이 쉽게 표현되지 않고 있는 것일까? 훌륭한 인물로 존경의 대상인데도 아직 그렇다는 말 한마디 해 주지 못하는 인색한 사람이 얼마나 많을까? 왜 말해 주지 않는가?

어째서 칭찬하는 훈련을 하지 않는 것일까? 남을 칭찬하는 방법을 찾으려 들지 않는가? 만약 이를 실행하고 싶다면 다음 사항을 꼭 마음 속에 간직하기 바란다.

① **진지할 것**. 적당히 얼버무려 칭찬해 봤자 별 의미가 없다. 진지하다는 뜻은 남의 좋은 점을 알아내라는 말이다. 진지하게

찾으면 반드시 좋은 점을 발견할 수 있다.

② **구체적으로 말할 것**. 친절하다든가 좋은 사람이라고 공치사를 해 봤자 아무 소용이 없다. 친절하고 좋은 점을 구체적으로 지적하여 말해 주는 것이 중요하다.

③ **그 사람의 용모보다는 교양이 넘치는 행동을 칭찬할 것**. 그것이 더 진지한 방법이며 훨씬 효과적이다. 주위 사람들에게도 거부감이 없다. 그러나 무엇보다도 중요한 점은 그런 사실을 직접 말하는 용기다. 지금 당장 남을 칭찬하는 연습을 하라. 쑥스럽게 여기지 말고 시작해 보라.

연민의 꽃다발을 보내라 : 영국의 작가 유겐 필드는 작품을 쓸 때 아이디어가 떠오르지 않아 의기소침한 기분으로 식당에 갔다. 때마침 점심 무렵이어서 웨이터는 바쁜 걸음으로 식단표를 들고 뛰어왔다.

식단표를 훑어본 필드는 슬픈 듯이 말했다.

"아아! 내가 먹고 싶은건 한 가지도 없군. 지금 나에게 필요한 건 오렌지 한 개와 따뜻한 한 마디 말인데!"

상대가 나를 요구하고 중요한 존재임을 인식시키기 위해서는 사소한 연민의 정과 따뜻한 말이 필요하다.

미국의 사상가이자 철학자인 랠프 에머슨은 이렇게 말했다.

"반지나 보석은 선물의 대상이 아니다. 그것은 선물의 변명에 지나지 않는다. 중요한 선물은 당신의 마음이다."

당신은 따뜻한 말 한마디로 남에게 연민의 정을 보낼 수 있는 기막힌 존재이다.

기억의 꽃다발을 보내라 : 절친한 사람은 늘 기억하고 있어야 한다. 필요하다면 작은 수첩이라도 마련해 둘 일이다. 친구나 동료, 이웃, 친척들의 인적 상황을 기록해 둔다. 꼭 기억해 둘 일은 그들의 생일은 물론 자녀의 수와 이름 취미 등이다.

당신이 이런 점까지 기억해 주었다고 하는 것만으로도 상대는 자기가 중요한 존재라고 느끼게 된다.

좋은 소문이라면 꽃다발을 보내라 : 인간은 누구나 남의 소문에 관심을 갖고 있다. 그러나 좋은 소문이라면 별로 신경을 쓸 일이 아니다.

항상 남에 대해서는 좋은 평판으로 말하도록 하라. 구체적으로 그의 장점만을 대화의 내용으로 하면 된다. 소문은 돌고 돌아 반드시 본인의 귀에 들리게 된다. 좋은 평판의 말을 들었을 때 상대는 자기 자신이 중요한 존재라는 자부심을 느낀다.

관심의 꽃다발을 보내라 : 남에게 늘 관심을 가져라. 또한 그 사람에게 배려하는 마음 가짐이 중요하다. 대다수의 사람들은 자신만을 생각하는데 90퍼센트 이상의 시간을 보내고 있다. 그런 시간의 불과 몇 분만이라도 남을 위해 활용한다면 어떨까?

뭔가 해줄 일은 없는지? 또 신경을 써 주어야 할 일은 없는지를 늘 염두에 두면서 남을 대하도록 하라. 그와 같은 친절이 넘치는 태도는 주위 사람들로부터 주목을 받음과 동시에 인간성은 몇 배나 매력적이 된다.

▌이 장의 결론

늘 감사하는 마음을 나타냄으로써 다른 사람의 인생을 아름다운 꽃과 같은 환희로 가득 차게 할 수 있다. 삶의 정원은 당신의 매력적인 향기가 넘쳐나서 아무리 없애려고 해도 사라지지 않는다.

그렇다면 5가지의 꽃다발을 기억해 둘 일이다. 이 꽃다발을 받는 사람은 마음에 새로운 감정의 향기를 맡을 것이다.

① 칭찬의 꽃다발

② 연민의·꽃다발

③ 기억의 꽃다발

④ 좋은 소문의 꽃다발

⑤ 관심의 꽃다발

**【규칙 2】 예의를 바르게 함으로써 상대에게 자기가 중요한 존재
라는 것을 느끼게 할 것**

유명한 사업가 존 워너 메이커는 말한다.

"바른 예절이란 돈과 같다. 너무 많이 써도 안 되고, 또 너무 아
껴서도 안 된다."

그는 이 원칙을 지켰기 때문에 부와 명성을 얻었다고 강조하고
있다.

또한 에머슨은 그의 저서에 분명히 쓰고 있다.

'훌륭한 문장과 기사도는 바른 예절 속에 있다.'

언제인가 저술가이면서 강연을 잘 하는 인물이 찾아왔을 때 나
의 친구가 안내를 맡았다. 친구는 그를 공항에서 맞이하기 위해
나와 시간을 함께 보냈다. 나는 친구에게 물어보았다.

"그 사람의 어떤 점이 가장 인상에 남았는가?"

그러자 친구는 서슴없이 대답했다.

"응. 그가 자동차 문을 열면서 함께 타도록 조용히 내 어깨에 손
을 얹었을 때였어. 정말 그의 예의바름이란 대단하더군!"

TV 뉴스 해설자인 폴 하비와 만났을 때의 일이다. 그때 하비와
나눈 대화는 기억하지 못하지만 공항에서 보여준 우아함과 예의바
름은 언제까지나 잊을 수가 없다.

그와 함께 식당에 갔을 때 웨이트리스에게 식단표에 없는 음식

을 주문한 하비 씨는 미안하다는 어조로 말했다.

"아가씨, 내가 주문한 음식이 혹시 시간이 많이 걸린다면 말해
줘요. 취소할테니…."

물론 웨이트레스는 주문한 음식을 기꺼이 가져왔다.

이 식당 아가씨는 많은 사람들의 심부름을 해야 하므로 이와같
이 손님으로부터 친절하고 정중하게 취급 받는다는 사실에 새로운
경험을 얻었을 것이다.

왜 예의 바르게 행동해야 하는가 : 필자는 어느 날, 친구 두 사람과
점심 식사를 함께 나누고 있었다. 이 친구들은 방금 뉴욕에서 오
는 길이었다.

여행 경험담으로 이야기꽃을 피우고 있을 때, 한 친구가 이런
말을 했다.

"난 뉴욕에서는 못 살 것같아. 많은 사람들이 서로 밀치고 북새
통으로 난장판이지. 예의바른 사람은 한 사람도 못 봤어!"

그런데 이 친구는 약속이 있어서 먼저 자리를 떴다. 그가 나가
자, 다른 한 친구가 말했다.

"나의 뉴욕에 대한 인상은 전혀 달라. 조금 전에 반론하고 싶었
지만, 내가 뉴욕에서 가장 인상적인 모습은 사람들이 모두 예의
가 바르고 친절하다는 점이었어. 바쁜 중에도 뭔가 물어보면 친
절하게 대해 주더군!"

나중에 이들의 상반된 이야기를 다시 생각해 보며 필자는 뉴욕
의 형편과 두 사람이 판단한 인상과는 거의 관계가 없다는 사실을
알았다. 솔직히 말하자면 한 친구는 너무나 자기 중심적이어서 이
야기 도중에 다른 사람은 무조건 잠자코 있어야 한다는 입장을 내
세웠던 것이다.

그는 늘 사람들은 자기에 대해 예의가 없고 존경심이 모자란다고 불만스러워했다. 그런 그가 뉴욕에서 그렇게 생각했으리라는 것은 확연한 일이다.

그러나 다른 한 친구는 온순한 몸가짐으로 참을성이 있고 남을 배려하는 성품을 지녔다. 그러므로 주위 사람들도 항상 그 보답을 하고 있었다. 그토록 예의바른 그에게 남들이 실례한 태도를 취한다는 것은 상상도 못할 일이다.

인간성의 특성 가운데 예의바른 것 만큼 남과 사귀기 쉬운 감정도 없다. 그것을 남에게 제공하면 반드시 그 댓가가 되돌아 온다. 무엇보다도 상대의 기분을 좋게 하는 매력이 된다. 또 상대에게 자기는 중요한 존재라는 자부심을 갖게 한다.

사실 버릇 없는 사람으로 취급을 받는 것 만큼 인간의 자존심을 손상시키는 일도 없다. 남과 대면할 때 예의에 벗어난 태도를 취하면 상대는 불쾌감을 감추지 못하고 전투적인 기분과 적의를 불러일으킨다.

10초 동안의 첫 인상 : 주위 사람들이 당신의 말과 의견을 믿고 그대로 행동하는가의 여부는 첫 대면 10초 안에 결정된다. 이렇듯 첫 인상에서 상대를 평가한다. 그 만큼 첫 인상은 사회 생활에 매우 중요한 과정이다. 그러므로 첫 대면에서 실패하면 나쁜 인상을 지워버리는 것 만큼 어려운 일도 없다.

시뉴엘 골딘은 이렇게 설명하고 있다.

"첫 인상이 주는 영향은 매우 중요한 의미를 주는 경우가 많다. 몇 년이 지나도 사람은 첫 대면에서 열의를 다 했는지, 아니면 버릇없이 행동했는지, 또 고상하고 점잖은 모습을 보였는지 기억하게 된다."

그러므로 늘 예의바른 자세의 당신이라면 남들과 따뜻하고 친근
감 있는 관계를 가질 수 있다. 예의바른 태도는 좋은 첫 인상을 보
증한다.

예의바름의 3가지 규칙 : 우리들은 태어날 때부터 예의바름에 의구
심을 가지고 있는 것처럼 보인다. 이는 남을 너무 배려를 하면 오
히려 상대로부터 이용당하지 않을까 하는 걱정 때문인지도 모른
다. 항상 예의바른 자세를 지니고 살아간다는 것은 어려운 일이다.

어쨌든 정중한 태도를 보여줌으로써 상대에게 자기는 중요한 존
재임을 느끼게 하려면 다음의 3가지 규칙을 지키는 것이 무엇보다
도 중요하다.

① **항상 미소를 잃지 말 것.** "부탁합니다", "고맙습니다"라고
말할 때는 미소를 잊지 않도록 신경을 써야 한다. 한 예로
상대에게 좌석을 양보하고 다른 자리로 물러앉을 경우에도
미소를 잊지 않도록 한다. 무언가 사소한 일을 상대에게 해
줄 경우에도 미소를 지으라. 그렇게 하면 상대는 당신이 기
꺼이 함께 해주고 있다는 것을 깨닫게 된다.

② **무슨 일이나 명확히 하라.** 정중한 태도로 똑똑히 말한다. 입
안에서 고맙다고 우물우물해 봤자 아무런 뜻이 없다. 똑똑하
게 발음하여 진심이라는 것을 보여줘야 한다.

③ **말할 때는 상대의 눈을 보라.** 예의바르게 하는 몸가짐을 오
히려 쑥스럽게 여겨 아래 쪽으로 시선을 떨구거나 허공을
바라보는 것은 금물이다. 자신감과 긍지를 가지고 예의바르
게 태도를 보이면 효과가 크다.

예의바름을 위한 훈련 : 예의가 바르다는 것은 설득력 있는 인간이
갖는 제2의 특징이다. 고압적이고 불손한 사람과 매력적인 인간

의 다른 차이점이다. 그러므로 예의바름은 남에 대한 배려다. 그것은 남에게 자기라는 존재가 중요한 위치에 있음을 알리는 제2의 규칙이다.

【규칙 3】 이름을 부름으로써 중요한 존재임을 느끼게 할 것

인간은 풍선과 같다. 자기 이름을 보거나 들을 때 공기가 주입되어 부풀어 오르듯 벅찬 감정을 맛본다.

그리스의 전사 아킬레스를 알고 있는가? 그의 치명적인 약점은 오직 한 가지 발뒷꿈치에 있었다. 그 뒷꿈치에 화살을 맞고 아킬레스는 죽음을 맞는다. 인간은 아킬레스라는 뒷꿈치를 가지고 있다. 그것은 인간임을 증명하는 신체 부위다. 인간은 자기의 이름을 쓰거나 듣기 위해 평생 동안 일하며 활동하고 있다. 또한 자기 이름의 가치를 위해 피나는 노력을 하고 막대한 돈까지 지불한다.

이렇듯 모든 사람의 약점인 아킬레스는 인간이란 동물의 대명사이다. 그러므로 현명하게 이름을 사용하면 당신의 인간성은 새로운 힘과 능력을 가질 수 있다.

유명한 정치가 짐 파티는 5만 명이나 되는 지역 주민들의 이름과 얼굴을 기억한 결과 어느 경우에나 상대의 이름을 부를 수 있는 능력을 지녔기 때문에 유권자들로부터 특별한 친근감을 느끼게 하여 역사상 가장 획기적인 정치기구를 만들 수 있었다고 한다.

인간은 자기의 이름을 붙인 기업을 만들어 지키기 위해서 평생토록 땀 흘려 일하는 것이 아닌가.

■ 이름을 써서 감사하는 마음을 나타낸다

필자가 알고 있는 회사의 젊은 중역은 고속으로 사장에서 회장으로까지 승진하였다. 그는 회사의 발전을 위해 놀라운 공헌을 했다.

그러자 경쟁 회사에서 최고의 지위를 제공하겠다고 제의해 왔다. 그 회사는 그가 근무하는 곳보다 훨씬 규모도 크고 여망이 있는 대기업이었다. 그래서 그는 회사를 그만두겠다고 경영진과 중역들에게 말했다. 그때 한 중역이 이런 제의를 했다.

"우리는 당신을 스카웃하려는 회사와 같은 대우는 할 수 없지만, 당신의 이름을 회사명으로 개명할 수는 있소."

물론 그는 회사를 그만두는 걸 보류했다. 자기 이름이 회사명으로 남게 되므로 그보다 더 명예로운 일이 없다는 생각에서였다.

자기 이름에 빛을 비추어라 : 남에게 뭔가를 부탁할 때는 그 사람의 이름을 부르는 것이 효과적이다. 어느 자문기관의 기획위원장이 이런 말을 했다. 그는 위원회 위원들을 위촉하려고 후보자로 선정된 사람들에게 전화를 걸어 의사를 타진했으나 모두들 바쁘다는 핑계로 거절했다.

그 당시의 이야기를 그는 다음과 같이 설명했다.

"그때 나는 꼭 어떻게 하지 않으면 안될 절박한 입장에서 프로그램에 그들의 이름을 넣어 인쇄하기로 했지요. 이렇게 해서 그들의 찬성을 받아보려고 했던 거지요."

그리고 그는 덧붙여 말했다.

"그렇게 하기로 마음먹고 그들에게 전화를 걸었더니 이번에는 모두가 기꺼이 승낙해 주더군요."

이와같이 이름을 슬기롭게 사용하도록 하라. 누구나 자기 이름에 대해서 만큼은 특별하고도 아름다운 울림을 가지고 있다. 그것은 손바닥 위에 보석을 굴리는 작은 일과도 같다. 아무리 사용해도 싫증이 나지 않는 유일한 도구다. 또한 상대의 저항력을 약화시키고 적의와 반대 의견을 완화시켜 힘이 되기도 한다. 이것이야말로 남에게 자기는 중요한 인간이라고 흐뭇하게 느끼게 하는 방법이다.

이름 외우기 : 남의 이름을 기억하고 있는 것이 얼마나 중요한 일인가를 잘 알고 있을 것이다. 그런데도 "나는 기억력이 없어서 남의 이름을 외울 수가 없어."하고 쉽게 말한다.

이것은 잘못된 생각이다. 인간은 누구나 좋은 기억력을 가지고 있는데, 다만 그 사용법을 모르고 있을 뿐이다. 남의 이름을 외우기 위해 기억력을 어떻게 활용할 것인가에 대해서 알아보기로 한다.

① **우선 남의 이름을 외우는데 세계 제일의 기억력을 가지고 있다는 자신감을 가져야 한다.** 혹시 외운 이름을 잃어버리면 어쩌나 하는 걱정, 이름을 잘못 부르는 실수를 하지 않을까 하는 불안감을 버려야 한다. 막연한 의구심이나 망설임, 두려움을 갖고 있는 한 결과가 그대로 나타나는 경우가 많다.

② **이름을 외우는 일에 즐거움을 갖는다.** 한 사람의 이름을 외울 때마다 만 원씩을 준다고 하면 이름 외우기를 결코 어렵다고 생각하지 않을 것이다. 오히려 돈 만 원을 받기 위해 거리로 나가 모르는 사람의 이름까지 외우려고 할 것이다. 인간은 외우고 싶은 것만 외우게 마련이다. 물론 이름을 외운다고 해서 만 원을 줄 사람도 없겠지만, 이름을 외우고 있으면 그에 따른 특별한 대우나 높은 평가 칭찬과 같은 많은 되돌림을 받게 됨은 자명한 일이다. 그러니까 기꺼이 이름을 외우기를 시도해 볼 일이다.

③ **이름은 정확하게 외워야 한다.** 다음과 같은 물음은 상대의 귀에는 음악과 같은 울림을 전한다.

"죄송합니다만, 다시 한 번 성함을 말씀해 주세요."

"존함은 무슨 자 무슨 자인지요?"

"당신의 성함을 물어도 되나요?"

이름에 대해 이야기하는 것은 매우 즐거운 일이다. 정확하게 외우기 위해 되묻는 것을 쑥스럽게 여겨서는 안 된다.

④ **이름을 들었으면 그 자리에서 속으로 세 번 반복해서 불러 본다.** 한 연구팀의 실험에 의하면 어떤 일이 있을 때 그것을 기억하는가 잃어버리는가는 1시간 이내에 결정된다고 한다. 그러므로 남의 이름을 들었으면 그 자리에서 적어도 세 번은 속으로 불러봐야 기억에 남게 된다. 그리고 될 수 있는대로 많은 그림과 연관시켜 기억을 되새기도록 노력한다. 즉 어디서 그 사람을 만났는지, 그 이름에서 무엇을 생각했는지, 그리고 이름을 하나의 그림으로 그려보는 것이 중요하다.

하지만 무엇보다도 중요한 것은 연습이다. 이름을 외우는 연습을 몇 번이고 되풀이해 보는 일이다.

남의 이름을 기억하기 위한 조건을 들어본다.

① 이름을 외울 수 없다는 생각을 버릴 것. 자기에게는 남의 이름을 외우는 능력이 있다고 믿는다.

② 남의 이름을 외우고 상대의 이름을 부를 때 즐거움을 느낄 것. 그 일이 얼마나 자신에게 도움이 되는지를 알아야 한다.

③ 이름을 정확하게 외울 것. 필요하다면 그에 대해 서슴없이 되물어 본다.

④ 상대의 이름을 들었으면 2~3분 이내에 세 번은 반복해서 외어볼 본다.

상대에게 자기는 중요한 인간이라고 느끼게 하는 방법은 한 가지 밖에 없다. 그것은 연습을 반복하는 일이다. 자기에게 관심이 있는 사람만 골라서 연습해 봤자 진정한 효과를 기대할 수 없다. 모든 사람이 자기는 중요한 존재라는 것을 깨달았을 때 비로소 그 방법을 완전히 습득했다고 말할 수 있다.

한 잔의 커피를 날라다 주는 다방 종업원, 엘리베이터 안내양, 상점 점원, 이웃집 사람, 거리에서 스치는 행인, 쓰레기를 치워가는 미화원, 사무실 수위, 신문배달 소년, 교사, 목사, 우체부, 미용사 등등은 그 나름대로 중요한 가치를 지닌 사람들이다. 자신이 중요한 존재임을 느껴야 할 사람들이다. 그렇다면 이제 당신은 규칙을 대략 파악한 셈인데, 이 규칙을 올바르게 활용하는 것도, 무관심한 태도를 취하는 것도 당신의 의지에 달려 있다.

앞으로 얼마동안은 만나는 사람들에게 이 규칙을 연습해 보도록 하자. 그러면 당신의 인생은 전혀 새로운 경험으로 가득 찰 것이다.

다시 한 번 이 규칙을 정리해 보기로 한다. 규칙을 카드에 기록해 놓고 열심히 연습하면 효과적이다.

자기 인생에 자극을 주고 방향을 점검하는 일은 중요한 인간이 되고자 하는 욕구이다. 이 규칙은 그런 마음을 불러일으키기 위해 사용할 수 있는 방법이다.

① 감사함으로써 상대에게 자기는 중요한 인간이라고 느끼게 한다.

② 예의바른 자세로 상대에게 자기는 중요한 인간이라고 느끼게 한다.

③ 이름을 정확히 불러줌으로써 상대에게 자기는 중요한 존재라는 사실을 느끼게 한다.

제8장 한 걸음 앞선 마음가짐

미카엘 파라디는 전동 모터를 발명하자, 당시 영국 수상 월리엄 그래드스톤의 흥미를 끌어 지지를 받고자 했다.

그래서 파라디는 자석 주위에 가는 전선을 감은 보잘 것 없는 모형를 가지고 수상을 만나기 위해 집무실로 갔다. 그의 방문을 받은 수상은 이에 대해 전혀 흥미를 보이지 않았다.

"이 물건은 어디가 좋은가?"

수상이 관심 없다는 투로 물었다.

"언젠가는 수상께서 이것에 세금을 부과할 수 있을 겁니다."

이 말이 위대한 과학자의 대답이었다. 이렇게 해서 파라디는 상대의 행동을 불러일으키는 규칙을 써서 소원을 이루고 그 피나는 노력도 보상을 받게 되었다.

이것이 제4의 설득을 위한 계율이다.

'상대의 입장에서 말할 것.'

사람은 자기의 의지에 따라 행동하므로 인생을 살아가면서 잊어서는 안될 매우 중요한 규칙이다.

인간은 자기의 의지에 따라 행동하며, 결코 남이 가지고 있는 이론에 따라 행동하지 않는다.

파라디는 이러한 인간의 본성을 잘 알고 있었다. 그의 발명은 땀과 노력과 재능의 결과였다. 주위 사람들로부터 질문을 받으면 서슴없이 자신의 꿈으로 이루어진 발명품의 사용법이나 잠재력인 힘을 피력해 주었다. 하지만 어디까지나 그 자신의 견해일뿐 정성 껏 설명해 봤자 별 소득이 없다는 것도 잘 알고 있었다.

언제인가는 발명품에 세금을 부과할 수 있다는 말은 집권자 수상의 마음을 움직일 수 있는 확신에 찬 표현이다. 왜 이 발명에 관심을 가졌는지를 깨닫게 한 계기를 마련해 준 셈이다.

이것이 지도자나 설득자의 비결이 아닌가 한다. 이들은 행동을 일으키는 이유를 이해하고 있었다. 항상 상대의 입장에서 이익을 생각하고 말하며 행동한다는 것을 염두에 두었다.

다른 설득의 계율를 지키지 않아도 제대로 되는 경우가 있는지 모르겠으나 이 규칙만은 소홀히 해서는 안 된다. 즉 설득의 폭약 이라고도 말할 수 있기 때문이다.

이 규칙은 슬기롭게 상대를 설득할 수 있는 비결이다. 이 규칙 을 무시하면 당신은 자신의 인간성으로부터 설득이라는 능력을 잃 게 된다.

'인간은 송아지와 같은 습성을 가지고 있다.'

랠프 에머슨은 철학, 역사, 문학을 망라한 현대적 인물이었으나 송아지를 외양간에 가두는 기술에 대해서는 전혀 문외한이었다.

어느 날 그는 송아지를 외양간에 넣지 않으면 안 되었다. 아들에드워드가 송아지의 목을 감싸서 끌고 에머슨이 뒤에서 밀기로 했다. 그런데 힘을 주면 줄수록 송아지는 더욱 막무가내로 꼼짝도 하지 않았다.

에머슨의 얼굴에 점점 핏기가 달아오르면서 붉어지고 땀에 젖은 손과 옷에 불결한 냄새가 배어 들었다. 금방이라도 분통이 터질 듯한 표정이었다.

그때 심부름하는 아일랜드 출신 소녀가 지나가다가 그 광경을 보고 빙그레 웃으면서 송아지 입 속에 손가락을 넣었다. 그러자 송아지는 소녀의 모성애 같은 행동에 순순히 외양간 안으로 따라 들어갔다. 그러니까 소녀의 작은 손가락이 엄마소의 젖꼭지 역할을 한 것이다.

이를 지켜본 아들 에드워드는 쓴웃음을 지었으나 아버지 에머슨은 눈앞에 벌어진 광경에 큰 충격을 받았다. 그는 잡지에 이 사실을 기고하며 이렇게 제목을 붙였다.

'나는 유능한 사람을 사랑한다.'

때로 인간은 송아지와 같은 모습을 보여준다. 소리쳐도 억지로 밀어내도 꼼짝을 하지 않는다. 그러나 납득할 수 있는 이유를 한 가지만 제공하면 금방 순순히 따른다.

이는 정치적인 집회에 모여든 농부들의 모습과 흡사하다. 집회의 목적은 어떻게 하면 보다 더 농사일을 능동적으로 향상시킬 수 있는가에 의견이 집중되어 있었다. 지루하게 이 토론을 듣고 있던 한 농부가 자리에서 일어났다.

"난 무식해서 농부들에 대한 가치나 정치에 대해서는 알지 못해요. 그러나 우리들이 소를 우리 안으로 몰아넣을 때는 어떤 사료를 이용하는 것이 가장 효율적인가에 대해서는 이야기를 나눌 수 있지요."

인간에게 뭔가를 시키고자 할 때 사료, 즉 상대의 이익이 되는 관점을 내세워 이야기를 하지 않으면 안 된다.

▌이 계율의 이용법

조금만 연습해도 이 계율을 당신의 성격에 보충시킬 수 있다.

이 강력한 설득의 요소를 익히기 위해서 알아두어야 할 4가지 조건이 있음을 유의하기 바란다.

1. 사실에 대한 의견

2. 사실이 주는 이익

3. 당신의 'BB(Bulleseye Benefit)총'을 쏠 것

4. 클라랜스 다로의 비결

1. **사실에 대한 의견** : 당신이 상대에게 어떤 행동을 취하도록 부탁할 때 사실이나 의견을 표현하도록 요구한다. 이런 경우라면 당신의 의견은 도움이 되지 않고 사실만이 큰 의미를 갖는다. 그러므로 대다수의 사람들은 당신의 의견에 쉽게 움직이지 않는다. 반대로 그들을 움직이게 하는 설득의 힘은 사실에 있다.

이를테면 자동차 세일즈맨이,

"이 차는 매우 경제적인 모델입니다."

라고 말해 보았자, 이는 단순한 의견에 지나지 않아 설득력이 없다. 그저 팔기 위한 선전 문구로 여길 뿐이다.

"최근 이 차종 백 대로 도로주행을 시험한 결과 1리터 휘발류로 평균 14킬로미터를 달렸습니다."

라고 말한다면, 이것은 사실이다. 고객은 이 쪽의 설명을 받아들여 차의 구입 여부를 생각하게 될 것이다.

또 당신이 학부형의 입장에서 학교 발전을 위해 학부모회를 조직하려고 이렇게 말했다고 하자.

"이 모임은 매우 훌륭한 조직입니다. 다른 학부모회보다 월등하게 구성되었습니다. 그러므로 학부모 여러분께서는 모두 참여해 주십시오."

이는 당신의 의견을 말한 것에 불과하다. 따라서 영향력을 기대할 수 없다. 그러나 다음과 같이 말한다면 하나의 사실을 증명하여 보다 더 큰 의미를 줄 것이다.

"이 학부모회의 회원은 총 228명입니다. 1년에 4회 총회를 개최하고자 합니다. 이 회합에서는 교육의 문제점, 교사와 학부모와의 관계, 새로운 학습법, 아동심리 등을 주제로 하고자 합니다."

그러므로 당신이 설득할 입장에 있을 때는 자신의 의견을 주장함보다 사실을 체계적으로 정리하여 말하는 것이 중요하다.

2. **사실이 주는 이익** : 그러나 사실만 강조해서는 불충분하다. 사실이 설득력을 갖기 위해서는 이익이 주는 효과를 극대화시킬 필요가 있다. 사실을 말할 때는 상대에게 어떤 이익을 주는가를 명확히 설명해야 한다.

언제인가 필자는 이 원칙을 알고 있는 한 세일즈맨으로부터 설득되어 기계를 산 일이 있었다.

처음에 나는 그저 작은 모형의 모터에 흥미를 느껴 전시실을 세 군 데나 둘러보았다. 그때 판매원들은 다음과 같은 설명과 의견을 말해 주었다.

"이것은 5마력짜리 모터인데 3피트 회전밸브, 발화 파워헤드가 부착된 신형으로서 피스톤의 배기량은 8.8인치입니다. 그리고 후로트실, 혼합실, 스로틀밸브, 혼합기 조절장치, 흡입 베어홀드

접속부로 되어 있습니다."

그들이 말하는 내용처럼 틀림없이 훌륭한 모터였을 것이다. 그러나 나는 그들의 설명을 쉽게 이해할 수 없었으므로 별다른 의미를 느끼지 못했다. 즉 이익과 연결이 되지 않았던 것이다.

그런데 네 번째 판매원의 설명은 내용이 달랐다. 그는 앞에서와 같은 말을 하고나서 이해를 돕기 위해 덧붙여 말했다.

"다들 아시다 싶이 모터를 작동시킬 때 잦은 고장 중의 하나는 핀이 부러지는 일입니다. 좀더 알기 쉽게 말씀드리면 물밑에 있는 해초라든가 쓰레기 같은 불순물로 모터의 핀이 부러지는 사고입니다. 그런데 이 신형 모터의 경우는 그 점을 보안했다는 것이 장점입니다. 해초나 다른 불순물이 감기면 자동적으로 멈추게 되어 있습니다. 이를테면 고기를 계속 낚으면서 30분 동안 모터를 수리하지 않아도 된다는 뜻입니다. 현재 이 모터는 세계에서 가장 많이 팔리는 제품입니다. 무엇보다도 AS가 쉽다는 강점도 있습니다. 또한 모든 수리공들은 이 모터의 구조나 성능에 대해 잘 알고 있으며 부품 공급도 원활합니다."

그 얼마나 큰 차이가 있는 설득인가. 이 말을 듣고 나는 모터를 사 들고 전시실을 나왔다.

이 세일즈맨은 사실을 설명하면서 소비자가 얻는 이익을 조목조목 열거하고 모터의 장점을 들어 사야 할 이유를 강조한다.

유능한 판매원이나 세일즈맨은 흔히 이런 말을 사용한다.

"구매자는 상품을 사는 것이 아니다. 손님이 사는 목적은 그 상품이 주는 이익이다."

그러니까 향수를 사는 것이 아니라, 좋은 향기를 산다는 뜻을 말한다.

자동차를 사는 것이 아니라, 운전하는 즐거움을 사는 것이다.

꽃씨를 사는 것이 아니라, 아름다운 꽃밭을 사는 것이다.

넥타이를 사는 것이 아니라, 개성이 있는 멋을 사는 것이다.

밍크 코트를 사는 것이 아니라, 특권과 아름다움을 함께 사는 것이다.

그러므로 사실을 말하고 남의 행동에 영향을 주고 싶을 때는 반드시 그 사람이 얻는 이익을 말해 주는 것이 중요하다. 이제부터 당신 자신에게 이렇게 말해 보라.

"사실과 이익, 사실과 이익, 사실과 이익……"

사실을 말할 때는 항상 상대의 이익과 연관시켜야 한다는 간단한 규칙을 잊지 말아야 한다.

3. 당신의 BB(Bulleseye Benefit) 총을 쏠 것 : BB총이란 이익의 과녁을 맞추는 상징적인 총을 말한다. 누구나 다른 사람의 이익과는 비교도 안 되는 자신만의 중요한 이익을 한 가지씩은 가지고 있다. 이것이 곧 경제적 이익을 말한다. 경제적 이익은 우리에게 행동을 일으키게 하는 중요한 요소이므로 반드시 획득해야 한다.

이를테면 어떤 사람이 5억을 들여 호화주택을 구입했는데, 찾아오는 사람들에게 자랑스럽게 내 보이는 것이 있었다. 벽에 걸린 고풍스런 그림을 떼어내면 그 뒤에 감춰진 비밀금고였다. 모름지기 그가 이 호화주택을 사들인 이유는 자신만의 경제적 이익, 즉 벽에 숨겨진 비밀금고였다. 그래서 그는 큰 돈을 지불한 것이다.

새 차를 구입한 사람에게 그 차의 어느 부분이 마음에 들어 샀느냐고 물어보면 의외로 대답은 외관의 아름다움이나 운전하기에 편하다는 점이 아니었다. 그 차를 사게 된 이유는 운전석에 앉아 자동으로 문을 잠그면 열리지 않기 때문이라는 것이다. 그러니까

운전 중에 뒷자리에 탄 아이들이 장난 삼아 문을 열어 사고가 나는 걱정을 할 필요가 없다는 점이다.

이와 같은 예는 모두 사소한 이야기 같지만 본인에게는 중요한 자기만의 경제적 이익이다. 그러므로 남에게 이익이 되는 상품을 설명할 때는 사소한 점이라도 간과해서는 안 된다. 그러므로 상대의 눈이 호기심으로 빛나며 구매심을 불러일으키면 이익을 얻을 수 있다.

"그 점은 미처 생각하지 못했는데 듣고 보니 과연 그렇군요!"

이런 말을 할 정도로 잇점을 지적했을 때야말로 경제적 이익을 명중시킨 셈이다.

당신은 이와 같은 BB총을 쏠 준비가 되어 있어야 한다. 이것이 당신이 가지고 있는 것 중에서 가장 강력한 설득의 도구이다.

4. 다로의 비결 : 저명한 변호사 클라랜스 다로는 말한다.

"감정은 인간을 의욕으로 몰고가는 최상의 방법이다. 그렇지만 지성이나 상식은 아니다."

판사와 배심원을 설득하는 최대의 비결은 이 말의 뜻에 있었다. 그는 이어서 설득한다.

"당신이 바라는대로 판사와 배심원이 판결을 내리도록 한다."

그는 먼저 상대의 감정에 호소한 다음 법률적인 입장에서 이유를 제공했던 것이다. 다로는 인간이 행동을 유발시키는 요인은 논리에 따른 결과가 감정에 유입된다는 사실을 잘 알고 있었다.

사람들은 자기 자신을 이렇게 하고 싶다는 충동에 의해서 행동한다. 그러므로 당신이 말하는 이익이 상대의 감정에 호소한 것이라면, 한층 더 강력한 내용을 지니고 있어야 한다. 상대의 애정이나 호기심, 프라이드, 모험심, 행복, 소유권, 매력과 같은 감정에

132

호소할 수 있다면 상대를 움직일 수 있는 강력한 말이 된다.

하나의 예를 들어보기로 하자.

처음으로 유럽에 감자가 수입되었을 때 프랑스 농민들은 이에 적극 반대했고, 다른 도시 사람들까지도 감자 먹기를 거부하기에 이르렀다.

이때 유능한 영농자가 있었는데, 그는 감자의 효능에 대해 이해하고 있었으며 농업면에서의 중요성도 인정하여 많은 땅에 감자를 심었다. 마침내 수확 때가 되자, 그는 감자밭에 다음과 같은 표말을 세웠다.

'이 흙사과는 귀족들을 위해 경작한 농작물이다. 이것을 허가없이 손을 대는 자는 엄벌에 처한다!'

한편 낮에는 감시원을 세웠다. 하지만 밤에는 감시원의 모습은 보이지 않았다. 그러자 감자를 훔쳐가는 사람들의 발길이 잦자, 금새 감자밭은 엉망이 되어버렸다.

그 결과 감자는 매우 인기 있는 식품이 되어 프랑스 국민들에게 널리 보급되었다는 이야기이다.

단지 감자는 특별한 맛이 있다고 하는 것만으로 일반 사람들이 먹도록 하기에는 그 이유가 너무 약하다.

이 경우 사람들은 논리에 따라 행동한 것이 아니라 감자를 먹고자 하는 욕구에 의해 행동한 것이다. 그 당시 감자는 구하기가 쉽지 않은 농작물로 귀족들 만이 먹는 것이라고 믿었기 때문에 더 깊은 관심을 보인 것이다.

제2차세계대전 때는 모든 물자가 궁핍하여 손쉽게 구하기가 어려웠다. 그러한 사정으로 사람들은 오랜 시간 동안 줄을 서서 몇 개피 담배를 사기도 했다. 그 중에는 군중 심리에 끌려 담배를 피우지 않는 사람까지도 섞여 있었다. 이 역시 감정에 따라 행동한 하나의 예다.

프랑스 국왕 루이 11세가 열애하는 여자의 죽음을 예언한 점성가에 대한 이야기가 있다. 예언대로 왕의 여자는 죽고 말았다. 그러자 루이 11세는 점성가의 예언이 애인을 죽인 것이라는 망상에 빠져 그 벌로 점성가를 죽이려고 그를 불러 이렇게 말했다.

"그대는 자신이 영리하고 학식 있는 자라고 여기고 있는 모양인데, 그렇다면 그대 자신의 운명을 예언해 보라!"

왕의 음모를 알게 된 점성가는 공손히 대답했다.

"예, 폐하! 소인은 폐하가 승화하시기 3일 전에 죽게 되어있나이다."

그러자 왕은 이 말을 믿고 점성가의 목숨을 소중히 하기로 마음먹었다는 이야기다.

이 경우 점성가는 자기가 살아 남지 않으면 안 되는 이유를 왕에게 전가시킴으로서 목숨을 건질 수 있었다. 무엇보다도 더 오래 살고자 염원하는 왕의 감정에 호소했던 것이다.

프랑스의 정치가 볼테르가 1727년에 영국을 방문했을 때 영국민들의 프랑스에 대한 감정은 최고조로 악화되어 있었다. 런던 거리에서조차도 생명의 위험을 느낄 정도였다.

어느 날 런던 거리를 산책할 때 분노한 시민들이 외쳤다.

"저 놈을 죽여라. 저 프랑스 놈을…."

볼테르는 성난 시민들의 소리를 듣고 그 자리에서 서서 이렇게 외쳤다.

"영국인들이여! 내가 프랑스 사람이라는 이유만으로 나를 죽이려드는가! 나는 영국인이 아니다. 이것만으로도 이미 벌을 받고 있다는 사실을 모르는가?"

이 말을 들은 군중들은 환호의 소리를 지르며 그를 숙소까지 무사히 보내주었던 것이다.

이 경우도 논리로 행동했다고는 말할 수 없다. 그들은 애국심이라는 감정에서 행동한 것이다. 또한 볼테르 역시도 자기 자신을 구출하기 위해 자기의 이론을 내세우지 않고 상대방의 이론을 교묘하게 이용한 셈이다.

■ 이 장의 결론

이 예는 슬기롭게 설득하는 인간성을 기르기 위한 매우 효과적인 도구이다.

설득력이 훌륭한 사람은 자기의 개인적인 이유나 이론에 의해 행동한다는 사실을 터득하고 있다. 이유는 바로 그 사람의 이익이 되기 때문이다. 그러므로 설득력 있는 사람은 다음 4가지 계율을 가지고 있다.

① 자기의 의견이 아니라 사실을 말한다.

② 사실을 지적할 때는 반드시 상대에게 어떠한 이익을 가져오는가를 말한다.

③ BB총을 사용한다. 상대의 금전적 이익을 강조한다.

④ 될 수 있는대로 다로의 비결을 활용한다. 이익과 감정에 호소할 것.

'어느 경우에나 상대의 입장에 서서 말해야 한다.'

제9장 사람을 움직인다

밴 프랭클린은 미국 역사상 설득력 있는 지도자로 널리 알려져 있는 인물이다. 그의 탁월한 설득 능력을 알기 위해서는 다음에서 말하는 그의 자서전 내용이 좋은 참고가 될 것이다.

'다른 사람의 찬성과 협조를 얻으려고 필자는 몇 번의 만남과 망설임을 겪지 않으면 안 되었다. 그러나 나는 다음과 같은 소중함을 배웠다. 그것은 나 자신을 남보다 우위에 세울 수 있는 기회를 제안하고 실행에 옮길 때의 일이다. 그 기획을 실행에 옮기려면 남의 도움을 받아야 한다는 사실이다. 그러나 그 기획의 제안자가 바로 나라는 사실을 공개하는 일은 바람직하지 않다. 그래서 언제나 나 자신을 뒤에 감추고 기획은 많은 친구들과 협조하여 세운 것이라고 말해 주었다.

……이와 같은 방법으로 내가 추진하고자 하는 일은 원활하게 진행되었으며 그 후부터 한 걸음 앞선 기획을 제안할 경우에는

같은 방법을 썼다. 나의 성공 경험에 비추어 이와 같은 방법을
권하고 싶다.'

▍당신도 프랭클린이 될 수 있다

프랭클린의 비결은 자기 자신을 뒤에 감추는데 있었다. 자기가
그 기획의 제안자라는 사실을 공개하는 것은 바람직하지 않다 하
여 그는 항상 한 걸음 뒤로 물러섰던 것이다.

바꾸어 말하면 남을 끌어들인 셈이다. 자기를 뒤에 감추고 남을
전면에 내세웠다.

'유익한 기획을 제안하여 그것을 수행하려면 남의 도움이 필요
하다. 그 제안으로 하여 자기가 남보다 우위에 선다면 결코 남
들은 협조해 주지 않는다는 사실을 알고 있었다.'

프랭클린은 설득력이 있는 인간이 되기 위해 앞에서 말한 계율
을 지키고 있었던 것이다.

'남을 행동에 개입시켜 끌어들이지 않으면 안 된다.'

자기들도 그 일부라고 느끼게 할 필요가 있기 때문이다. 행동에
영향을 주고 협력을 얻기 위한 절대 필요한 항목이다.

남을 행동으로 끌어들이기 위한 계율을 지키는데 도움이 되는
다섯 가지 방법이 있다. 이 다섯 가지 방법은 비교적 쉽게 지킬 수
있는 내용으로 강한 설득력을 가져다 준다.

【방법 1】 '당신' 또는 '우리들'이라는 말을 쓴다

'나'라는 말 대신 '당신' 또는 '우리들'이라고 말한다.

한 예로 음악가의 이야기를 소개해 보겠다. 교회에서 오르간 연
주회를 열었을 때였다.

막간에 이 음악가는 잠시 휴식을 취하려고 오르간 뒤쪽으로 갔

다. 그런데 그곳에 한 노인이 담배를 피우며 앉아 있었다. 노인은 오르간에 바람을 넣는 일을 하는 잡부였다.

노인은 빙그레 웃으며 말했다.

"우리들의 연주회는 매우 성공적인 것 같군요!"

이 말은 천재 음악가의 마음에 들지 않았다. 그는 언짢은 표정으로 대답했다.

"우리들이라니 이상하지 않습니까? 영감님, 연주가는 납니다. 연주를 하는 사람은 나란 말입니다."

시간이 되어 그는 다시 오르간 앞에 앉았다. 관객들이 자리를 찾아 앉고 작은 소음이 뒤를 이었다. 그가 두 손을 높이 들어 다음 곡을 연주하기 위해 포즈를 취하자 장내는 물을 끼얹은 듯 조용해졌다. 그는 기운 차게 건반을 두들겼다.

그런데 웬일인가? 소리가 나지 않았다.

다시 두들겨 보았으나 역시 벙어리다.

그는 벌떡 일어서서 오르간 뒤쪽을 보았다. 노인은 여전히 담배를 피우며 앉아 있었다. 음악가는 비로소 자기의 잘못을 깨닫고는 빙그레 웃으면서 말했다.

"영감님의 말씀이 옳았어요. 우리들의 연주회!"

이렇게 해서 연주회는 성황리에 끝났다.

'우리들'이라는 말이 이렇게 큰 차이를 가져다 준다. 그 천재 음악가가 '나'라고 말하며, 모든 것을 자기 혼자만의 공로로 여겼을 때 그 뒤에서 보이지 않는 노인의 노고는 완전히 무시되었던 것이다. 그런데 '우리들'이라고 말했을 때 비로소 노인도 이 연주회의 일원으로 가치를 인정 받은 것이다. 노인은 자기도 관객들을 즐겁게 하고 있다고 믿고 있었다. 그러니까 음악가의 연주 일부는 자기의 몫이라고 여기고 있었던 것이다. 그러므로 상대는 공유하고 있다는 마음에서 모든 것을 아낌없이 주고 싶어진다.

남을 내 편으로 끌어들이기 위해 '우리들'이라는 말을 애용하라.

세계적으로 유명한 가수 마리안 앤더슨은 말했다.

"사람이 일생 동안 하는 일 가운데 무엇 한 가지 혼자의 힘으로 할 수 있는 것이 없다고 느껴졌을 때, 내가 그걸 해결했다, 내가 해 냈다고 나 자신을 앞세우는 말을 해서는 안 된다."

당신의 인생에서 자기 혼자의 힘만으로 할 수 있는 일이란 한 가지도 없다는 사실을 명심하기 바란다. 남이 한 일은 보잘 것 없는 것처럼 보일지 모른다. 그러나 남이 없으면 당신은 훌륭한 오르간 연주자가 될 수 없다.

그러므로 마리안 앤더슨의 말에 한 번쯤 귀를 기울여 보라. '내가' 라는 말을 쓰지 않고 남의 협력을 바라고 싶으면 모든 일에 '당신' '우리들'이라는 말을 애용하도록 하자.

【방법 2】 상대의 생각이라고 느끼게 할 것

카알 루서는 대기업의 세일즈 교육 담당자였다. 그는 온 세계를 돌아다니며 기업 경영자나 간부들을 대상으로 자문 역할을 해 주었는데, 그 수가 5만 명 이상에 이르고 있다.

그래서 카알은 기업 경영자 3백여 명이 참가하여 운영되고 있는 모임의 회장 자격으로 조직을 이끌고 있을 정도다. 카알이 왜 그토록 많은 사람들에게 일을 시키고 있는가를 알려면 그의 활동을 살펴보는 것이 지름길이다.

그가 조직의 회장이 되었을 때의 일이다. 카알의 지휘 아래 그때까지 생각지도 못하던 뛰어난 아이디어로 혁신적인 프로그램이 기획되었다.

그런데 사실은 카알 자신이 어떤 아이디어를 가지고 있었던 것은 아니다. 그는 아이디어를 제공해 주는 사람을 만날 때까지 그룹 맴버들에게 차례로 질문을 던졌다. 그래서 자기 생각과 같은 뜻을 가진 사람을 만나면 서슴없이 실천에 옮겼다.

"그것 참 좋은 생각이오, 한 번 해봅시다."

제안의 실행을 그 제안자에게 맡겼다. 일을 추진하는데 제안자를 개입시킴으로서 사업의 극대화를 노렸던 것이다.

"협력을 얻으려면 상대를 일에 개입시키는 것이 필요하다."

이렇게 해서 자기 자신의 생각을 실행에 옮긴 것이다.

50대 100의 규칙 : 남의 아이디어를 실행하기 위해서는 50퍼센트의 노력과 협력만이 필요할 뿐이다. 그러나 자기 자신의 아이디어에 대해서는 100퍼센트의 노력과 협력을 아끼지 않는다.

다른 사람에게 사업의 아이디어를 그 사람의 생각이라고 믿게 하는 방법은 그다지 어려운 일이 아니다. 아이디어의 일부분만 보여도 상대는 그것이 자기 생각인 것처럼 금방 말하기 시작한다.

이 경우, 이렇게 질문해 보면 어떨까.

"어떻게 하면 좋은지 당신의 의견을 듣고 싶은데."

"지금 생각하고 있는 걸 실현하려면 어떤 것을 사용하면 되는지, 좋은 방법이 없을까?"

"어떤 사람은 이렇게 하면 좋을 것이라고 말하는데, 당신 생각은 어떻소?"

이런 경우 상대는 아주 작은 아이디어를 내면 된다. 그러면 당신은 금방 그 내용을 알아차리고 말할 것이다.

"그건 정말 좋은 생각이오. 당신이 말한대로 해봅시다."

이것으로 100퍼센트 노력과 협력을 얻을 수 있다. 이때 카알 루서가 말한대로 상대를 개입시키게 된다.

【방법 3】 당신을 위해 상대가 해 주어야 할 일

50대 초반의 미망인 그레이스 톰프슨 부인은 훌륭한 저택에서 혼자 살고 있었다. 그녀는 다음과 같은 이야기를 들려 주었다.

"어느 날 이웃집에 혼자 사는 여자가 이사를 왔어요. 그래서 나는 새 친구를 사귈 수 있는 좋은 기회라고 생각하여 정성껏 음식을 만들어 가지고 갔었지요. 또 집안이 정리될 때까지 강아지도 돌봐 주었어요. 작은 일이지만 여러 가지로 배려하며 그녀를 기쁘게 하려고 노력했답니다. 다음에도 틈틈이 새 음식을 해 보냈으며, 대신 장도 보아주었지요. 그리고 이웃 사람들에게 소개시키느라고 티 파티도 열었습니다. 그런데 왠일일까요. 이삼일이 지나자, 그녀는 나에게 매우 차가운 태도를 보이기 시작하더군요. 이런 관계로 6주일이 지나자 나 역시 그녀가 싫어졌어요. 그 무렵에 난 몸이 아파 앓아눕게 되어 할 수 없이 그녀에게 전화를 걸어 장을 좀 봐줄 수 없느냐고 물었지요. 그랬더니 그녀는 쾌히 장만 봐 주는 것이 아니라 심심할 것이라며 잡지까지 가져다 주었어요. 또 앓아 누워 있는 나의 식사 준비도 해주고 틈만 있으면 여러 가지로 돌봐주었어요. 그 후부터 우리는 가장 사이 좋은 친구가 되었답니다. 나는 그 때까지 왜 진정한 친구가 되지 못했던가를 깨달았어요. 그녀는 남을 돌보는 직업을 가지고 있었던 거예요. 그런데 나는 그녀에게 뭔가를 해주는 기회를 전혀 주지 않았던 거지요."

그렇다. 상대가 나에게 뭔가를 해 줄 수 있다는 것은, 곧 이 쪽에서도 상대에게 뭔가를 할 수 있다는 입장을 뜻한다.

만약 당신이 상대를 행동에 개입시키고 싶다면 뭔가를 해 줄 수 있도록 배려하는 마음이 중요하다. 뭔가를 당신에게 해 주면 거의 목적을 이루었다고 볼 수 있다.

필자의 친구 톰 그랜트는 대기업에 근무하며 판매 실적이 연간 4만 달러를 넘고 있었다.

톰의 말에 따르면, 고객으로부터 점심 식사를 서비스 받는 일은 절대로 없다고 한다. 진심으로 상대를 끌어들이려면 허물 없는 사이로까지 발전된 단골 고객이라도 식사값은 자신이 내도록 한다. 그러니까 점심 한 끼로 비즈니스를 살 수 있다면 잃는 것도 있다는 사실을 터득한 말이다.

고객은 비즈니스 쪽에서 약점을 보이고 싶지 않는 미묘한 존재이다. 오히려 어떤 때는 뭔가를 주고 싶어서 안달을 하는 경우도 있다. 예의로 서비스해 주어도 고객은 더 부담을 느낀다.

상대를 행동에 개입시키려면 무엇보다도 당신에게 뭔가를 해 줄 수 있도록 분위기를 만들어야 한다는 사실을 잊어서는 안 된다.

【방법 4】 상대를 쇼에 참여시킨다

필자가 어느 날 오후 늦게 귀가하자, 초등학교 1학년생인 딸아이가 자랑스럽게 말했다.

"아빠. 내가 오늘 반에서 편지 모으기에 뽑혔어!"

"아, 그래 참 잘 됐구나. 그런데 그 편지 모으기가 뭘 하는 건데……?"

"그건 말야. 반아이들 모두가 편지를 쓰기로 했거든. 부모님에게도 좋고, 친구에게…… 아니면 선생님이나 다른 반 선생님에게 써도 돼요. 그걸 모아서 교장 선생님에게 갖다드리는 거예요."

딸아이는 이 쇼에서 중요한 역할을 맡았기 때문에 학교에 대한 흥미가 훨씬 많아진 모양이다.

우리들 역시 지난날 학교에서 선생님으로부터 어떤 역할을 맡도록 지시 받고 한없이 기뻐했던 추억을 가지고 있을 것이다. 그리고 그 일에 대한 벅찬 기억은 지금도 변함이 없다.

좋아서 산다 : 옛날의 재래 시장에서 물건 주인과 손님이 상품을 흥정하느라 옥신각신하는 광경을 본 일이 있을 것이다. 그런데 요즘은 많이 다르다. 아니 혁명적이라고 할 수 있다. 상품을 판매하는데 획기적인 변화라고 하면 고객의 손에 상품만 건네주면 된다는 점이다. 고객도 판매 활동의 일익을 담당하고 있다는 것을 느끼게 한다.

래버 컴퍼니라는 타이어회사 중역인 폭 쉘러는 판매법을 교육시키기 위해 해마다 타이어 대리점을 찾아 수천 마일이나 되는 판촉 여행을 담당하고 있다.

그는 상품 선전의 일환으로 언제나 바닥에 타이어를 세워두는 전략으로 이야기를 진행하면서 적당한 기회에 타이어를 살짝 밀어 상대편 쪽으로 굴려주면 고객은 타이어를 받은 채 그 자리에 서 있게 된다. 그렇게 함으로써 고객을 구성원의 한 사람으로 판촉 교육에 참여시킨다.

폭은 항상 '상품은 고객의 손에 건네주라.'고 충고한다.

뭔가를 상대편 손에 건네준다. 뭔가 할 일을 만들어 준다. 뭔가의 역할을 제공해 준다.

그렇다면, 다음과 같은 요건을 절대로 잊어서는 안 된다. 남의 협력을 얻으려면 사람들을 관객 속에서 끌어내서 직접 쇼에 참여토록 한다.

【방법 5】 상대에게 명예를 주어라

하버드 험플리가 미국의 부통령으로 선출되자, 그가 소속되어 있는 상원에 공석이 생겼다. 이때 후계자를 임명하는 것은 미네소타주 지사인 카알 폴버그의 권한이었다.

그런데 험플리가 주관하는 인물이 임명될 것이라는 소문이 신문에 보도되었다. 그러므로 자기의 권한이 침해될 것이라는 소문에 고민한 폴버그는, "나는 워싱턴으로부터의 행진 명령은 결코 받들 수 없다."는 말을 남기고 휴가를 떠나 버렸다.

폴버그가 휴가에서 돌아왔을 때 부통령 험플리는 자기 출신구의 7천 명이나 되는 사람들 앞에서 기자 회견을 하고 있는 중이었다.

"나는 주지사 카알에게 무엇을 어떻게 하라고 명령할 입장에 있지 않다. 카알은 지금 그 직무를 훌륭하게 수행하고 있다. 혹시 카알 쪽에서 나에게 해야 할 일을 명령할지도 모르지만, 분명한 것은 내가 그에게 명령을 할 수 없다는 사실이다."

얼마나 뛰어난 수완가인가! 험플리는 폴버그가 자기의 윗자리에 앉아 직무를 수행하고 있다는 것을 분명히 밝히고 그에게 명예를 돌렸던 것이다.

남을 개입시키고 싶다면 쇼를 연출하여 영광이나 명예를 상대에게 돌려주어야 한다. 그들이 참가하지 않으면 쇼를 계속 진행할 수 없다는 사실을 인식시킬 필요가 있다.

사무실을 운영하는 명예를 비서에게 돌려주라. 또 빌딩의 관리가 제대로 운명되는 것은 수위 덕분이라고 말해야 한다. 이러한 사람들에게 매우 중요한 역할을 담당하고 있다는 사실을 알리는 것이 중요하다. 진정 보람을 느낄 만한 책임을 주어야 한다.

또 아이들에게 자기 방을 잘 정돈한다는 습관을 칭찬해 주어야 한다. 직장의 상사에게는 그의 덕분에 생활이 보장된다는 마음가짐으로 항상 감사해야 한다. 고객에 대해서는 당신에게 일을 베풀어 준다는 명예를 지불해야 한다.

항상 상대가 한 일에 대하여 명예를 되돌려 주는 것이 중요하다.

▌이 장의 결론

밴 프랭클린이 남의 협력을 얻고 있었던 비결은 설득력 있는 인간이 되기 위한 계율에 있었다.

'남을 행동에 개입시키라.'

이 계율을 지키기 위해서는 다음과 같은 5가지 방법이 있다.

① '당신' 또 '우리들'이라는 말을 쓸 것. 결코 '나'를 앞세워서는 안 된다.

② 상대에게 그것은 곧 자기 자신의 생각이라고 느끼게 할 것.

③ 상대에게 당신을 위해 뭔가를 해 주도록 관심을 갖게 할 것.

④ 상대를 쇼에 참여시킬 것.

⑤ 상대에게 명예를 돌려줄 것.

제10장 바람 속으로 파고든다

"제자리에— 준비— 탕!"

출발 신호가 울렸다. 나는 힘껏 바닥을 박차고 8백 미터 결승점을 향하여 돌진한다. 최후의 라인까지 무슨 일이 있더라도 달리지 않으면 안 된다.

1948년 봄의 일이다. 당시 나는 고교 3년생으로 이 지역 경기에서 이기면 주경기에 출장하는 자격을 얻을 수 있었다.

그러나 나의 출발은 늦었다. 중단거리 경주에서의 출발은 우승을 좌우하는 시발점이다.

그런데 몸을 일으키는 순간 강한 바람이 시야를 어지럽힌 것이다. 나는 제1 라인에서 6위를 달리고 있었는데 직선 코스를 달릴 때도 강풍 때문에 제대로 달릴 수가 없었다. 다음 코너의 바깥 쪽을 돌 때, 코치가 손을 흔들며 큰 소리로 외치면서 나를 향해 달려오고 있었다.

처음에는 코치가 나를 응원하는 걸로 알았다. 그러나 그는 연신 왼손을 입 위에 대고 오른손으로 신호를 보내왔다. 나에게 지금부터 자기가 하는 말을 들으라는 신호였다. 코치는 운동장을 가로질러 코너 끝에 가까이 서 있었다.

그 옆을 지나칠 때 똑똑하게 그의 고함 소리가 들려왔다.

"야— 바람 속으로 파고들엇—! 바람 속으로 파고들란 말야—!"

이제까지 경험하지 못한 돌풍 속으로 달리고 있으면 오른 쪽 코스가 더 넓게 보인다. 그리고 머리를 쳐들고 가슴을 편 자세로 팔을 턱밑까지 올려 바람을 향해 힘차게 달린다.

나는 코치가 지시하는 뜻을 알아차렸다. 그의 지시대로 머리를 최대한 낮게 숙여 바람 속으로 파고들면서 원을 그리듯이 한쪽 팔을 힘차게 휘둘렀다. 그러자 바람의 저항이 적어지는 것이 아닌가.

나는 6위에서 5위, 4위를 앞질러 마지막 코너에서는 1위와의 차이를 1미터 정도까지 단축할 수 있었다. 마침내 나는 이 경주에서 우승하여 주대회에 출전할 자격을 얻었다. 하지만 중요한 것은 달리기 경기에서 가치 있는 교훈을 배웠다는 자부심이다.

코치는 그 후 2~3년 뒤에 세상을 떠났지만, 그는 항상 나와 함께 살고 있다. 인생의 거센 바람을 만나면 생각나는 분이다. 인생을 살아가면서 어떤 장애나 저항이 크게 보일 때는 코치가 트랙 옆에 서서 입나팔을 만들어 "바람 속으로 파고들어!"라고 외치는 모습이 눈앞에 역력해지는 것이다.

▌제6의 계율

위에서 말한 이야기는 설득력 있는 인간이 되기 위한 제6의 계율을 확실히 설명해 주고 있다.

'큰 것을 얻기 위해 작은 것을 버리라!'

남을 당신 뜻대로 움직이기 위해서는 굳이 100퍼센트 찬성을 얻지 않아도 된다.

이 교훈을 잘 이해하고 활용하면 큰 성과를 얻을 수 있다. 세일 즈맨이 상품을 판매하고자 할 때, 손님의 반대 의사나 거부감을 모두 극복해야 한다는 이유는 없다.

회사 사장은 사원들에게 너무 많은 것을 요구하거나 강요해서는 안 된다. 사원들이 회사 방침이나 그밖의 사소한 것까지 모두 찬성할 필요는 없다.

국회의원은 자기들이 제안한 법안이 통과될 때 수정되고 바뀐다는 사실을 알고 있다. 그리고 최후의 통과 단계까지 이르러 바람을 파고드는, 즉 교섭하는 방법을 배우게 된다.

또 부모들은 큰 것에서 궤도를 벗어나지 않으면 아이에게 선택의 자유를 주어야 한다. 그렇게 함으로써 아이의 의지나 독립심이 길러진다.

그러니까 거대한 느티나무가 땅바닥에 쓰러지는 것은 강한 바람에 저항하기 때문이다.

갈대를 보라. 갈대는 바람과 함께 흔들리기 때문에 쓰러지지 않고 그 자리에 서 있는 것이다.

이 기술을 사용한 화가 : 조각가 미켈란젤로는 그의 걸작인 '다비데 상'을 완성했을 때, 이를 주문한 사람이 작품을 보러 왔다. 그는 이것저것 비판적으로 감상하고 나서 특히, 코에 대해 평을 했다. 다른 모습은 다 좋은데 유독 코가 얼굴의 다른 부분과 조화를 이루지 못한다며, 코를 바꾸도록 요구했다.

그러자 미켈란젤로는 사다리에 올라가 미리 준비한 대리석 부스러기를 아래로 뿌리면서 망치로 코 부분을 두들겼다. 사실은 깎는 시늉만 낸 것이다.

그가 다시 사다리에서 내려오자, 주문한 사람은 다미데상을 올려다보며, "과연 명품이요. 생명이 깃들어 있는 것 같소!"라고 감탄했다.

이때 미켈란젤로는 감정적으로 반론할 수도 있었을 것이다. 그러나 그렇게 하면 고생하여 만든 작품 전체가 거부되었을지도 모른다. 하지만 바람 속으로 파고듦으로써 작가는 고객으로부터 거액의 제작비를 손에 넣을 수 있었다.

화를 내며 바람에 거슬리느니보다 현명한 조각가는 기꺼이 작은 점을 양보했다. 그 결과 조각품은 받아들여진 것이다.

국회의원이 바람 속을 파고드는 방법 : 필자는 1964년 1월, 어떤 조찬 모임에서 국회 상원의원이며, 정당 원내 간사였던 하버드 험플리 옆자리에 앉아 제안된 법안에 대해 이야기를 나누고 있었다. 그 중에 어떤 중요한 방안에 대해서 험플리는 이렇게 말했다.

"우리는 금년 중에 이 법안을 통과시킬 작정이오. 물론 많은 저항과 장애가 따를 것은 각오하고 있지요. 그리고 몇 군데는 수정도 필요할 겁니다. 하지만 중요한 것은 꼭 통과시켜야 한다는 점입니다."

이것은 훌륭한 설득자의 태도라고 여겨진다. 그는 변화에 거슬리지 않고 저항을 줄일 방법만 생각하고 있었다. 큰 것을 얻기 위해 작은 것을 양보하지 않으면 안 된다는 점을 잘 알고 있었던 것이다.

필자는 그 해 험플리 의원이 예언을 실현시키는 모습을 매우 흥미롭게 지켜보았다. 법안은 그의 예언대로 바람 속을 파고드는 작전으로 무사히 통과되었다.

상대의 체면을 세워주라 : 사람은 설득을 당하고 무엇인가를 할 때에는 반드시 그 결과에 참여하려든다. 그리고 몇 가지에 대해서는 적절히 반대하기도 한다. 어디까지나 자기의 정당성을 고집하고 싶은 욕구 때문이다. 일단 설득은 받았지만, 자기의 체면을 세우고 싶어한다. 자기의 의견이나 행동이 영향을 받아 변했다고 남들이 생각하지 않기를 바라는 이유에서이다.

상대의 체면을 세워 주는 유일한 방법은 작은 점에서 양보하는 일이다. 설득은 서로 의견을 거래하고 있다는 상대성이다.

"만약 당신이 큰 점에서 찬성한다면, 나는 다른 작은 것을 당신에게 양보한다."

라고 말하는 것과 같다. 이 거래가 성립되었을 때, 설득 받는 사람은 자기가 더 이득을 얻었다고 생각한다.

세일즈 전문가도 이 방법을 쓰고 있다 : 세일즈를 막 시작한 사람은 고객의 반대를 극복하는 여러 가지 방법을 배우게 된다. 그 결과 고객이 지적하는 반대를 극복하지 않으면 안 된다는 판단을 갖는다. 그러나 이것은 큰 잘못이다.

현명한 전문가는 전혀 다른 방법을 쓴다. 필자가 잘 하는 어떤 세일즈 전문가는 이런 말을 하였다.

"고객이 반대하면 난 언제나 '당신이 그렇게 말씀하는 것은 당연합니다'라던가, '그건 참 좋은 의견이이군요'라는 말로 그의 의견에 찬성을 한다. 만약 반대 의견이 중대한 내용이라면 고객은 그 방법을 꺼낼 것이다. 그러나 별로 중요한 것이 아니라면 항상 손님이 하자는대로 하고 있다. 이렇게 되면 사 들이는 단계

150

에서 고객은 모든 걸 자기 뜻대로 결정했다고 느끼게 마련이지
요."

설득력 있는 인간이 되기 위한 제6의 계율을 지키면서 이 세일
즈맨은 매우 성공적인 인생을 걷고 있다.

▌이 장의 결론

작은 부분에 대해서는 상대로 하여금 얼마든지 반대하도록 배려
해 준다. 상대가 하자는대로 따르면서 의견을 존중하여 체면을 세
워준다. 중요한 결정이나 행동은 당신의 의견에 맞는 경우라면 상
대가 하자는대로 따른다.

'큰 것을 얻기 위해 작은 것을 양보하라'는 제6의 계율에 철저
하게 따른다. 바람 속으로 파고들어 달리기를 수월하게 하고 저항
과 장애를 줄이는데 전력한다.

제11장 **무모한 논쟁을 피할 것**

언쟁을 하면 기분이 폐쇄적인 감정에 젖어든다.

자기 의견 이외에 다른 사람의 뜻은 일체 알고 싶어 하지 않으며 무조건 부정한다.

또 언쟁할 때는 자기의 견해를 극구 변명하려 든다. 조금이라도 이치에 맞으면 그 견해를 절대로 바꾸려 들지 않는다. 굳은 결심은 변함이 없다. 그러므로 설득력 있는 인간이 되고 싶으면 다음의 제7의 계율을 지키도록 하라.

'절대로 언쟁을 하지 말 것.'

▮ 논쟁을 위한 논쟁

당신은 '언쟁을 하는 것이 왜 나쁜가? 정의를 위해서는 싸워야지.'라고 생각할지 모른다. 또 논쟁해서 이기면 기분이 좋다는 사실도 알고 있을 것이다.

그렇다. 그것은 사실이다. 그런 점에서 언쟁하는 것도 좋은 방법이 될지 모른다. 그러나 설득을 위해서는 언쟁이 아무 도움도 되지 못한다. 말다툼으로 뭔가를 얻거나 설득시킬 수는 없다.

한편 언쟁에서 이겨봤자 친근감만 멀어질 뿐이다. 남에게 지고 기분 좋은 사람이 어디에 있겠는가! 하지만 당신은 "피할 수 없는 언쟁도 있지 않는가?"하고 반문할지 모른다. 옳은 말이다.

그러나 피하는 노력을 한 번쯤 시도해 볼 수는 있을 것이다.

그렇다면 언쟁이 생길 것 같은 상황에서 논쟁을 피하고 설득을 위한 5가지 단계를 설명해 보기로 한다.

【단계 1】 상대에게 먼저 의견을 말하도록 한다

당신이 먼저 의견을 말한다면 상대는 부정적인 감정을 가지게 된다. 왜냐 하면 논쟁은 마음 속에서부터 일어나기 때문이다.

당신이 먼저 의견을 말하면 상대는 금방 반론을 제기하고 싶어서 마음이 조급해진다. 그러므로 상대에게 먼저 말을 하도록 해야 한다. 상대가 말할 때는 조용히 경청하면서 중단시켜서는 안 된다. 만약 중단시키면 거기서부터 논쟁이 시작된다. 말하는 도중의 참견은 결코 기분 좋은 일은 아니다.

진정한 설득자는 상대의 침묵을 방해하지 않고 그 의미를 생각해 본다. 또한 상대가 뭔가 생각하고 있을 때는 그 침묵까지 존중해 준다. 즉 논쟁이 생길 것 같은 상황에 대처하는 제1단계는 상대에게 먼저 말을 하도록 기회를 주고, 그의 말을 중단시켜서는 안됨을 명심할 일이다.

【단계 2】 도전적인 언사를 삼가한다.

서부극의 멜로 드라마에서 자주 쓰이고 있는 대화를 알고 있을 것이다.

"이봐! 애숭이 한 번 붙어보자는 건가!"

탁 가라앉은 목소리가 들리자마자 번개같이 총을 뽑아 쏘아댄다. 한 번 붙어보자는 말은 어떤 뜻일까? 그야말로 도전적인 말이다. 결코 좋은 말은 아니다. 물론 서부극에 나오는 옛날 사람같이 권총은 차지 않았지만, 지금도 그 말의 뜻에는 변함이 없다. 이런 말을 사용하면서부터 또다른 인생이 시작된다.

이러한 도전적인 말은 상대의 인간성과 의견에 대한 공격을 뜻한다. 말하자면 다음과 같은 말들이다.

"네 말은 엉뚱해."

"넌 틀렸어."

"자네, 뭔가 착각하고 있는 거야."

"말도 안 되는 소리."

"그건 아니야."

"당신은 남에게서 들은 말을 전부 믿고 있군 그래."

상대와 언쟁을 피하려면 위에 예를 든 말은 쓰지 말아야 한다. 그 대신에 다음과 같은 찬성하는 말을 써 보도록 하라.

"그렇지요. 그렇습니다."

"난 찬성이오."

"다른 사람들도 모두 그렇게 생각할 거요."

"왜 당신이 그런 생각을 하는 지 잘 알아요."

이렇게 말하는 태도가 도전적인 말보다 훨씬 부드럽고 상대에게 기분 좋게 들린다. 이럴 경우 상대가 마주 서서 언쟁하리라고는 생각조차 할 수 없을 것이다.

언쟁이 일어날 것 같은 상황에 대처하는 제2단계는 상대의 옳은 점을 찾아내는 방법이다. 그런 다음에 확실게 말하면 된다. 그

154

렇게 하면 언쟁보다는 뜻을 함께 할 수 있다.

하지만, 뒷말은 개운치 않을 것이다. 자기 의견과 다르다는 점에서 서운한 느낌을 받는다. 이럴 때 사용할 제3 단계를 알아본다.

【단계3】상대가 미처 못 내린 결단이나 결점, 반대에 대해서는 내 탓으로 돌려라

한 종교인이 여행 중에 만난 사람과의 논쟁을 슬기롭게 대처한 이야기가 있다.

그는 대륙 횡단 버스로 여행을 하고 있었는데, 마침 옆자리에 타고 있는 젊은 장교가 번번이 성경 말씀을 인용하며 인간의 죄를 탓하고 있었다. 그 장교의 태도는 늠름하게 보였고 함께 여행을 하는 동안 많은 위로가 되었다.

하지만, 이 젊은 장교의 결점은 성경 말씀을 인용하며 사람들의 행동에 대해 너무 매도하는 것이 마음을 언짢게 해 주었다.

그는 장교에게 말했다.

"당신과 함께 여행하는 일이 퍽 즐겁소. 또 앞으로도 즐거운 여행이 되리라고 믿소. 그런데 당신에게 한 가지 부탁하고 싶소."

그러자 장교는 여유있게 대답했다.

"저 역시 그렇습니다. 부탁이라니 무엇이나 말씀하세요."

"그렇다면 말씀드리지요. 지금부터 내가 자칫하여 남을 욕하거나 탓하는 일이 있으면 서슴없이 주의를 주셨으면 하오."

이 말을 듣자, 그 장교는 싱긋 웃으며 고개를 끄덕였다. 그 뒤로는 장교의 거친 말이나 탓하는 소리를 듣지 않게 되었다는 것이다.

이 여행자는 상대의 결점을 자기 것으로 돌려 자신을 비난한 것이다. 그 결과 언쟁이 벌어질 듯한 상황을 지혜롭게 피한 예다.

언쟁을 피하기 위한 제3의 단계는 상대가 미처 결단을 내리지 못하는 성격의 나약함, 또는 완강한 반대를 하기 위한 잘못된 의견에 상대를 공격하는 것보다 우선 자신을 비난하는 일이다.

이 방법을 활용하면 당신은 상대의 입장에 설 수 있다. 그렇게 하면 상대와 당신은 일치된다. 당신이 스스로 비난을 기꺼이 감수하면 상대는 자기의 입장이 받아들여졌다고 생각한다.

이 방법을 활용하는데 도움이 되는 말을 소개해 보기로 하자.

"나도 당신과 같은 생각인데, 정말 그것이 옳을까요?"

"이 문제에 반론을 할 정도로 머리가 좋다면 얼마나 훌륭할까요."

"당신이 반대 입장을 표명하면서도 이 문제를 생각해 보지 않는 것은 나 때문입니다."

필자는 이 말을 슬기롭게 사용하고 있는 유능한 세일즈맨을 알고 있다. 그는 고객이 전하는 상품을 사지 않을 때는 이런 말을 사용하고 있었다.

"손님, 저는 세일즈맨으로서 별로 유능하지 못합니다. 이 물건을 가지고 있으면 얼마나 많은 도움이 되는가를 자세하게 얘기할 수 있었으면 합니다. 허락하신다면 예전에 경험한 실수를 더 이상 반복하지 않을 테니까요. 그때 한 손님을 만나서 이것저것 상담을 한 뒤 1년쯤 지났을까요. 그 손님이 또 찾아왔지요. 이런 말을 했습니다. '1년 전에 만났을 때, 내가 좀더 수완이 뛰어난 세일즈맨을 만나서 그 물건을 샀더라면 많은 도움을 받았을텐데.'라고 말입니다."

상대의 잘못 때문이라든가, 고객으로서 장기적인 전망이 없다고 하여 상대를 비난해서는 안 된다. 상대와 같은 배를 타고 있다는 인식을 갖게 한 다음, 작은 실수라도 자기가 비난받는다는 행동을

156

보여준다. 이렇게 하면 언쟁하면서 잘못된 방향으로 달린다는 거리감을 좁혀 일치감을 갖고 함께 역경과 갈등을 해결할 수 있다.

【단계 4】 개인을 탓하지 말고 사물을 논하라

대화 내용이 개인적인 것이 되지 않도록 주의해야 한다. 언쟁의 계기는 보통 개인적인 공격에서 시작된다.

만약 의견 차이가 표출되면 개인적인 감정이나 편견이 아니라는 사실을 분명히 밝혀야 한다. 어디까지나 사물의 범주, 그 사건에 대한 내용임을 강조하도록 한다.

이럴 때는 다음과 같은 말이 도움을 줄 것이다.

"이러한 사태에 대해 피차 대화를 나눈다면 양 쪽의 사정을 이해하게 될 것입니다. 이것은 당신에게나 또 나에게도 유익한 일이지요."

"지금 대화를 나누고 있는 것은 나와 당신에게 개인적으로는 무관한 일이지요. 그래서 대화하기가 퍽 즐겁고 부담이 가지 않아요."

"이 의견에 대해 함께 검토해 봅시다."

"이제부터 반대 의견을 서로 말하기 전에 잠시 물어볼 내용이 있어요. 당신은 이 문제에 대해 개인적인 감정은 조금도 없겠지요?"

대화를 개인적인 내용으로 주고 받아서는 안 된다. 이야기가 논리적이 아니라 감정적이 되면 개인적인 얘기로 진행된다. 그 뿐만 아니라 해결할 수 없는 큰 문제로까지 발전해 버린다.

【단계 5】 모든 면에서 이기려고만 하지 말라

자기의 의견이 옳다고 완강히 주장하는 사람이 있다. 이런 사람은 어떤 희생의 댓가를 치루어도 이기지 않고는 직성이 풀리지 않는 성격의 소유자이다. 항상 방어적이고 경쟁심을 가지고 있다. 이런 사람은 인기가 없다.

왜냐 하면 주위 사람들은 단 한번이라도 그 사람의 잘못을 증명할 기회가 나타나기를 학수고대하고 있기 때문이다.

당신도 행여 이런 사람이 되지 않도록 주의해야 한다. 인생의 모든 싸움에서 꼭 이겨야 만할 필요는 없다는 걸 알아야 한다. 그러므로 언쟁을 피하기 위해서는 모든 수단을 강구하는 훈련을 쌓아야 한다. 그래도 언쟁이 계속 진행되면 싸움이 될 것이므로 대화를 끝내야 한다.

멋진 삶의 운동 선수가 되라. 상대를 위한 훌륭한 패배자가 되라. 상대의 의견을 축하하고 그것으로 끝마무리를 하면 된다. 그렇다고 세상이 끝나는 것은 아니니까.

긴 안목으로 보면 반드시 보답이 있다 : 잠시 동안 숨을 돌리고 언쟁을 일으키기 쉬운 상대를 생각해 보라. 그러면 자주 만나는 사람이 떠오를 것이다. 왜냐 하면 전혀 모르는 사람과는 언쟁을 하지 않을 테니까.

그러므로 의견이 일치한다는 사실을 인정함으로써 될 수 있는 대로 많은 기회를 찾아 내서 상대의 정당함을 인정해 준다. 그렇게 하면 상대는 당신에게 더욱더 호감을 가지게 되고, 언젠가 당신의 의견을 주장해야 할 경우라면 아낌없이 받아줄 것이다.

▌이 장의 결론

계율 7을 지키라. '결코 언쟁을 하지 말 것.' 그렇게 하면 다음 단계가 도움이 된다.

• [단계 1] 먼저 상대의 의견을 말하게 한다.

- [단계 2] 도전적인 언사를 피한다.
- [단계 3] 상대의 미흡한 결단력이나 결점, 반대 등에 대해 우선 자기 자신을 탓한다.
- [단계 4] 개인을 논하는 것이 아니라 사물을 논한다.
- [단계 5] 항상 의견 일치만을 꾀하지 않는다. 모든 면에서 이기려고 들지 않는다.

제12장 책임감을 기른다

　‘이걸 어쩌면 좋은가, 박군! 정말 내가 잘못했네.

　나는 회사의 영업부장으로 수년간 판매 구역을 임의로 지정해 왔어. 그건 잘못이었네.

　사실 나에게는 그런 자격이 없었던 거야. 실제로 나는 담당 구역에서 일하고 있는 자네들과는 달라서 그 지역의 판매 여건에 대한 지식은 별로 갖지 못했거든.

　그러니까 박군, 자네야말로 담당 구역에 대한 사정과 문제점을 가장 많이 알고 있는 사람이란 말일세. 어느 정도로 일할 수 있는지, 또 목표를 어디에 두면 좋은 지, 지역 내에 어떤 찬스가 있는지, 자네라면 충분히 알고 있으리라고 생각하네.

　그러니 박군, 이제부터 담당 구역은 자네가 직접 정했으면 해. 신중히 생각하게. 우리 회사의 발전은 현장에서 뛰는 자네들의 성적에 달려 있다네. 담당 구역에 대한 기획서를 10일 안에 제출하기 바라네. 그럼 잘 부탁하네.

　○○판매주식회사 영업부장 ○○○

　박○○ 귀하'

필자는 편지 내용을 다 읽고 나서 영업부장에게 말했다.

"그런데 부장, 그 결과는 어떠했소?"

"예상 밖이었어요"

영업부장이 대답했다. 그는 덧붙여 말했다.

"각자에게 담당 구역을 스스로 정하게 하자, 회사에서 목표를 일방적으로 할당하는 것보다 10퍼센트나 15퍼센트를 더 높이 책정하더군요. 금년 들어 겨우 5개월 밖에 되지 않았는데도 이 대로 가면 목표 달성은 무난할 것 같습니다."

이와같이 한 통의 편지로 설득의 규칙을 한 가지만 사용해도 사업은 크게 인상되어 수억대의 이익을 올릴 수 있다.

즉, 영업부장은 설득을 위한 제8의 계율을 지킨 셈이다.

'자기의 입장을 공정하게 판단할 수 있도록 상대에게 맡겨라.'

상대를 심판관으로 삼아라 : 이 계율을 지키면 상대를 심판관으로 삼아 눈앞에 벌어지는 일을 공평하게 처리할 수 있다는데 의의가 있다. 이와 반대로 자기 자신이 심판관이 되어 책임을 느끼면 방관자와는 전혀 다른 행동을 취하게 된다. 심판관은 누구나 공평함을 바라며 사실을 추구한다.

너무 젊다는 이야기는 쓸데없는 말이다 : 반 파우즈는 필자가 경영하는 성인교실 수강자의 한 사람인데, 그는 이 계율을 실제로 사용해 본 경험담을 들려 주었다. 그는 10세된 자기 아들 토미에게 실험해 보았다.

그날 토미는 부모가 허락한 범위를 넘어 언덕까지 자전거 놀이를 했다. 시간이 지나도 돌아오지 않아 아버지는 아들을 찾으러 나갔으나 보이지 않았다. 결국 토미는 저녁식사 시간을 45분이나 늦게 돌아왔다.

평소 같으면 아버지는 아들 토미를 호되게 야단 쳤을 것이다. 아니면 방에 가두어 버렸을지도 모른다. 그러나 그날만은 성인교실에서 배운 규칙을 써 보려고 마음먹었다. 그래서 토미에게 이제까지 어디서 무얼 했느냐고 비교적 상냥하게 물어보았다.

"토미야! 자전거 놀이에 정한 규칙을 넌 오늘 위반했어. 가서는 안될 먼 데까지 간 거야. 그리고 저녁식사 시간을 45분이나 늦었어. 네가 잘못했다는 건 알고 있겠지?"

"예, 아빠!"

반은 다시 말을 계속했다.

"토미야! 평소 같으면 이 아빠가 너를 꾸짖고 벌을 주어야겠지만, 이젠 뭔가를 스스로 배울 나이가 되었단다. 언젠가는 너도 아빠가 될 거다. 네 자식들이 크면 아이들에게 여러 가지를 말해 주어야 해. 그러니까 무엇이 옳고 잘못인가를 가르쳐 주어야 하고, 그 가르침을 어떻게 지키며 친구들과 사이 좋게 지낼 것인지에 대해서도 말이야. 때로는 벌을 받지 않으면 안 된다는 것까지도 말이지. 그래서 오늘은 너 자신이 네가 한 일에 대해 잘 생각해 보아야 한다. 네가 부모가 된 셈치고 말이다. 너의 아들이 뭔가 잘못했으면 당연히 벌을 받아야 할 것으로 생각지 않니?"

"예-, 아빠!"

토미는 눈물을 글썽이며 대답했다.

"그렇다면, 잠깐 여기 앉아서 생각해 봐. 어떤 벌을 받아야 할지 네가 정하는 거야. 정했으면 나에게 와서 말해 보라구."

얼마 후에 토미는 아버지를 찾아왔다. 반의 말에 따르면 아들의 판단력과 성숙도를 아버지가 자랑스럽게 느낄 정도의 대답을 가지고 왔다는 것이다.

"아빠, 제가 가서는 안될 곳까지 갔으므로 당분간 자전거 놀이를 하지 않기로 약속하겠어요."

토미는 진지하게 말했다.

"음, 그래! 그럼 얼마 동안이나 타지 않을래?"

"잠깐만이요."

"그럼 1주일은 어떨까?"

"예, 그렇게 하겠어요."

"알았다, 토미. 그럼 앞으로 1주일간 자전거 놀이를 하지 않는 거다."

그리고 반은 아들과 말을 끝냈다.

"이것은 내 자식놈이 배운 교훈 중에서 가장 유익한 것이었다고 생각합니다. 잠자리에 들기 전에 나는 자식놈에게 말했지요. '이 아빠는 토미를 매우 자랑스럽게 생각해. 어른이 되면 너는 틀림 없이 훌륭한 아버지가 될거야.' 라고 말해 주었지요. 이 계율은 그야말로 마술과도 같아요."

남을 믿으라 : 인간은 우리들이 생각하고 있는 이상으로 위대한 존재이다. 공정성과 정의감을 가지고 있음은 물론, 감정적인 요소도 많다. 또 한편 충동적이기도 하고 논쟁적이며 자기 중심적이기도 하다. 그러나 개개인은 책임에 대한 강한 양심이 있기 때문에 균형을 이루고 있는 것이다. 양심은 항상 옳기를 바라고 공정한

결론을 얻으려는 원동력으로서 작용하고 있다.

▌이 계율의 사용법

이제부터 이 위대한 설득의 도구를 실제로 쓸 수 있도록 하나하나 단계를 쫓아 설명해 보기로 한다. 그러나 실천에 들어가기 전에 어떤 설득의 경우에나 꼭 직면하게 되는 장애에 대해 보다 세심하게 알아두어야 한다.

가장 큰 장애: 상대에게 뭔가를 해 달라고 부탁할 때 가장 큰 장애가 되는 것은 상대의 이기주의다. 무엇보다도 이를 극복하지 않으면 안 된다. 정도의 차이는 있을지라도 두 사람은 이기주의자다. 별로 좋은 일은 아니지만 사실이다.

어떤 심리학자는 이기적이지 않은 행동이란 있을 수 없다고 강변하는 말을 들은 적이 있다. 우리 인간은 만족감, 즉 자기는 인정하지 않지만 자비로운 인간이라는 마음을 갖기 위해서 돈까지도 서슴없이 내 준다. 이러한 태도라면 논의할 가치가 있다. 적어도 사람은 누구나 자기 중심적이며 자기의 이익을 먼저 생각한다는 점은 부정할 수 없기 때문이다.

당신이 설득하여 상대에게 뭔가를 요구하고 싶다면, 우선 이기주의라는 장애를 올바르게 다스리고 나서 대처하지 않으면 안 된다. 이 점을 특별히 명심하기 바란다. 이를 파악하였다면 상대에게 요구하는 방법을 이해하기 시작했다고 볼 수 있다. 사람은 늘 이기적으로 갈망하고 있기 때문에 이득이 없는 행동은 하지 않는다는 사실을 예측하고 있어야 한다.

이를테면 돈을 갖고 싶기 때문에 쓸데없는 물건을 사지 않는다. 레저나 휴식을 즐기고 싶기 때문에 힘든 일은 하지 않는다.

164

자신의 자주성과 방법의 결과를 알기 때문에 협력하기를 거부한다. 자기 생각이나 의견을 강하게 인상짓기 위해 반론을 편다. 아이들은 자기의 독립성과 특권을 잃고 싶지 않기 때문에 부모의 감독이나 규율에 반대한다.

그것을 탓하지 말 것 : 이와같이 눈에 보이는 것, 보이지 않는 것을 고집한다고 해서 이기주의를 탓해서는 안 된다.

인간은 먹는 것. 입는 것, 사랑, 보수, 감사, 특권, 그밖의 크고 작은 것까지 필요로 하며 바라고 있다. 만약 인간이 자신의 내면에 깃들어 있는 이기주의가 이런 보잘 것 없는 것들까지 갈망하고 노력하지 않는다면 작은 구멍에서 자란 당근이나 우엉뿌리에 지나지 않을 것이다. 다만 존재 의미만 있을 뿐이다.

그러므로 이기적인 모습만을 탓해서는 안 된다. 이것이 설득을 위한 계율을 활용하는 첫 번째 규칙이다. 이 전제조건을 일단 받아들이기만 하면 상대를 설득할 때에 실제로 활용할 수 있다. 이 장애를 오히려 설득의 도구로 삼는다.

인간은 값비싼 것을 바란다 : 세익스피어는 이런 말을 했다.

"처음부터 좋고, 나쁜 것이 있는 게 아니라, 그 사람의 생각이 좋은 것 나쁜 것으로 구별한다."

그러므로 이기주의를 좋은 것으로 생각하도록 하라. 왜냐 하면 대개의 경우 이기주의는 좋은 쪽에 있다. 인간은 자기 자신을 위해서는 좋은 것을 바라고 훌륭한 평판을 바라기 때문에 고귀한 인격자가 되고자 향상심을 높이고 덕이 있는 인간이 되고 싶어한다. 이와같이 인간은 자신의 삶을 통해 멋있고 훌륭한 인격자가 되기 위해 이기주의자가 되는 것이다.

이 내용은 다음에 설명할 이 '자기의 입장을 공정하게 판단할 수 있도록 상대에게 맡겨라'의 제1단계에도 언급되어 있다.

【제1단계】 적절한 동기에 호소한다.

"올바른 결정을 내릴 것인가의 책임은 너의 손에 달려있다."

"자네가 의지할 곳임을 잘 알고 있네."

"자네는 매우 공정한 사람이라는 평판이야."

이런 말은 상대가 갖고 있는 고귀한 특성에 호소하는 말이다.

필자는 이 설득의 문제에 대해 어느 중소기업 경영자 모임에서 이야기한 적이 있다. 그때 한 경영자가 웃음 띤 얼굴로,

"말씀드리고 싶은 것이 있는데요."

그러면서 다음과 같은 사연을 들려주었다.

자기 회사의 부장 한 사람이 사원들 끼리의 다툼을 사장인 그에게 말했다.

한 사람은 나이가 많은 사원으로 급료도 높게 받고 있었으며, 다른 사람은 입사한 지 얼마 안 되는 신입사원이었는데, 이 문제를 자기에게 보고하면 어떻게 대처할 것인가를 미리 결정하고 있었다고 한다. 새로 들어온 신입사원이 회사의 기강이나 분위기를 흐려서는 용서할 수 없다고 생각했다는 것이다.

그런데 그날 오후, 문제의 해결을 사장인 그에게 요청해 왔다. 그때 신입사원이 먼저 찾아와 어느 쪽이 옳은가를 말해 달라고 하며 결정에 기꺼이 따르겠다고 말했다.

그러자, 이 말 때문에 사장인 그의 태도는 일변했다고 한다. 그는 웃음 띤 얼굴로 좌중을 돌아보며 말했다.

"나는 신중하게 양 쪽의 말을 듣고 신입사원의 손을 들었지요. 나이든 사원이 분에 넘친 행동을 했기 때문입니다."

이와같이 설득의 방법에 따라 큰 차이가 생긴다. 자기가 하지

않으면 안될 책임이 있고 좋은 평판이 있다면 그 쪽을 선택하게 된다. 불필요한 편견을 갖거나 치우친 판단은 금물이다.

이것이 앞에서 말한 영업부장이 세일즈맨에게 쓴 편지와 같은 설득이 아니겠는가. 그렇다면, 그 편지가 효과를 나타낸 열쇠는 무엇일까? 그는 세일즈맨들에게 자기 스스로 담당 구역을 정하는 책임을 부여했다. 즉 세일즈맨들을 영업부장으로 삼은 것이다. 먼저 자기 자신이 공정해야겠다는 양심을 믿은 것이다. 또 앞에서 말한 부자간의 이야기도 마찬가지다. 아이는 아버지의 역할을 맡아 하지 않으면 안 되는 책임을 깨달았다.

어떻게 이기주의를 극복할 것인가? : 제1단계는 남에게 설득되어 뭔가를 해야 한다는 저항과 이기적인 반항을 약화시키기 위한 도구이다. 그렇게 함으로써 상대를 움직일 수 있는 동기에 호소할 수가 있다.

【제2 단계】 사실을 그대로 밝힐 것

상대가 심판관이 되었으므로 여기서 재판을 해 보기로 하자. 모든 사실을 다시 한 번 검토하고 심의해 보기 위해 당신은 공정해야 한다. 왜냐 하면 모든 사실을 검토하지 않으면 나쁜 점도, 좋은 점도, 또 찬성도 반대도, 당신의 목적에 반하는 사실도 밝혀야 하기 때문이다.

이렇게 하지 않으면 정당한 재판을 할 수 없다. 무엇보다도 이 설득법은 정직한 마음으로 진지하게 행해지지 않으면 안 된다.

만약 상대가 당신보다 사실을 더 자세하게 알고 있다면, 그 내용을 제대로 고려했는지를 스스로 물어봐야 한다. 영업부장이 세일즈맨들에게 보낸 편지에서 보여준 내용이 좋은 예다.

모든 사실이 밝혀졌으면 다음 단계의 준비가 기다린다.

【제3단계】 옳다는 동의를 받는다.

사실에 대한 상대의 의견을 들어보자. 과연 옳다고 상대가 동의하는가?

'나쁜 짓을 했다는 사실을 알고 있겠지.' 하고 아들에 물은 아버지의 입장을 잊지 않도록 한다. 하지만 주의할 점이 있다. 결코 논쟁을 해서는 안 된다는 대목이다. 상대가 모든 사실에 동의하지 않더라도 걱정할 필요는 없다.

사실을 재검토한 다음 제시한 바와 같다는 동의를 받으라. 이 단계에서는 흔히 사소한 점에 대해 이런저런 문제를 말한다. 왜냐하면 자기 생각이 바꿔지지 않을까 하는 불안 때문이다. 그러나 상대의 말에 인내심을 가지고 듣고 있으면 된다. 다음 제4단계를 설명하겠다.

【제4단계】 상대에게 시간을 준다.

재래식 난로를 이용해 떡이나 밤을 구어본 일이 있는가?

난로불에 석쇠를 놓고 그 위에 밤이나 떡을 올려놓으면 얼마 동안은 아무런 변화가 보이지 않는다. 그러다가 갑자기 떡이 부풀어 오르거나 밤껍질이 튀며 구어진다.

인간의 양심도 이와같다. 일단 불에 쪼이면 마음과 행동의 모든 영역을 커버할 때까지 부풀어 오른다. 그러나 그 때까지는 시간이 걸린다. 그래서 제4단계는 상대에게 다시 한 번 생각토록 하는 과정이다.

양심에는 뜸을 들일 시간이 필요하다. 한약처럼 달이는 시간이 길면 길수록 용액은 더 짙어진다.

그렇다. 여기서 당신이 해야 할 일이 있다. 말을 하지 말라. 조용히 기다려라. 상대에게 생각할 시간적 여유를 주어라. 침묵을 두려 위해서는 안 된다. 먼저 말문을 여는 자가 승복한 것이라고 당신 스스로에게 타이르라.

판매 담당 구역을 정하는데 부하 직원에게 10일간의 시간을 준 영업부장을 기억하라. 또 아들에게 벌을 묻는 아버지를 생각하라. 신입사원의 설득에 판단을 내린 사장의 말을 잊지 말라.

지금 당신은 가장 강력한 설득 방법을 배웠다. 이것을 활용할 실천만이 당신의 몫이다.

남과 원만하게 타협할 수 있는 방법에 대해 필자 자신의 개인적인 경험을 말해 보고자 한다. 이 방법을 써서 성공한 일이 있기 때문이다. 그 결과 이 방법에는 많은 잇점이 있다는 사실을 깨닫게 되었다. 그 예를 몇가지 들어보기로 한다.

① 상대는 결코 설득되었다는 인상을 갖지 않는다.

② 상대가 올바른 결론을 얻을 수 있었던 것은 자신이 결정했기 때문이라고 믿는다.

③ 당신은 상대의 원숙함과 성장을 도운 것이다. 상대의 행동이나 의견의 길잡이로서 양심을 받아주었기 때문에 성장한 것이다.

▌주의해야 할 점

이 방법을 활용할 경우 앞에서 설명한 규칙을 위반하지 않도록 주의해야 한다. 그 규칙을 다시 한 번 설명해 본다.

① 언쟁을 하지 말 것.

② 당신의 모습, 본 마음, 감정, 의견 등을 밖으로 나타내지 말 것. 상대의 양심, 감정, 의견을 끌어낼 것.

③ 진지한 태도를 보일 것.

④ 제4단계 이후부터는 침묵을 지킬 것.

▌이 장의 결론

여기서 다시 설득을 위한 제8의 계율에서 사용하는 단계를 정리해 보기로 하자.

'자기의 입장을 공정하게 판단하도록 상대에게 맡겨라'

[제1단계] 적절한 동기에 호소할 것.

[제2단계] 모든 사실을 분명히 밝힐 것.

[제3단계] 그 사실은 옳다고 하는 동의를 얻을 것.

[제4단계] 상대에게 생각할 시간을 줄 것.

제13장 뭔가를 부탁하려면

당신은 다음과 같은 대화를 들은 적이 있을 것이다. 초등학교 2학년인 홍채가 새학년 1학기 생활기록표를 받아 가지고 돌아왔다. 어머니는 아이의 성적표를 보고 놀라며 말했다.

"홍채야, 네 성적이 너무 좋지 않구나. 어째서 형처럼 좋은 점수를 받지 못하니?"

"엄마! 좋은 점수를 받으라고 나한테 부탁하지 않았잖아."

오히려 홍채는 엄마를 탓한다.

"그럼, 네가 하는 일은 무엇이나 엄마가 부탁해야 하니?"

미안하지만 어머니, 홍채의 이유 없는 반항은 사실이다. 적어도 한 번쯤은 타이르든가 부탁해야 비로소 아이는 책임감을 느낀다. 그것은 아이, 어른, 노인, 개, 고양이에 이르기까지 모두 같은 감정이다. 그들에게 뭔가를 요구할 때는 부탁하지 않으면 안 된다. 간단한 일이지만 대수롭지 않게 지나쳤을 때 반사작용은 의외로 심

각함을 보여준다. 그러므로 설득할 때 부탁을 하지 않는 것은 큰
잘못이다. 뭔가를 하도록 남을 설득시켜도 부탁을 하지 않으면 헛
수고가 되어 버린다.

▌백만 달러 이상의 효과적인 부탁

일찍이 시카고의 부호 마샬 필드의 어머니는 시카고 대학에 백
만 달러를 기부했다. 그러자 같은 시카고에 있는 노스웨스턴 대학
이 이를 문제로 삼아 긴급 이사회가 소집되기에 이르렀다. 그 이
유는 왜 노스웨스턴 대학에는 기부하지 않았느냐는 것이다.

결국 노스웨스턴 대학의 담당 이사에게 그 해답을 알아내는 역
할을 맡겼다. 그는 필드 집안 사람들과 접촉하여 조심스럽게 해답
을 얻어내는데 심혈을 기울였다. 그런데 필드 부인으로부터의 대
답은 놀라울 정도로 간단했다.

"아니, 노스웨스턴 대학에서는 기부를 해 달라는 부탁이 없었던
걸로 알고 있는데요!"

간단한 부탁, 부담없이 요청한 한 마디의 말로 시카고 대학은
백만 달러를 기부 받았다. 부탁하는 것을 꺼리지 않은 결과였다.

이렇게 설득할 때는 망설임없이 부탁하는 것이 백만 달러의 가
치를 낳는다. 설득의 과정에서 결정적인 요소가 된 것이다.

다음은 설득력 있는 인간이 되기 위한 제9의 계율로 옮겨 보기
로 한다.

'명확하고 힘있게 기지를 발휘하여 부탁한다.'

필자가 경영하는 '올바른 대화교실'에 참여하고 있는 학생들에
게 남을 설득하여 뭔가 하도록 권하고 싶은 것이 있다면 한 가지
씩 써 보라는 문제를 주었다. 그 대답은 다음과 같았다.

172

"아내가 담배를 끊었으면 한다."

"윗사람에게 급료를 인상해 줄 것을 말하겠다."

"여직원에게 너무 진한 향수를 쓰지 않도록 권한다."

"동네 아이들이 우리집 정원에 들어오지 않았으면 한다."

"거의 매일 차를 태워주면 성의있게 휘발유값을 냈으면 한다."

대충 이런 내용이 많았다. 한편으로는 놀라운 점을 발견할 수 있었다.

"실제로 그렇게 해주기를 부탁한 사람은 몇 명이나 되는가?"라는 질문에 10명에 한 사람 밖에 없었다. 이것이 현실이다.

대다수의 사람들은 공치사를 하거나 비아냥거리고 아양을 떨거나 친한 척 어깨를 두들기기도 하고 추켜세우기도 한다. 그리고 여러 가지 설득의 방법을 써서 목적하는 바를 말하려고 노력은 하지만, 실제로 부탁한 확률은 10대 1 정도였다.

기업의 핵심 멤버인 판매팀장들이 이구동성으로 세일즈맨이 저지르기 쉬운 실수는 자기 확신이 부족하다는 점이다. 즉 주문을 받을 때 부탁을 하지 않는다는 것이다. 세일즈맨은 상품 선전을 할 때 제품의 우수성을 말한다. 또한 필요하다면 점심 식사를 대접하기도 하고 먼 곳까지 고객을 방문한다. 그러면서도 주문해 달라고 진솔하게 부탁하지 않는다는 것이다.

■ '예'라는 대답을 얻는 방법

당신이 바라고 있는 대답을 올바른 방법으로 얻고자 한다면 기교가 필요하다. 남에게 뭔가를 부탁하여 '예'라는 대답을 얻으려면 그에 따른 기술이 필요하다.

그 점을 이 장에서 설명해 보기로 한다. 항상 바라는대로의 대답을 얻고 있는 사람이 있는데, 이러한 입지적인 성격의 사람들은 어떤 방법을 쓰는가를 설명하겠다. 그보다 먼저 부탁하는 방법의 기본에 대해 알아두어야 한다.

집요할 것 : 아이에게 뭔가를 시키려면 한 번만 말해서는 효과가 없다는 걸 당신도 알고 있을 것이다.

"너에게 일을 시키려면 도대체 몇 번이나 말해야 되니?"

어머니가 아이에게 하는 말을 자주 듣게 된다. 이런 광경은 어머니의 인내력을 시험하는 것처럼 보인다.

그 이유는 분명하다. 인간은 뭔가를 하려고 행동을 일으키는데 선천적으로 저항하는 본성을 가지고 있다. 그러니까 남에게 뭔가를 부탁하려면 한 번만으로는 불충분하다. 이 점을 우선 알아야 한다.

설득하려면 집요한 마음가짐을 필요로 하는 경우가 많다. 이 장에서는 상대에게 뭔가를 해 달라고 부탁하는 방법 몇 가지를 소개하고자 한다. 이 방법을 습득하면 집요하다는 인상을 받지 않고 대답을 얻을 수 있다.

설득은 야구 투수와 같다 : 야구 투수는 타자와 마주 대하면 작전상 여러 가지 기교를 써서 투구한다. 슬라이더, 직구, 커브 등 상대의 상황에 따라 변화구를 던진다. 축구 공격수도 마찬가지다. 그대로 공을 몰고 가기도 하고 패스, 롱패스, 숏패스, 백패스 등 훈련 받은 기술을 구사한다.

야구 투수, 축구 공격수도 모두 기교를 쓴다. 슬기로운 부탁 방법도 마찬가지다. 같은 것을 몇번이나 부탁할 때는 여러 가지로 다른 방법을 활용한다. 이 장에서 소개하는 부탁법을 연습하면 효과적으로 대답을 얻을 수 있다.

가장 저항이 적은 방법: 사람은 가장 저항이 적은 방법을 선택하게 된다. 시간과 노력을 필요로 하는 일을 부탁하면 상대는 어김없이 '아니오.'라고 말할 것이다. '예.'하고 대답하는 것보다 쉽기 때문이다.

물론 이 대답은 지금 소개하는 방법을 쓰지 않을 때의 경우이며, 여기서 말하고자 하는 방법을 쓰면 그와같은 일은 생기지 않는다. 그 이유는 사람들에게 '예'라고 대답하도록 만드는 기술이기 때문이다.

제9의 계율, **'명확하고 굳세게 슬기로운 기지를 가지고 부탁하는 태도를 게을리 하지 말 것'**을 다음 5가지 방법에 따르도록 한다.

(1) 과자법 | 아이들이 과자를 달라고 조르는 모습을 살펴보자.

"엄마, 과자 먹어도 돼?"

"안돼, 그건."

"왜요?"

"엄마가 안 된다니까, 안 되는 거야."

"왜 그래요, 한 개만 먹을래."

"안 된대두."

"왜 한 개도 안돼, 엄마?"

"안 된다니까."

"왜 그래요?"

"그럼 꼭 한 개만 먹어야 돼. 알았지?"

"알았어요, 엄마! 고마워요."

이와같이 아이들은 '과자 먹어도 되느냐'고 계속 조르지는 않는다. 똑같이 말하면 번번이 '안돼.'라는 대답이 나올 것이 뻔하기 때문이다. 그러니까 '왜 안 돼요?' 하고 바꾸어 묻는다.

이렇게 되면 엄마는 대답을 하지 않으면 안 된다. 만약 제대로 대답을 해 주지 않으면 그 때부터는 귀찮게 되묻는다. 이유를 생각해서 대답하기보다 그렇게 하라고 말해 주는 편이 간단하다. 그러니까 처음 질문 때 '왜'를 물어봐야 한다.

"철수야, 넌 왜 어린이 모임 회원이 되지 않니?"

이렇게 물으면 철수는 대답하지 않으면 안 된다. 대답하지 않으면 찬성하는 것이 되어 버리기 때문이다. 게다가 철수가 왜 어린이 모임 회원이 되지 않는가에 대한 이유를 대답했다 해도 그것만으로는 회원이 되지 않았다는 긍정적인 해답은 못된다. 왜 회원이 되지 못했는가의 이유를 말한 것에 불과하다. 다음과 같은 방법을 쓰면 된다.

(2) 전문가의 질문법 | 전문가는 상대에게 뭔가를 시킬 때 슬기로운 방법을 쓴다.

증권업자나 의사, 변호사가 당신에게 뭔가를 시키거나 요구할 때 깨달은 바가 없는가? 틀림없이 다음과 같이 말할 것이다.

증권업자 : "○○기업에 투자하는 쪽이 좋을 것 같소. 1만 달러로 할까요, 2만 달러로 할까요?"

의　사 : "편도선을 수술해야겠는데요. 내주 월요일에 입원 수속을 하시지요. 아니면 좀 빠른가요?"

변호사 : "소송을 하세요. 조서를 꾸며야 하니까, 내일 아침 9시에 사무실로 나와 주시겠습니까?"

각자 어떤 태도를 보였는가 그 면모를 알았을 것이다.

어느 경우에나 그들이 결정을 하고, 당신에게는 작은 결정을 맡기고 있다.

176

증권업자는 ○○기업에 투자할 것을 권하며, 당신에게 투자 액수의 결정을 맡겼다.

의사는 입원할 것을 권유하면서 당신에게는 그 날짜를 정하게 했다. 변호사는 소송을 결정하고 사무실 방문 시간을 당신에게 맡겼다.

이와 같은 방법을 당신도 활용할 수 있다. 당신은 큰 결정을 하고 상대는 작은 결정을 하는 것이다. 그렇게 하면 상대는 '예'하고 쉽게 승낙한다.

(3) 되묻는 법 | 뭔가를 부탁 받으면 계속 질문을 하며 시간을 벌어 적당히 넘기려는 사람이 있다. 질문에 대답하는데 시간이 걸리거나 또는 잘못 대답하여 그 결과 '아니오'라는 말을 바란다. 즉 변명을 바라고 있다. 그러나 이럴 때는 같은 질문을 되풀이해 본다. 다음과 같은 경우다.

"철수야? 넌 왜 어린이 모임에 들어가지 않는 거니?"

"토요일에도 일을 하겠지?"

이를 다시 물어볼 경우라면

"넌 토요일에도 일하고 싶으냐?"

하고 물어본다.

"어쩐지 알아봐야겠어."

"아직 정하지 않았어."

라고 대답해서는 안 된다.

"15일까지 배달되겠지요?"

하고 손님이 물으면,

"15일까지 배달하기를 바라십니까?"

하고 되묻는다.

"회사에 알아봐야겠어요."

라고 대답해서는 안 된다.

아내가 남편에게 영화관에 함께 가지 않겠느냐고 물었다.

"뭘 하는데?"

하고 남편이 묻는다. 그러면 아내는

"당신은 어떤 영화를 보고 싶으세요?"

라고 되묻는다. 이때 신문을 들고 와서 영화관을 찾느라고 뒤적거리려서는 안 된다.

이렇게 남편이 되묻는 질문에 대답한 경우라면 영화 보는 일은 결정된 셈이다. 어떤 영화를 보는가는 지엽적인 문제다. 다음은 그때 가서 정하면 된다. 먼저 당신이 바라는 대답을 얻는 것이 중요하다.

이와같이 상대가 되묻는 질문에 '예'라고 대답하였다면, 처음 질문에서 '예'라고 대답한 것과 같다.

(4) 상대 위주법 | 이 방법은 수년 전에 필자가 예쁘고 작은 키를 가진 여성에게서 배운 방법이다.

어느 날 '인간성 회복모임'에서의 일이다. 그곳에 모인 사람들은 입을 모아 매장 점원들의 건방진 태도를 탓하고 있었다. 점원들은 콧대가 세고 무관심하며 버릇없이 고객을 무시하고 있다는 이야기다. 특히 소매점 점원은 더 형편이 없다면서 그 예를 들추는 사람도 있었다.

그런데 끝으로 한 여성이 말문을 열었다.

"저는 점원들의 그런 태도에 대해 비난만 할 수 없다고 봐요. 그 사람들은 종종 심한 취급을 받을 때도 있어요. 하지만 저는 항상 점원들로부터 친절한 서비스를 받고 있는 편이죠. 거기에는 방법이 있어요”

이어 방법을 말해 주었다.

“물건을 살 때 그들에게 여러 가지로 배워야 할 점이 있다고 말하고 난 다음, 잘 모르니까 조언을 받고 싶다고 말합니다. 그러면 그들은 자기가 중요한 인간이라고 느끼게 되지요. 저는 작은 단추 하나를 살 때도 또 값비싼 냉장고를 살 때도 항상 이 방법을 쓰고 있답니다. 그러면 점원도 아주 열심히 바쁜 시간을 활애해서 조목조목 얘기해 주지요.”

이 말을 듣고 난 다음 모임에 참가한 사람들은 모두 이 방법을 써 보기로 하고 결과를 의논하기로 했다. 그 때부터 나는 그 방법을 쓰고 있다. 상대를 전문가처럼 우대하면 따라 준다. 물론 이 방법의 비결은 상대가 뛰어나다고 말하는데 있다.

“당신이 훨씬 잘 아니까, 날 좀 도와주시오.”

“이 일에 대해서는 당신이 나보다 훨씬 더 경험이 많습니다.”

“요령을 좀 가르쳐 주세요.”

“자네는 나보다도 더 잘 아니까, 도와 주겠지.”

이 방법을 ‘인간성 회복모임’에서 시험한 뒤로 필자는 아내에게도 가르쳐 주었다. 그러자 아내는 당장 실행에 옮겼다. 내가 아내보다 닭고기 굽는 데는 더 솜씨가 좋다면서 닭고기 구이를 시켰던 것이다.

이것은 벌써 10년 전의 일이지만, 지금까지 닭고기 굽는 일은 내가 맡고 있다. 나는 그 때마다 아내에게 닭고기 굽는 법을 가르쳐 주겠다고 말하지만, 아내는 닭고기 굽는 요령은 지식만의 문제가 아니며, 당신이 습득한 이제까지의 감각적인 기술을 자기로서는 쉽게 배울 수 없다며 사양하고 있다.

(5) 해 주시겠습니까 법 | 하루하루의 생활을 해 나가면서 사람들과 접촉할 때, 사소한 부탁을 하는 경우가 많다. 이럴 때는 그저 '해 주시겠습니까'라고 간단히 부탁하면 된다.

남에게 사소한 일을 부탁하는 것은 간단하게 보이고 또 중요하지 않은 일처럼 보인다. 그러나 이러한 사소한 일을 제대로 하지 않으면 상대를 매우 언짢게 한다. 몇 가지 규칙을 소개해 본다.

① **명령을 하지 말 것** : 상대에게 결코 명령을 해서는 안 된다. 이러한 태도는 칠판을 손톱으로 긁은 것과 같다. 그러면 상대는 등골이 오싹해질 정도로 분노를 느낀다. 때로는 군대교육이나 아이들의 나쁜 잠자리를 고쳐주기 위해 명령할 경우도 있다. 어쨌든 명령은 힘이다. 폭력이다. 지금 우리들은 설득하는 법을 배우고 있는 중이다.

② **이유를 말할 것** : 나를 위해 뭔가를 해 달라고 강요해서는 안 된다. 나를 위해서라기보다 더 좋은 이유를 생각해 보라. 몇 번이나 그 이유를 반복하면 상대는 당신의 종처럼 느끼게 된다. 그러므로 다음과 같이 말해 보라.

아 내 : "당신의 아침 식사에 계란이 필요하니까, 미안하지만 가게에 가서 좀 사다 주실래요?"

상 사 : "배달이 늘어질지 모르니 이 공문을 ○○회사에 직접 갖다 주지 않겠어?"

어머니 : "주말에는 집안 청소를 해야 하니까, 네 방 쓰레기를 미리 치워주렴."

아버지 : "길가의 자전거를 치워주지 않겠니. 차와 부딪치면 안 되니까."

그리고 알맞는 이유가 떠오르지 않을 때는 바른 자세로 예의바르고 명확하게 기분 좋게 부탁하라.

█ 이 장의 결론

설득력 있는 인간이 되기 위한 제9의 계율을 설명해 보았다.

'명확하고 힘있게 기지를 가지고 부탁하는 것을 잊지 말라.'

여기에는 5가지 방법이 있다.

① **과자법** : 왜 안 되는가라고 물을 것.

② **되묻는 법** : 상대가 대답함으로써 상대의 동의를 얻었다는 질문을 할 것.

③ **전문가의 질문법** : 큰 결정은 당신이 직접하고 상대에게는 작은 결정을 맡길 것.

④ **상대 위주법** : 당신이 요구를 부탁할 때는 상대 위주로 말할 것.

⑤ **해 주겠습니까 법** : 정중하게 부탁할 것. 절대로 명령을 하지 말 것. 나를 위해서라는 이유를 찾아 낼 것.

제14장 상대를 내 편으로 끌어들이는 방법

당신이 태어나서 처음으로 여객기를 탔다고 하자. 기장이 이륙 준비가 완료되었음을 방송으로 알린다. 이어 대기 중인 여객기가 활주로를 질주하기 시작한다.

갑자기 좌석 등받이에 충격이 전해지며 앞으로 몸이 쏠린다. 거대한 기체를 움직이는 요란한 엔진 소리에 메아리치는 듯한 전율을 느낀다. 창 밖을 내다보면 굉장한 속도로 활주로를 달리며 창공을 향한다.

한 번 크게 떠오르자 육지는 아래로 멀어져간다. 어느 새 당신은 공중에 떠 있다. 왠일인지 오늘은 매우 강한 바람이 불고 있다. 난기류에 거대한 기체는 좌우로 흔들리고 위아래로 움직인다. 순간 당신은 창 밖의 날개를 본다.

어쩐지 이상하다!

날개가 흔들리고 있어!

세찬 바람 때문에 날개가 기울며 불안하게 흔들리고 있다. 당신은 스튜어디스를 부르려 한다. 날개가 부러지기 전에 기장에게 알려야 하기 때문이다. 당황한 나머지 옆자리에 앉은 사람을 흔들며 작은 목소리로 다급하게 외친다.

"저것 보시오. 날개가 흔들리고 있어요!"

옆자리의 사람은 읽든 신문을 놓으며 미소 띤 표정으로 태연히 말한다.

"참, 잘된 일이군요. 만약 날개가 움직이지 않으면 큰 일이지요. 날개는 유연성이 있게 설계되어 있으니까요. 그러므로 스트레스 |저항가 가해지면 흔들려야 합니다. 만약 그렇지 않다면 작은 충격이 가해져도 부러져 버리거든요."

이 말을 듣고 당신은 조금 안심이 될 것이다. 자리에 앉아 망망한 운해를 내다보며 인류의 경이적인 진보에 가슴을 쓸어내린다. 그리고 옆자리 사람이 한 말을 잊지 못한다.

"유연성있게 설계되어 있다. 그러므로 스트레스|저항를 받으면 흔들리게 되어 있다."

▌설득은 비행과 같은 것

남을 설득해야 할 경우라면 긴장과 스트레스가 생기게 마련이다. 이륙한 비행기와 같이 그 과정에 유연성이 없다면 부러지기 쉽다.

설득을 위한 방법을 모두 사용했다 하여도 유연성이 없고 제10의 계율을 지키지 않으면 아무 소용이 없다.

'상대가 당신에게 계속 호의를 갖도록 해야 한다.'

그러기 위해서는 유연해야 한다. 흐름을 타야 한다.

이 방법으로 목숨을 건진 한 젊은이의 이야기가 있다.

그는 카누를 타고 밀림 여행을 즐기고 있었는데, 돌연 격류에 휘말려 멈출 수도 방향을 바꿀 수도 없는 절박한 사태에 이르렀다. 카누는 그대로 폭포 밑으로 곤두박질쳐 거센 소용돌이에 휘말리고 말았다. 수영에 익숙한 그는 소용돌이로부터 빠져 나오려고 안간힘을 썼으나 불가항력이었다. 힘이 다 했다.

그때 그는 숨을 크게 몰아쉬며 자신의 몸을 강의 흐름에 맡겼다. 자연에 순응했다. 다시 한 번 큰 소용돌이 속으로 끌려들어 갔으나 결국은 고요한 수면으로 떠올랐다.

좋은 설득자란 : 젊은이는 수영에 자신이 없었기 때문에 거센 소용돌이에서 빠져나올 것으로 믿었다. 결국 흐름에 거슬리지 않고 자연에 맡기면 수면 위로 다시 떠오를 것이라는 법칙을 알았던 것이다.

이제까지 소개한 계율을 지키면 틀림없이 설득력 있는 사람이 된다. 그러나 새로 익힌 이 자연의 힘을 주의 깊게 그리고 유연하게 다루지 않으면 흐름에 순응하지 않으면 오히려 상대는 반항적이 된다.

상대가 도전적이 되는 이유 : 설득되었을 때는 누구나 자기 자신이 굴복되었다고 생각하기 쉽다. 그러므로 열등감을 느낀다.

영국의 유명한 사상가이자 교육자인 퍼스트 필드 경은 말했다.

"인간은 자기에게 열등감을 느끼게 하는 자를 가장 미워한다."

그렇게 느끼지 않도록 해야 한다. 비행기처럼 자기의 인격에 유연성을 가져야 한다. 새로 익힌 설득력을 사용하여 열등감을 느끼게 한다면, 상대는 당신에게 친근감을 보이지 않는다.

이 장에서는 설득력 있는 인간이 되기 위해 제10의 계율, 상대가 당신에게 계속 호의를 가지게 하려면 어떤 방법이 있는가를 설

184

명해 보기로 한다.

먼저 다음 5가지 규칙을 소개한다. 이 규칙은 설득력 있는 사람, 또 남이 좋아하는 사람이 됨을 보장한다. 비행기 날개와 같은 유연성과 흐름을 인격의 바탕으로 한 규칙이다.

【규칙 1】 상대를 칭찬할 것

당신이 지도자로서 또 설득의 능력자로 성공했다면 분명히 승리자다. 상대가 자신의 의견에 동의하고 설득에 적극적으로 따라준 셈이 된다.

무엇보다도 상대가 열등감을 가지고 당신을 미워하기 전에 퍼스트 필드경의 조언에 따라 상대를 칭찬하도록 한다. 상대가 뭔가를 결정했으면 그것을 칭찬해 준다. 상대의 의견이나 행동, 선택에 대하여 찬사를 아끼지 말아야 한다.

이를테면 당신 부인이 부엌에서 청국장을 끓인다고 하자. 이때 온 집안에 특유의 지독한 냄새가 진동하지만 부인은 전혀 무감각이다. 이때 이렇게 말해 보라.

"당신은 정말로 좋은 아내야. 만약 당신의 청국장 끓이는 솜씨가 시원치 않았더라면 난 이것을 좋아하지 않았을 거요."

사장이 당신의 급료를 올려주면 이렇게 말한다.

"저는 승급에 감사하는 것만이 아닙니다. 이러한 회사에서 일하는 걸 고맙게 여기고 있습니다. 한 개인의 요망이나 감정까지도 이해해 주는 회사에 감사하고 있습니다."

또 고객으로부터 큰 주문을 받았을 때는 이렇게 말한다.

"무엇보다도 주문을 해주셔서 고맙습니다. 손님께서 결정하신데 대해 축하드립니다. 현명한 결정이십니다. 틀림없이 이 물건이 마음에 드실 겁니다."

【규칙2】 겸허할 것

겸허하다는 말은 남에게 나쁜 인상을 주지 않는다는 뜻이다.

어느 날 밤, 앞에서 말한 '인간성 회복모임'에서 있었던 일인데, 한 참가자가 이런 말을 했다.

"정말, 놀랐어요. 이제까지 배운 설득의 규칙은 너무나 효과적이었어요! 며칠 전 저는 80킬로 속도 제한구역을 100킬로로 달렸지요. 사이렌 소리에 백밀러를 보니 빨강 점멸등이 보였어요. 순찰차였어요. 들킨 것을 알게 된 저는 갓길에 차를 세우고 곧장 순찰차 쪽으로 달려갔지요. 그랬더니 경찰관은 벌써 딱지에 위반 내용을 적고 있더군요. 그래서 저는 여기서 배운 방법을 써 보았어요. 그러자 한 5분쯤 잠자코 있다가 경찰관은 쓰는 걸 그만두더군요."

그러나 그날 밤, 그는 이런 식으로는 오래 계속할 수 없다는 사실을 깨닫게 되었다. 남 앞에서 자기만의 재주를 과시해서는 안 된다. 오만한 사람에게 설득되는 상대는 없다. 설득에 성공한 사람은 남에게 애써 자기의 인상을 심으려고 하지 않는다.

미국의 부호 록 펠러는 여러 가지의 뜻깊은 사업에 공헌하고 자선사업을 하고 있지만, 비즈니스맨으로도 크게 성공한 사람이다. 어느 날, 그는 매우 훌륭한 사무실을 제공 받았다. 너무나 화려한 실내 장식이어서 누가 보아도 감탄할 지경이었다. 그러나 그는 별로 달갑지 않은 표정을 지으며 말했다.

"도대체 누구에게 인상 지으려고……?"

남에게 잘못된 인상을 보이는 행동이 얼마나 어리석은 일인가를 깨닫기 위해서는 그런 경험을 의도적으로 시도해 볼 필요가 있을지도 모른다. 다음과 같은 사건이 당신의 신상에 일어났다고 상상

186

해 보라. 틀림없이 도움을 받을 수 있을 것이다.

세계적인 명가수 엔리꼬 카루소는 질투심이 매우 강한 사람이었다. 다른 가수가 인기를 얻는 걸 싫어했다. 어느 날 함께 출연한 소프라노 가수는 이번 무대에서 무슨 일이 있더라도 그의 인기를 빼앗으려고 마음먹었다.

그녀가 쓴 테크닉은 고음을 내기 전에 두 손을 꽉 쥐는 자세였다. 그러나 실제로 고음을 낼 때는 팔을 크게 벌렸다.

어느 날, 공연 무대에서 그녀가 두 손을 꽉 쥐려고 하자, 카루소는 준비해 두었던 날계란을 그녀의 한쪽 손바닥을 향해 던졌다. 아리아가 절정에 가까워지자, 그녀는 손을 힘껏 쥐었다. 그 때문에 손바닥의 계란이 깨져 알맹이가 손에 엉겨붙어 버렸다.

순간 그녀는 기가 막히다는 듯 계란으로 엉망이된 손을 보았다. 그 후부터 고음을 낼 때는 두 손을 뒤로 감추었다. 이윽고 노래가 끝나자 별일없었다는 담담한 표정으로 퇴장하였다.

설득력 때문에 주목의 대상이 되었다면 그 성공에 자만하지 않도록 주의해야 한다. 남에게 자기의 인상을 무리하게 심으려 해서는 안 된다. 그렇게 하면 소프라노 가수와 같은 곤경에 빠진다.

【규칙 3】 장난을 치거나 놀리거나 비아냥 거리지 말 것

몇번의 실험으로 확인해 보았듯이 누구나 놀림을 당하거나 업신여김을 받으면 몹시 불쾌한 감정에 휩싸인다.

"뭐야, 그렇다면 인생의 재미를 맛볼 수 없잖아."
라고 말하는 사람도 있을 것이다.

결코 그렇지 않은 것이 인생살이다. 장난을 치거나 놀림 정도는 다소 지나치다고 해도 별관계가 없다. 하지만 폭력적이거나 언쟁은 금물이다. 당신과 같은 입장에서 되받을 수 있는 사람이라면 안심해도 된다. 그러나 현실은 무조건 남을 얕보고 주의를 끌려고 하는 이기적인 사람이 많기 때문에 대인관계를 기피하는 현상이 일어난다.

비꼰다는 말은 기분 좋은 뜻이 아니다. 그러나 많은 사람들이 가지고 있는 특성이다. 설득할 때 자기 방어적인 잘못된 감정이다.

상대가 자기의 제안에 반대하면 비꼬거나 놀리고 싶어진다. 그러나 똑같은 감정에 못이겨 되받아서는 안 된다. 그 대신 몸을 맡기는 유연성이 필요하다.

필자가 알고 있는 젊은이 가운데 하버드 대학을 졸업한 후 직장을 몇번이고 바꾼 사람이 있었다. 이 청년은 설득력이 탁월했고 자기 표현도 명확했으며, 교양미와 멋을 지녔다. 또한 힘찬 미래가 약속된 재능과 지성을 겸비한 젊은이였다.

그러나 비즈니스 세계에서는 전혀 인정을 받지 못했다. 현재 그가 근무하는 회사의 중역이 그 까닭을 나에게 말해 주었다.

"그는 모든 재능을 고루 갖추고 있지요. 그러나 우리들이 보는 바로는 자기의 재능을 제대로 발휘하지 못하는 것 같아요. 너무 입바른 소리만 하고 동료 직원을 비난합니다. 게다가 회사의 방침에 늘 불평을 늘어놓아 주목을 받고 있지요. 몇번 주의를 주었으나 전혀 바꾸려고 하지 않습니다. 그러나 연회 석상에서는 위트에 넘쳐 중심적인 존재가 됩니다. 그 때문에 누군가는 희생을 당하고 있는 셈이지요. 그래서 모든 동료들은 그에게서 멀어져 갑니다. 그런 이유로 그를 책임 있는 자리에 앉힐 수 없어요."

설득의 말이 밝고 즐거운 것이라면 좋은 일이다. 그러나 남을 놀리거나 공격적인 말은 피해야 한다.

제3의 규칙, 즉 장난스럽거나 놀리거나 비꼬는 일이 없어야 한다. 이것은 유연한 인간성을 나타내는 가장 좋은 방법이다. 비아냥거림의 냉정한 말을 쓰지 않고 반대 의견을 받아들일 수 있다면 흐름을 타고 있는 유연성이다. 그렇게 하면 비록 긴장 상태에 놓여있더라도 상대는 당신에 대한 좋은 인상을 잃지 않을 것이며, 반면에 당신은 유연성을 유지할 수가 있다.

【규칙 4】 참을성 있게 이해하는 태도를 취한다

설득되어 의견을 바꾼 사람은 다소 반항적인 감정이 남아있게 마련이다. 이를 잊지 않아야 한다. 그러므로 참을성 있게 이해를 좁혀가는 마음가짐이 중요하다. 물론 사소한 행동에도 주의가 필요하다. 설득하려 할 때는 상대의 인간적인 본성이 방해가 되는 경우가 많다. 당신의 태도 때문에 문제가 더 어렵게 될 수도 있다는 점을 간과해서는 안 된다.

어떤 건축가는 말했다.

"당신이 앞으로 나갈 때 제거할 수 없는 기둥이나 장애물이 있다면 빨갛게 칠해 보라."

즉 장애물을 전적으로 활용하라는 말이다. 오히려 장식을 해서 강조해 보도록 한다. 하나의 장애물로 방치해서는 안 된다는 뜻이다. 그러므로 좋은 인상을 얻으려면 먼저 상대를 이해하고 존중해야 한다. 장애 요인이 되는 상대의 성격을 좋은 면으로 보도록 노력한다.

• 만약 상대가 자기의 생각을 끝까지 고집한다면 마이동풍이라거나 꽉 막혔다고 단정하지 말고 강한 신념을 가진 사람이라고 생각하라.

• 만약 상대가 화를 잘 내는 사람이라면 앞뒤를 생각지 않는 무

뢰한이라고 여기지 말고 감정이 풍부한 사람이라고 생각하라.

• 만약 상대가 자신만을 내세우는 성격의 소유자라면 구두쇠, 자린고비라고 평하지 말고 사려 깊은 사람이라고 생각하라.

• 만약 상대가 인간관계를 원만하게 유지하지 못한다고 해서 예의를 모른다든가 거만하다고 몰아세우지 말고 강건한 개인주의자라고 생각하라.

• 만약 상대가 무엇이든 자기 손에 넣기를 원한다면 독선적인 사람이라기보다는 지도자의 품성을 지닌 사람이라고 생각하라.

• 만약 상대가 돈 쓰기를 아까워 한다면 깍쟁이라고 멀리 하지 말고 절약가라고 생각하라.

• 만약 상대가 자기 의견을 거침없이 말한다면 뻔뻔하다고 폄하하지 말고 솔직한 사람이라고 생각하라.

• 만약 상대가 상사에게 고자질을 한다면 아첨자라고 여기지 말고 협력적인 사람이라고 생각하라.

• 만약 상대가 늘 자기 자랑에 열을 올린다면 자만심이 강하다고 비판하지 말고 자신감 있는 사람이라고 생각하라.

• 만약 상대가 자기 주장만 내세운다면 자기 중심적이며 건방지다고 여기지 말고 진취성이 강한 사람이라고 생각하라.

그러므로 상대가 장애물적인 존재라고 여겨지면 빨간칠을 한다. 자신의 머리 속에서 비정상적인 성격의 상대라고 설득을 위해 참을성 있게 이해해 준다. 그렇게 하면 부정적인 태도는 나타나지 않으므로 상대로부터 미움을 사는 일도 없다.

【규칙 5】 비판을 하지 않으면 안될 경우 다음과 같이 한다

남과 원만한 관계를 유지하기 위해서 가장 필요한 마음가짐은 비판을 해서는 안 된다. 그러나 다른 일반적인 규칙과 같이 언제나 지킬 수는 없을 것이다. 한편 남을 비판하지 않을 수 없는 경우가 있다. 감독을 한다든지, 코치로 가르치고 함께 일할 때에는 부득이 비판하지 않을 수 없다.

이런 경우라면 다음과 같은 간단한 규칙을 적용한다.

(1) 우선 칭찬해 준다

상대에게서 싫다는 비판을 받으면 열등감이 생긴다. 그래서 열등감을 갖게 하는 사람을 싫어한다. 그러므로 설득을 위해서는 처음부터 칭찬을 하는데 주저해서는 안 된다. 상대는 이기주의를 극대화하며 우월감을 갖는다. 칭찬해 주면 비판이나 비평의 가시를 없앨 수 있다.

(2) 제삼자가 있는 데서 비판하지 말 것

제삼자가 있는 자리에서 비판하여 상대의 체면을 손상시켜서는 안 된다. 남 앞에서 상대의 이기심을 억누르면 당신에 대한 좋은 인상을 갖지 못한다.

(3) 건설적인 태도를 취할 것

파괴적이 되어서는 안 된다. 설득의 흐름을 타려면 상대를 도와주어야 한다. 상대의 외견이나 행동의 잘못을 지적해서는 안 된다. 어떻게 하면 되는가의 원칙만 말하라.

이를테면 "당신의 화장은 이상해요."라고 말해서는 안 된다.

"루즈를 좀더 진하게 바르면 더 멋지겠는데요."하고 말하라.

"너는 편지 쓸 줄을 모르는구나."하고 말하는 대신,

"미리 너에게 가르쳐 줄걸 그랬구나. 첫머리에 인사말을 쓰고 맨 나중에 맺는 말을 쓴다는 걸 말이다. 이를테면 근계(謹啓 : 拜啓)라든가, 여불비(餘不備 : 拜上)라고 쓴다."

라고 말한다. 또 "당신 신발은 항상 지저분해!"라는 말보다, "늘 깨끗하게 닦은 당신의 신발을 보면 매사에 빈 틈이 없으시다는 것을 알 수 있죠."하고 말한다.

(4) 상대의 내면을 파고들지 말라

사람을 비판하지 말고 그 행동을 비판하라. 그렇게 하면 상대의 감수성을 다치지 않고 비판을 외견적인 것으로 소화시킬 수 있다.

유명한 심리학 박사 베아리 디카드는 실망했을 때나 슬플 때 어떻게 하면 명랑함과 냉정을 유지할 수 있느냐는 질문을 받고 다음과 같이 짤막하게 대답했다.

"지구의 물을 다 모아도 물이 배 안으로 스며들지 않으면 배를 가라앉힐 수 없다."

상대의 내면에 파고들어 상대를 가라앉게 해서는 안 된다. 그림을 비판해도 그 작가의 재능을 비판하는 것은 금물이다. 선수의 경기를 비판해도 그 선수의 운동신경이나 체격을 비판해서는 안 된다. 가수의 노래를 비판해도 그 사람의 목소리를 비판해서는 안 된다. 세일즈맨의 매상 성적을 비판해도 능력을 비판해서는 안 된다. 아이의 성격을 비판해도 그 아이의 지능과 인성을 비판해서는 안 된다.

그 사람을 비판하면 배 안으로 스며드는 물과 같이 상대를 고통으로 몰아간다. 행동이나 결과만을 비판하도록 하라. 무엇보다도 바람직한 일은 어떻게 해야 될 것인가를 지적해 주는 것이 바람직하다. 그렇게 하면 비판을 완전히 배의 외부에서 멈출 수 있다. 배도 가라앉지 않는다.

(5) 상대의 이익에 어필할 것

상대에게 왜 비판하고 있는가를 알려준다. 잘못을 고치면 어떻게 좋아지는가도 설명해 준다. 그렇게 하면 당신은 상대의 뒤만

캐는 사람이 아니라는 사실을 알게 될 것이다.

(6) 미소를 잃지 말아야 한다

감정에 치우쳐 있거나 흥분해 있지 않다는 사실을 상대에게 알려준다. 비판할 때는 화를 내거나 흥분을 표출시켜서는 안 된다. 미소를 잃지 않고 비판의 가시를 없앤다.

(7) 온순하게 말하고 격려할 것

상대의 결점을 밝혀 낸 다음 좋아하는 태도를 보여서는 안 된다. 결국 상대를 비판한다는 일은 자기와는 다른 결점이 있어서 좋지 않다는 사실을 말하는 것에 불과하다. 그러므로 비판할 때는 인내심을 갖고 온순한 태도와 말씨를 써야 한다. 때로는 등을 가볍게 두둘겨 줄 정도의 제스처는 필요하다. 상대의 향상 능력을 높이 평가하고 있다는 것을 알려준다.

이렇게 하면 상대는 당신을 멀리 하지 않는다. 당신은 설득력이 있는 인간이 되기 위한 제10의 계율에 따라 당신에 대한 좋은 인상을 잃지 않을 것이다.

■복 습

설득력을 습득하기 위한 모든 계율을 충실하게 지켰다 해도 상대가 당신에 대하여 싫은 감정을 가지고 있다면 아무 소용이 없다.

그런 결과를 초래하지 않기 위해서는 감정이나 고집만 앞세우지 말고 흐름을 타야 한다. 반대할 때도 항상 상대편의 입장에서 생각해야 한다.

다음 규칙을 지켜 유연한 자세를 취하는 것이 중요하다.

① 상대의 현명한 결정이나 행동을 칭찬한다.

② 겸허할 것. 자기의 성공을 지나치게 겉으로 나타내지 말 것.

③ 상대를 조롱하거나 비아냥거려서는 안 된다.

④ 참을성있게 이해하는 태도를 가질 것.

⑤ 꼭 상대를 비판을 해야 할 경우라면

    ㉠ 먼저 칭찬한다.

    ㉡ 제3자가 없는 데서 한다.

    ㉢ 건설적인 태도를 취한다.

    ㉣ 상대의 내면을 파고들지 않는다.

    ㉤ 상대의 이익에 동참한다.

    ㉥ 미소를 잊지 않는다.

    ㉦ 온순하게 말하고 격려해 준다.

이상의 규칙을 지키면 제10의 계율 **'상대가 당신에게 호의를 갖도록 할 것'**을 당신 자신의 것으로 할 수 있다.

■설득력 있는 인간이 되기 위한 제10의 계율

① 무리없이 설득할 수 있다고 생각할 것.

② 설득을 위해서는 질문의 힘을 빌릴 것.

③ 남에게 자기는 중요한 존재라고 생각케할 것.

④ 상대의 입장에서 말할 것.

⑤ 남을 행동에 개입시킬 것.

⑥ 큰 것을 얻기 위해 작은 것을 양보할 것.

⑦ 상대와 언쟁하지 말 것.

⑧ 남이 자기의 입장을 공정하게 판단할 수 있도록 유도할 것.

⑨ 명확하고, 힘있게, 기지를 써서 부탁하는 걸 잊지 않는다.

⑩ 상대가 당신에게 계속 호의를 갖도록 할 것.

제15장 설득력과 커뮤니케이션

우리가 사회 생활을 영위하는데 있어 가장 큰 문제는 대인관계를 통해 전혀 모르는 사람, 잘 알지 못하는 사람, 안 지 얼마되지 않은 사람과는 대화가 잘 안 된다는 점이다.

나는 아주 사소한 일에도 신경질적으로 바뀐다. 입술이 마르고 입을 벌리는 것조차도 제대로 할 수 없다. 스스로 말하도록 나 자신에게 타이르지만, 전혀 도움이 안 된다.

미리 말할 내용을 생각하기도 어렵다. 그리하여 상대가 자리를 뜨자, 이렇게 하였더라면 하고 뒤늦게 겨우 해야 할 말을 떠올리지만, 이미 이야기할 상대는 보이지 않는다.

인간성 회복 세미나를 시작하면서 첫 강연 때 필자는 수강자들에게 무기명으로 인간관계에서 안고 있는 문제를 각자의 입장에서 써 보도록 하였다.

지금 필자가 인용한 문장은 많은 사람들의 마음 속이나 감정에 깃들어 있는 문제를 보여줌과 동시에 무엇보다도 모르는 사람과 대화를 나눌 때 자기의 능력을 믿지 않고 있음을 엿볼 수 있었다. 의외로 이런 사람이 많은데 놀라지 않을 수 없었다.

요즘 세상에서 말을 잘 하려면 도움이 필요하다. 인류 문화사를 살펴보면 2백 년 전에는 연습에 의해 배울 수가 있었다. 그 시대에는 이야기하는 것 외에 할 일이 없었기 때문이다. 광장이나 적당한 장소에 모여서 애기하는 즐거움을 존중하고 생활화하였다.

그러나 지금은 TV를 보고 있을 때나 트럼프를 즐기고 있을 때, 드라이브를 할 때, 강연회에서 연설을 들을 때, 영화를 관람할 때 앉아 있는 경우가 많다. 한편으로는 대화를 피하기 위해 단절된 생활을 즐기기도 한다.

올림픽 높이뛰기 선수 봄 리처드는 목사이며 인간관계와 커뮤니케이션에 대한 전문가이기도 하다. 그래서 그는 수만 명이나 되는 사람들 앞에서 강연하고 있다. 최근에 그로부터 다음과 같은 말을 들은 적이 있다.

"오늘날의 최대 문제는 인간이 커뮤니케이션의 방법을 모르고 있다는 점이다. 결혼해서 실패하는 원인은 남편과 아내 사이에 대화가 이루어지지 않다는 것이다."

그러므로 인류의 역사를 통해 요즘처럼 대화의 방법이나 필요성이 강조되는 시대도 없을 것이다.

■ 피해야 할 분쟁 원인

대기업에 근무하는 75명의 간부들을 위한 세미나가 열렸을 때, 필자는 참석자들에게 자신의 내면에 자리잡고 있는 불안과 초조함의 원인을 써 내도록 했다. 그 결과 대략 다음과 같이 요약되었다.

196

'이야기하는 도중에 남의 의견 때문에 중단될 때.'

'남의 말은 듣지 않고 자기 말만 되풀이하는 사람과 대화해야 할 때.'

'남에 대해서는 전혀 고려하지 않은 뻔뻔스런 사람.'

'모임에서 토론하자고 먼저 제의한 사람이 내 말은 들으려 하지 않을 때.'

'어떤 논리에도 귀를 기울이지 않을 때.'

'토론에서 질 때.'

'대화의 논점을 확실하게 전개하지 못했을 때.'

'이야기를 독점하는 사람.'

'대화를 중단하는 사람.'

위에서 설명하고 있는 내용들이 대화와 관계가 있음을 알았을 것이다. 현대인의 불안감, 초조함의 대부분이 커뮤니케이션이 균형있게 이루어지지 않는데서 생겨나고 있음을 엿볼 수 있다.

당신도 남과 대화하고 있을 때 상대를 불안 초조하게 하는 죄를 범하고 있지나 않은 지 자성해 볼 일이다. 그와 같은 잘못은 친구도 충고해 주지 않는다.

■ 당신도 이 방법을 쓰고 있는가?

당신은 대화를 통해 상대의 마음에 상처 받는 말은 하지 않겠지만, 다음에 열거하는 15가지 물음 중에 한두 가지는 자신도 모르게 말하고 있으리라 본다.

① 말을 걸기에 서먹함은 없는가?

② 상대가 말하고 있을 때 다른 것을 생각하고 있지 않는가?

③ 잘 모르는 사람과 말할 때 왠지 서먹서먹한 느낌은 없는가?

④ 대화를 하는 중에 말이 끊기는 경우가 있는가?

⑤ 할 말을 잊은 적은 없는가?

⑥ 모르는 사람에게 소개되는 것이 싫은가?

⑦ 상대의 말을 중단시키는 일은 없는가?

⑧ 상대가 말을 중단시켰을 때 불안하고 초조함을 느끼는가?

⑨ 친구나 가족들과 대화를 나누며 할 말은 있는가?

⑩ 당신이 말할 때 상대가 안절부절하지 않는가?

⑪ 상대가 말할 때 반론하는 경우가 많은가?

⑫ 세상에 관한 이야기를 할 때 동참하는가?

⑬ 당신은 웃거나 미소 지으며 대화를 즐기는 편인가?

⑭ 대화할 때 시간이 빨리 지나갔으면 좋겠다는 생각을 하는가?

⑮ 항상 상대에게 말을 시키거나 먼저 말하도록 유도하는가?

이상의 질문 가운데 5가지 이상 '예'라고 대답한다면 대화의 훈련이 필요하다. 그러므로 이 장에서는 그 방법을 설명해 보기로 한다. 이에 대해 연습하고 실행하는 것은 당신 자신의 책임이다.

▌대화로 인간관계를 개선하는 방법

대화의 능력을 높이는 것만큼 인생에 행복을 가져오는 기술도 없다. 시인 롱 펠러는 말한다.

"현명한 인물과 나누는 단 한번의 대화는 10년 동안 읽은 책의 내용보다 뛰어나다."

대화의 뛰어난 기술을 배우는 것이 얼마나 중요한가를 깨닫게 하는 말이다. 필자가 시카고를 여행할 때의 일이다. 수년 동안을 만나지 못했던 친구 사무실로 전화를 걸어 함께 점심 식사라도 하자고 약속했다. 식사를 하면서 여러 가지 이야기를 나누다가 그의 부인에 대한 안부를 물었다. 그러자 친구는 잠시 동안 말없이 자기 앞에 놓여 있는 음식 접시를 내려다보다가 시선을 창 밖으로 돌리면서 조용히 말했다.

"자네에게만 말하는데, 오래 전에 아내와 헤어졌네. 지금 난 작은 아파트에서 혼자 살고 있어."

"아, 그래? 그런데 왜 친구들에게 말하지 않았어?"

"응! 말하고도 싶었지만, 자네도 잘 알고 있듯이 난 어린 나이에 결혼했지 않은가? 우리 두 사람이 함께 있을 때도 언제나 그녀 외에 또다른 여성이 내 마음 속에 자리잡고 있어서 스스로 놀라곤 하지. 그럴 때마다 아내에게 죄를 짓는 것같아 미안한 마음을 금할 수 없었다네. 그런데도 우리는 함께 외출하기도 하고, 뭔가를 같이 하는 일을 좋아했지. 내가 그녀에게 프로포즈했을 때는 현모양처형처럼 보였거든."

여기까지 말한 다음 그는 얼마동안 잠자코 침묵을 지키다가 침울한 얼굴로 다시 말했다.

"사실 그녀는 내가 바라던 여성이었네. 우리는 세 아이를 가졌고, 이제 그들은 각각 독립할 만큼 성장했지. 그런데 난 뭔가 다른 것을 바라고 있다는 갈망과 허전함에서 헤어나지 못하고 있었네. 그러니까 말 상대가 될만한 친구가 그리웠거든. 어쩌면 난 아내보다 더 조숙했었는지도 모르지. 결국 우리들의 결혼은 아무 의미도 없는 권태의 나날이 계속되고 있을 뿐이라네. 부부간의 다정한 화제도 바닥이 나고 사소한 일에도 서로 비난하고 다툼으로 등을 돌린다네. 그러니까 집안이 늘 시끄럽고 찬 기운만 감돌았지. 끝내 우리는 가정법원을 찾게 되었는데 판사는 당분간 별거하면 어떻겠느냐면서 유예기간을 주더군."

만약 이런 일이 수많은 사람들 사이에서 일어나고 있다면 얼마나 불행한 삶의 연속이겠는가. 하지만 결혼 초의 약속을 서로 지켰다면, 아직도 수년 동안은 함께 풍요로운 세월을 보낼 수 있을 것이다.

한 가지 분명한 문제점은 이 사람들은 서로 대화를 못하고 있을 뿐이다. 조금만 노력하면 얼마든지 두 사람의 관계를 개선할 수 있는 관계이다.

영국의 작가 헉슬리는 이렇게 말했다.

"사람들은 대개 태어날 때부터 지루한 존재다. 왜냐 하면 서로가 어떻게 하면 상대로부터 재미있고 뜻깊은 대화를 끌어낼 수 있는가를 모르기 때문이다."

이 말은 앞에 예를 든 필자의 친구 부부를 지적한 것이 아닌가 생각된다.

그들이 바라는 것이란 남들의 결혼 생활에서 얻는 즐거움처럼 얘기를 나누며 웃고 농담하면서 생각을 서로 나누어 가지면 된다. 인생의 대부분은 이와 같은 작은 일의 연속이다. 대화를 원만하게 이끌어가는 능력이 없으면 인생의 큰 부분을 잃게 된다.

당신은 위에서 말한 필자의 친구 부부 같은 처지에 놓이고 싶지 않을 것이다. 항상 건강한 인간관계를 즐겁게 유지하고 싶을 것이다. 슬기로운 대화법을 습득하면 값진 보수로 되돌아올 수 있는 생활의 단편들이다.

대화에 대한 문제는 이 책에서 가장 중요한 부분일지도 모른다. 이 책을 통해 신선하고 재미있는 이야기꾼이 되는 기본적인 사항을 배울 수 있다.

그러나 기본적인 사항에 들어가기 전에 알아두어야 할 조건이 있다. 훌륭한 이야기꾼이 되기 위한 공식이다. 이것은 사람에 따라 달라 태어날 때부터 가지고 무의식적으로 사용하고 있는 사람도 있다. 그러나 대개는 성장하면서 의식적으로 개발하여 대화의 바탕을 다져가지 않으면 안 된다. 그렇다면 재능 있는 이야기꾼이 되는 비결을 알아보기로 한다.

▌훌륭한 이야기꾼이 되는 비결

다음에 열거하는 원칙은 훌륭한 이야기꾼을 만드는 열쇠가 된다. 훌륭한 이야기꾼은 스스로가 그 비결을 알고 있지만 대화에 서투른 사람은 그런 사실조차도 모르고 있다. 재미있게 말하는 사람은 대화의 열쇠를 주변에서 발견하여 어떤 경우에도 중심에 서서 재치있게 활용한다.

이것이 바로 대화의 열쇠이며 비결이다. 가장 가까운 주위에서 대화의 소재를 발견하고 터득하여 당신의 마음 속에 간직해 두었다가 남과 대화할 때 언제든지 꺼낼 수 있도록 하자.

'훌륭한 이야기꾼은 상대에게 이익과 즐거움을 준다.' 이는 대인 관계에 있어 매우 중요한 일이다.

잠깐 걸음을 멈추고 훌륭한 이야기꾼이 됨을 생각해 보라. 그렇다고 훌륭한 이야기꾼이 되기 위해서는 뛰어난 재능과 기술을 가져야 한다는 말은 아니다. 오직 상대에게 이익과 즐거움을 주면 되는 것이다. 그리고 이것을 실행하려면 여러 가지 방법이 뒤따른다는 것을 염두에 두어야 한다.

또 당신이 대화를 독점하라는 것도 아니다. 그렇다면 스핑크스나 돌부처처럼 묵묵히 앉아서 듣고 있으면 된다는 것인가, 그렇지 않다. 오직 당신이 이야기함으로써 상대에게 이익과 즐거움을 주자는 말이다.

▌가장 무시되고 있는 규칙

의사 소통에 있어 가장 큰 잘못은 규칙을 무시하는데 있다. 강연 때 연사들은 흔히 청중의 이익을 위해 말하고 있다는 사실을 잊고 자기만의 관심에 대해서 열중한다. 또 자기 자신을 현명하다고 생각하는 사람은 유머를 활용하여 강한 인상을 심으려고 웅변을 토한다. 이런 사람들은 자기가 사용하고 있는 방법이 상대에게 이익과 즐거움을 줄 수는 없다는 사실을 모르고 있다.

▌당신이 의사를 결정한다

당신은 자신이 바라는 것이 무엇인가를 확실하게 정하지 않으면 안 된다. 남의 주목을 받고 싶은가, 아니면 말을 잘 하는 사람이 될 것인가를 결정해야 한다.

당신이 바라는 것이 말이 없는 사람인가, 아니면 배우처럼 말을 잘 하는 사람이 되기 위한 규칙은 목적에 맞지 않을 것이다.

많은 사람들은 오직 남에게 강한 인상을 심어주기 위해 뛰어난 이야기꾼이 되기를 바란다. 이것은 스스로 규칙의 반대 입장에 놓여 있다. 훌륭한 이야기꾼이 되려면 남이 당신에게 강한 인상을 주도록 하는 것이 최상의 방법이다. 그처럼 유연성의 흐름을 탈 때 상대는 즐거움을 느낀다.

▌당신의 즐거움은 어떻게 되는가?

당신의 즐거움과 이익은 뛰어난 이야기꾼의 진실된 태도에 바탕이 된다.

"아, 얼마나 즐거운 밤이란 말인가!"

"이렇게 유쾌한 밤을 아직 경험한 일이 없어요."

라고 말했을 때 당신은 즐거움과 이익을 느끼게 된다. 한편 당신과 함께 있는 것이 매우 즐겁다고 말하는 사람도 있을지 모른다. 이와같이 많은 사람들과 설득의 이익이 즐거운 시간을 보내는데 있음을 알아야 한다.

설득의 이익은 당신에게 많은 기회를 줄 것이며, 사람들과 함께하는 공동의 목표로 나타나게 된다. 한편 당신의 목표는 남의 주목을 끌기 위해 강한 인상을 심어주거나 과시하려는데 있지 않을 것이다.

예능인과 같이 행동하거나 자기의 뛰어난 점을 과시하려는 모습을 보인다면, 오히려 심한 거부감을 불러일으킨다. 거듭 강조하거니와 어디까지나 남에게 즐거움과 이익을 주는데 목표로 삼아야 한다. 이것이 설득과 의사소통을 부드럽고 부담없이 할 수 있는 비결이다.

다음에 말하는 다른 3장에서는 이 비결을 자기 것으로 하는 방법을 알아보기로 하자.

제16장 남에게 호감을 얻으려면

하버드 대학 찰스 코프랜트 교수는 강의 시간에 학생들로부터 질문을 받았다.

"훌륭한 대화술을 익히려면 어떤 방법이 좋은가?"

뒤이어 다음과 같이 물었다.

"전공과목 이외에 대화술에 관한 강좌는 없는가?"

"대화술을 익히는데 당장 필요한 내용은 무엇인가?"

이들의 질문을 받고 코프랜트 교수는 대답했다.

"있고말고, 내가 하는 말에 귀를 기울인다면 그 비결을 가르쳐 주지!"

그런 다음 강의실 안은 오래도록 침묵이 이어졌다. 마침내 한 학생이 침묵을 깨며 말했다.

"선생님, 지금 저는 귀를 기울이고 있는데요."

그러자 코프랜트 교수는 침묵을 접으며 조용히 말했다.

"아, 그래! 자네는 이미 배우고 있다는 증거일세."

▌무엇보다도 먼저

뛰어난 이야기꾼이 되는 제1단계는 남의 말을 끝까지 듣는 자세에 있다.

아폴리스 공립학교 성인 교육학부에서는 5년 동안 매학기마다, 말하기 2코스, 듣기 1코스를 배정했다. 그런데 말하기 강좌 시간에는 많은 사람들이 신청했으나 듣기 강좌는 5년 동안 한 번도 열리지 못했다.

왜냐 하면 5년 동안 듣기 강좌 코스를 희망한 수강생은 두 사람밖에 없었기 때문이다. 모두가 말하기를 배우고 싶어한 것이다.

여기에는 두 가지 이유가 있는데, 첫 번째는 인간은 태어날 때부터 본능적으로 말하기를 좋아한다는 점이고, 두 번째는 말을 함으로써 남에게 자기를 인상지을 수 있다고 믿기 때문이다. 하지만 실제에 있어서는 상대에게 자기의 인상을 심으려면 훌륭한 이야기꾼이 되는 것보다 오히려 바르게 듣는 쪽이 더 효과적이다.

뛰어난 이야기꾼의 목적은 상대에게 즐거움과 이익을 주는 일이다. 그러기 위해서는 말하는 것보다 듣는 쪽이 더 효과적이다.

수천 년 전부터 중국 철학자들은 남의 이야기를 듣는 모습은 즐거움을 줄 뿐만 아니라 확실하게 이익을 준다고 증언하고 있다.

심리학자 프로이드는 인간의 불안전한 감정이나 혼란된 경험의 도피처는 대화라는 사실을 발견했다. 예고없이 표출되는 감정의 분노를 말하게 함으로써 순화시킬 수 있는 참다운 치료법이라고 단언한다. 환자에게 말을 시킨다고 하는 프로이드의 심리분석은 심리학의 새 장을 열었다.

하지만 프로이드가 입증한 학문적인 근거는 오랜 동안 교회에서 행하여 온 영적 체험을 학자의 입장에서 과학적으로 정립했다는 성과일 뿐이다. 인간은 불완전한 존재이므로 참회를 하면 대개 마음의 평온을 얻는다. 자신의 내부에 갇혀 있는 어두운 그림자를 제거할 기회가 주어지면 신선한 기분을 느끼는 감정의 동물이기 때문이다. 그러므로 범죄자가 사법기관에 자수하는 경우도 결코 놀라운 일이 아니다.

"모든 사실을 자백하겠다. 죄를 짓고 더 이상 살아간다는 것은 나의 양심이 용서하지 않는다."

라는 상황도 예외는 아니다. 이 사람은 오직 자기가 안고 있는 문제를 누군가에게 말하고 싶다는 자기 고민에 불과하다. 인간은 불완전하므로 누구나 남에게서 이해를 받고자 한다. 마음 속에 가지고 있는 문제를 표출하고 싶은 것이다.

인간의 침묵은 식초와 같고 생각은 소다와 같다. 이 두 물질을 섞으면 거품이 난다. 그리하여 침묵과 생각은 말이라는 형태로 폭발하여 연소된다.

그러나 들어주는 상대가 없으면 아무 것도 얻지 못한다. 그러므로 상대에게 즐거움과 이익을 주는 하나의 방법으로 듣는다는 안식처가 있다.

영국 수상 처칠은 대화의 목적을 침묵할 수 있는 좋은 기회라고 말했다. 한편 세익스피어 역시도 조언하고 있다.

"모든 사람들에게 그대의 귀를 빌려주라. 하지만 그대의 말은 소수의 사람들에게만 들려주라!"

이러한 충고는 남과 사귐에 있어 절대적인 전제조건이 된다.

그것 뿐만이 아니다. 당신이 하는 일이 남들과 함께 해야 할 공

206

동의 일이라면, 당신의 성공은 훌륭한 몸가짐으로 듣는 쪽인가에 달려 있다. 최근 조사에 의하면 직장의 임직원들은 다음과 같은 평균적 비율로 시간을 나누어 쓰고 있다는 사실을 알게 되었다.

① 기획문을 작성하는데 쓰는 시간 : 9퍼센트

② 읽는 데 쓰는 시간 : 16퍼센트

③ 말하는 데 쓰는 시간 : 30퍼센트

④ 듣는 데 쓰는 시간 : 45퍼센트

슬기로운 듣기는 누구나 익힐 수 있는 확고한 기술이다. 이 책에서 이제까지 제안해 온 대부문의 내용은 연습이나 훈련이 필요한 특정 상황에서만 활용할 수 있다. 그러므로 슬기로운 듣기는 지금 당장이라도 실행에 옮겨 설득의 기술로 삼아야 한다.

당신도 오늘부터 이 방법을 시작해 보라. 이 장에서는 다음과 같은 점에 대해 설명하기로 한다.

(1) 듣기의 4가지 문제

(2) 슬기롭게 듣는 사람이 되기 위한 5가지 방법

(3) 피해야 하는 14가지의 잘못된 듣기

(1) **듣기의 4가지 문제** | 듣기의 첫 번째 문제. 듣는 속도가 말하는 속도의 4~5배다. 영어로는 1분간에 90~120단어를 말할 수 있는데, 듣는 쪽은 450~600단어까지를 들을 수 있다. 한국어의 경우 말하는 속도는 1분간에 250~300단어이고, 듣는 속도는 1,000~1,500단어라고 한다.

이와 같은 비교는 말하는 내용을 들으면서 그 다음을 생각하고 상대의 견해를 머리 속으로 판단하여 토론할 방법의 시간적 여유를 뜻한다. 그러니까 상대를 마음 속으로부터 몰아낼 것인가 받아들일 것인가를 판단하고 있는 것이다. 이는 상대가 하는 말을 진지하게 듣고 있지 않다는 증거이다.

그렇다면 다음과 같은 작은 시험을 해 보라. 당신이 집에서 신문을 보고 있을 때 남편, 혹은 아내, 자녀들이 곁에 있다면 "이 내용을 잘 들어라." 하면서 신문에 난 기사를 두 세줄 읽어본다. 그런 다음 방금 읽은 내용을 복창해 보라고 권한다. 이때 상대가 읽은 기사의 내용 중에 5퍼센트를 제대로 반복해 말할 수 있다면 보통 평균치이다.

듣기의 두 번째 문제는 당신이 듣는 것을 별로 좋아하지 않는다는 점이다. 대다수의 사람들처럼 말하기를 더 좋아할 것이다. 때로는 상대가 하는 말이 흥미를 끌지 못하는 경우도 있다. 듣는다는 것은 언제나 수동적인 태도를 요구한다. 결국 당신이 말할 기회가 올 때까지 기다리지 않으면 안 되는 상태다.

그러나 듣는 입장이야말로 매우 중요한 목적을 이룰 수 있는 기회다. 이 점을 명심해야 설득할 수 있다. 상대가 하는 말을 듣고 있을 때가 가장 좋은 인상을 주고 있는 기회다. 슬기롭게 듣는 사람이 훌륭한 이야기꾼이다. 이는 기본적인 요점을 익혔다고 말할 수 있다.

듣기에는 많은 노력이 필요하다. 듣기를 잘 하는 사람이 되기 위해서는 먼저 상대를 배려하는 마음 가짐과 인내심이 필요하다.

듣기의 세 번째 문제는 상대가 말하려는 내용을 미리 짐작하여 잘 알고 있다고 생각하는데서부터 생긴다.

어느 날, 35명의 성인들을 상대로 한 교양수업 강좌를 끝내고 필자는 수강생들에게 이렇게 말했다.

"다음 주 이 시간에 302호 강의실에서 만납시다. 오늘은 이것으로 끝……."

그날 강의는 404호실에서 끝났다. 그런데 수강생 세 사람이 필자를 찾아와서 물었다.

"선생님, 다음 장소는 302호 강의실이 옳은가요? 혹시 말씀을 잘못하신 것이 아닙니까?"

그들의 물음에 다음 강의는 302호실이 옳다고 대답해 주었다. 학생들이 돌아가자, 뭔가 석연찮은 생각이 들었다. 예상한대로 다음 주가 되자, 두 강의실로 수강생이 나누어지는 현상이 벌어졌다. 302호실로 들어온 사람은 네 사람 뿐이고 나머지 31명은 404호실에 모여 있었다. 그런데 그 31명 전원은 모두 지난 주에 404호실이라고 분명히 말했다는 것이다.

실은 내 말을 듣고 잘못 판단한데 원인이 있었다. 필자가 다음 강의는 같은 시간에 만나자고 말했을 때, 틀림없이 같은 장소일 거라고 미리 예측한 데서 착각을 가져온 것이다.

사람들은 대화 중에 상대가 말하려는 내용을 미리 예상하는 경향이 있다. 그러니까 넘겨짚는 자기 모순에 빠진다. 이렇게 해서 상대가 말하는 뜻조차도 놓치게 된다.

듣기의 네 번째 문제는 선입관을 가지고 남의 말을 듣는 태도다. 상대와 정신적인 논쟁을 일으키기 쉽다는데 늘 문제가 발생한다. 어떤 점에서 당신은 상대가 말하는 의견에 반대한다고 하자. 또 상대가 당신이 생각하고 있는 것과는 다른 말을 했다고 하자.

그런 경우 당신은 자신의 생각이나 중요한 점을 놓치기 쉽다. 상대가 중요한 점을 열심히 이야기하고 있는 데도 당신은 이것저것 사소한 생각에 빠져있기 때문이다.

남의 말을 제대로 듣는 사람이 되려면 우선 마음을 열어야 한다. 논쟁이 되는 문제를 진지하게 받아들이고 상대가 말하고 있는 점에 관심을 기울여야 한다. 대화를 하는 동안은 논쟁의 함정에 떨어지지 않도록 주의해야 한다.

(2) 듣기를 제대로 하기 위한 5가지 방법 | 슬기롭게 듣는 사람이 되기 위한 5가지 방법

【방법1】 들을 때 바람직한 자세를 취할 것

언제인가 필자는 잘 모르는 사람들이 모여 있는 방으로 안내되었다. 사람들은 방바닥에 편안한 자세로 앉아 있었다. 이 방에 머무른 것은 불과 2~3분이었지만, 무슨 일이 생겼는가? 그 짧은 시간 낯모르는 사람들에게 따뜻한 마음을 가지고, 또 한편으로는 차가운 눈길을 보내기도 했다.

당신도 이런 경험을 가져보았을 것이다. 상대가 서 있는가 앉아 있는가의 태도에 따라 분위기와 감정의 흐름이 달라진다. 필자의 경우는 무의식 중에 그 방안에 있는 사람들의 태도에서 남의 말을 잘 듣는 사람과 그렇지 않는 사람으로 구분지었다.

그들의 자세를 통해 따뜻함을 나타내는 사람들에 대해서는 금방 친숙한 감정을 느낄 수 있었으나 의자에 기대앉아 거만한 표정을 지으며 비판적인 눈짓을 보내고 있는 사람에게서는 다정한 생각을 가질 수가 없었다. 순간 그들과의 사이에 두터운 벽이 만들어지는 것 같은 이질감을 느껴야만 했다.

어떤 회사의 간부가 필자에게 한 말이지만 물리적인 벽을 만듦으로써 세일즈맨을 무기력하게 한다는 것이다.

그는 이런 말을 했다.

"나는 의자에 기대앉아 팔장을 끼고 다리를 꼰 자세로 입을 굳게 다물고 예리한 눈초리로 상대의 눈을 쏘아보지요. 그러면 그들은 곧 주눅이 들어 명함을 들이밀며 뭔가 필요한 것이 있으면

210

연락해 달라고 가까스로 말합니다."

상대의 입을 다물게 하려면 이런 태도도 무방할 것이다. 하지만 남의 말을 듣기 위한 바람직한 태도는 아니다.

겸손한 태도 : 이는 상대의 말에 흥미를 갖는 태도를 일컫는다. 말을 하고 있는 상대와 함께 행동하고 있는 것이다. 무관심보다 기민함을 나타내고 있다.

물리적인 벽을 만들지 않는 태도 : 턱을 고이거나 팔장을 낀 자세는 듣는 사람에게 물리적 장애가 된다. 의자에 앉아 있을 때는 다리를 꼬는 자세도 벽을 만드는 요인이 된다.

눈으로 들을 것 : 대화를 나누면서 상대의 눈을 정면으로 본다. 곁눈질을 하거나 얼굴을 찡그리면 안 된다. 눈을 똑바르게 뜬다. 그리하여 눈으로 흥미와 즐거움을 나타낸다. 때로 거울을 보며 표정 연습을 하는 것이 효과적이다. 자기가 말하고 있는 쪽이라면 상대가 편안한 얼굴을 하도록 따뜻한 표정을 지어 보인다.

【방법 2】 진지하게 흥미를 가질 것

상대를 향해 똑바르게 눈을 떠야 한다. 상대가 하는 말을 이해하려면 듣는 것 외에는 다른 방법이 없다. 상대의 말을 심사숙고하여 관심 있는 요점만 기억한다. 그러려면 당연히 흥미를 일으켜야 한다.

발명가 에디슨이 자연주의자 루터 바방크를 찾았을 때의 일이다. 바방크는 찾아오는 손님의 주소, 성명, 취미 등을 기록하는 내방객 명부를 갖고 있었다. 에디슨은 이 명부에 자기의 이름과 주소를 기입했는데, 취미란에는 '여러 가지'라고 써 넣었다. 그리고 물음표(?)를 달아놓았다.

당신도 에디슨과 같이 많은 일에 흥미를 갖도록 하라. 상대한 사람들의 경험이나 생각, 하루하루의 생활에 깊은 관심을 갖고 삶이 가치 있는 모험이며, 자기의 존재가 깜짝 놀랄 사건이라고 생각해 본다.

인간은 그야말로 흥미진진한 삶을 살아간다. 행동거지나 반응, 말씨, 모두가 도전적이며 모험적이다. 그것을 기꺼이 받아들이라. 그리하여 슬기롭게 듣는 사람이 되라.

【방법 3】 열심히 듣고 있다는 것을 상대에게 알려라

상대에 대한 최대의 찬사는 한 마디의 말도 빠뜨리지 않고 듣고 있다는 사실을 알리는 일이다. 여기에는 여러 가지 방법이 있지만, 우선 몇 가지만 소개하기로 한다.

얼굴 표정을 밝게 할 것 : 밝은 얼굴로 눈썹을 치켜올리거나 미소로, 깜짝 놀란 표정, 눈웃음 등으로 자기 자신의 감정을 전하라. 만약 당신이 죽은 듯한 표정을 지니고 있는 사람이라면 거울 앞에서 밝고 다양한 얼굴로 바꾸는 연습을 해야 한다. 상대에게 행복감을 느끼게 하는, 흥미를 나타내는 새로운 얼굴로 바꾸는 연습을 해 보라.

짧은 말을 쓸 것 : 매우 쉬운 방법이다. 짧은 말을 쓰면 된다. "그렇겠군요." "아아! 참 재미있네요." "나도 그렇게 생각해요." "그 뒤에 어떻게 되었나요?" "아아! 재미있었겠어요." 등등 이 짧은 말에서 당신은 새로운 사실을 발견할 수 있다. 가치가 없는 내용일지라도 흥미를 보이면 재미있어진다.

이 책의 첫머리에서 어떤 행동을 취하면 그에 따른 감정이 솟아난다는 걸 강조하였다. 감정은 행동에 의해 생겨나는 흐름이다.

세익스피어도 그의 명저 『햄릿』에서 만약 미덕을 갖지 못했다면 가진 척이라도 해 보라고 말하지 않았던가. 흥미를 가지고 있는 것처럼 행동하라. 그렇게 하면 흥미가 솟아난다.

【방법 4】 자기가 알고 있는 점을 확인해 둘 것

남의 말을 듣는 도중 그 뜻을 제대로 파악할 수 없는 경우가 있다. 어떤 사람이 이해할 수 없는 말을 했다고 하자. 그 말이 무슨 뜻인가를 생각하는 동안에 상대는 이야기를 계속하여 무시당하는 사태에 이른다.

이때 상대가 "이 점을 어떻게 생각하는냐?"고 물어도 제대로 대답할 수 없다. 마음 속으로 그것이 무엇이었더라 하며 혼자 안달을 한다. 결국 어떻게든지 평온치 못함을 떨쳐 버리려고 당황하기에 이른다.

이런 일을 피하기 위해서라도 자기가 알고자 하는 점에 대해서는 미리 확인해 둘 필요가 있다. 모르는 내용이 있으면 서슴없이 물어야 한다. 더 자세히 설명해 달라던가, 되물음은 결코 실례가 아니다.

오히려 말하는 사람 쪽에서는 환영할 일이다. 한편으로는 당신의 이해도 깊어지고 상대에게 관심을 가지고 있다는 인상을 주는 계기도 된다.

【방법 5】 복습할 것

상대가 한 말을 반복해 본다.

"지금 당신은 이렇게 말했지요."

상대가 한 말을 복습한다.

나중에 논쟁할 수 있는 중요한 요점을 머리 속에 새겨둔다. 그런 태도를 가진다면 보다 더 대화에 집중할 수 있고 진지한 대화를 나눌 수 있다. 이것은 결과적으로 당신이 상대의 말에 귀를 기울이게 되고 훌륭히 듣는 사람으로 성장할 수 있다.

▌이 장의 결론

상대에게 이익과 즐거움을 준다는 것은 남을 존중하고 의견을 바르게 듣는데서부터 시작된다. 듣는 사람이 되지 못하는 5가지를 살펴본다.

① 말하는 속도에 비해 듣는 속도는 4~5배나 빠르다. 그 때문에 상대를 생각 밖으로 몰아내는 시간적 여유가 생긴다.

② 듣는 것을 좋아하지 않고 오히려 먼저 말하려고 한다.

③ 상대가 말하려는 것을 이미 알고 있다고 생각하기 쉽다.

④ 선입관을 가지고 들으려 한다. 그래서 마음 속으로 논쟁을 하게 된다.

이상과 같이 듣기의 문제점을 극복하고 훌륭하게 듣는 사람이 되기 위한 방법은 다음 5가지다.

① 듣는데 알맞은 자세를 취할 것.

　　㉠ 겸손하고 적극적일 것.

　　㉡ 물리적인 벽을 만들지 말 것.

　　㉢ 눈으로 들을 것.

② 진지하게 흥미를 가질 것.

③ 열심히 듣고 있다는 것을 상대가 알도록 할 것.

④ 자기가 알고 있는 것을 미리 확인할 것.

⑤ 복습할 것.

피해야 알 14가지 나쁜 듣기 | 듣는 데 방해가 되는 몸가짐이나 습관이 많다. 피해야 할 장애를 열거해 보면 다음과 같다.

① 손이나 물건 등을 움직일 때 침착성을 잃지 않아야 한다.

② 말하고 있는 사람을 외면한 채 창 밖을 보지 말 것.

③ 상대를 의심하는 질문은 피할 것.

④ 인내력이 없는 행동은 삼가야 한다.

⑤ 남의 말을 들으면서 딴전을 부려서는 안 된다.

⑥ 시계를 자주 보아서는 안 된다.

⑦ 담배 연기를 상대의 얼굴 쪽으로 보내서는 안 된다.

⑧ 말하고 있는 사람에게 지장을 줄 정도로 가까이 가지 않는다.

⑨ 말을 들으면서 낙서를 하거나 어긋나는 행동은 삼가야 한다.

⑩ 이상한 눈짓을 하거나 상대보다 더 아는 척하지 않는다.

⑪ 손톱을 깎거나 안경을 닦는 불필요한 태도는 안 된다.

⑫ 상대보다 먼저 결론을 말해서는 안 된다.

⑬ 자기가 말하고 싶다고 해서 상대가 빨리 말을 끝냈으면 하는 태도를 보여서는 안 된다.

⑭ 자동차 소리, 라디오, TV, 방에 있는 사람들의 말소리나 움직임으로 말하는 사람의 주의력을 분산시켜서는 안 된다.

제17장 말하기를 개선하는 3가지 원칙

필자가 알고 있는 존 굳엘은 대기업의 인사 담당자인데, 입사시험을 보러 온 젊은이의 이야기를 들려주었다.

"한 젊은이가 면접실에 들어오자마자 싱긋 웃으며 나와 악수하고 난 다음 면접에 대비하여 제자리에 의젓하게 앉았어요. 그걸 보고 나는 금방 감명을 받았지요. 그는 매우 핸섬하고 옷차림도 깔끔했어요. 25분 가량을 그와 면접했습니다. 그러나 그가 일을 제대로 감당할지는 알 수 없었습니다."

그러면서 그는 또 다음과 같이 말했다.

"그가 일을 좋아하는지도 알 수 없었고, 자기 스스로 응모했는지 아니면 부모의 권유에 따랐는지, 우리 회사의 교육 프로그램을 어떻게 생각하는지도 알 수 없었어요. 시험관인 나는 그가 대답하는 소리를 들을 수가 없었지요. 왜 그랬을까요? 되묻는 것조차 싫어졌고, 그저 내가 할 말만 했으니까요. 그리고 나중에 연락하겠다며 되돌려 보냈어요. 그가 돌아간 뒤 그에 대한 평가를 검토해 보았는데, 그가 다음과 같이 하지 않았더라면 틀림없이 신입사원으로 채용했을 겁니다. 면접 시험을 치르는 동안 그는 계속 작은 목소리로 남에게 들리지 않을 정도로 입 속에서만 우물거렸으니까요. 그것이 그의 버릇이었던 것 같아요.”

▌당신도 이런 일을 하지 않는지?

말소리가 너무 낮아서 상대가 알아듣지 못하기 때문에 기회를 놓쳐 버린 일은 없는가? 잘 말하고 좋은 태도로 듣는 사람이 될 필요가 있지 않겠는가? 좀더 버릇을 개선할 필요는 없는가?

유명한 웅변가이자 정치가인 헬렌 헤이즈나 로날드 쿨만이 아니라면, 나의 대답은 ‘그렇다’이다. 수년 동안 말하기 훈련을 해온 사람이 아니라면, 상대의 말을 잘못 이해하거나 입 속에서 우물거리거나 명확치 않은 발음을 할 것이다. 훌륭한 웅변가가 되기 위해서는 무엇보다도 힘차고 생생히 알아듣기 쉽게 말하는 법을 배워야 한다. 이 장에서는 그 목표를 향해 최단 거리의 방법을 살펴보기로 한다.

이집트의 피라미드에서 한 권의 책이 발굴되었다. 그 책은 3천 년 전에 쓰여진 것인데, 거기에는 다음과 같은 충고의 내용이 기록되어 있었다.

‘남보다 한 걸음 더 뛰어나기 위해서 그대는 말 잘 하는 명인이 되라! 말이란 사람의 무기이며 말은 싸움보다도 더 강하기 때문이다!’

오늘날 커뮤니케이션의 80퍼센트 이상이 말에 의해 이루어지고 있다. 상대에게 주는 인상의 75퍼센트는 말하는 방법에 있다. 좋은 인상을 준다고 하는 확신을 갖기 위해서도 시간을 투자할 가치가 있다. 지금은 아무리 어려운 여건에 처해 있다고 하더라도 말버릇을 개선하겠다는 의지만 있으면 얼마든지 실행에 옮길 수 있다.

지구가 있고 인류의 역사가 진행되고 있는 동안 고대 그리스의 웅변가 데모스테네스를 잊지 못할 것이다. 당신도 그의 삶이 보여준 강한 의지와 노력을 배우게 될 때 인간 승리의 위대함을 깨닫게 될 것이다.

그 당시의 학자 알렉산더 파일러는 그에 대해 다음과 같이 논평하고 있다.

"그의 말소리는 거칠고 소박하며 발음은 똑똑치 않았다. 행동은 침착성이 결여되어 있고 불안해 보였다. 그러나 그는 자기의 결점을 알고 웅변가가 되기 위해 밤낮없이 연습에 온 힘을 기울였다. 마침내 극복했다. 이와 같은 피나는 노력 끝에 자신감을 얻어 당시의 최고 웅변가로서 세상에 두각을 나타낸 것이다."

데모스테네스가 행한 연습은 턱과 입을 유연하게 하기 위해 입안에 작은 돌을 가득 채우고 말을 하는 방법이었다. 물론 당신은 그런 방법을 취할 필요는 없다. 다만, 이 장에서 소개하는 3가지 방법을 시험해 보면 된다.

무엇보다도 자신감을 갖고 활발하고 재미 있는 이야기꾼이 되기 위한 첫걸음을 크게 내딛기 바란다.

【원칙1】 똑똑히 말하는 연습

똑똑하게 제대로 말을 하지 못하는 사람이 이외로 많다. 입 안에서 우물거리거나 명확치 못한 발음으로 문장 끝을 빼버리는 듯한 말을 되풀이한다면 결국, 상대는 이해 부족으로 불행한 결과를 초래하는 원인이 된다. 똑똑히 말하기 위해서는 다음과 같은 연습이 필요하다.

(1) 입술과 턱을 유연하게 움직인다

입술과 턱이 제대로 움직이지 않으면 말소리가 똑똑지 않다. 이를 교정하기 위해서 이제부터 2주일 동안 저녁식사 때 식구들과의 대화를 귓속말을 하듯이 해 보라. 경우에 따라서는 더 오래 계속해도 좋다.

이렇게 연습을 계속 반복하면 입술과 턱의 움직임이 원활해지고 발음이 교정되어 상대는 당신의 말을 쉽게 알아듣게 된다.

(2) 집중할 것

대다수의 사람들은 자기가 하는 말에 집중을 하지 못한다. 대화의 집중은 훈련이 필요하기 때문이다. 그 결과 발음, 즉 입술과 혀의 움직임이 교정되어 안정된 말을 할 수 있다.

집중력을 기르고 발음을 좋게 다듬기 위해 2주일 동안 빠른 말하기 연습을 하루에 5분간씩 해 본다. 그래도 고쳐지지 않을 경우 좀더 인내심을 갖고 반복한다.

처음에는 천천히 말하다가 조금씩 속도를 높혀 빠른 말을 세 번 이상 해 본다.

ㄱ 옆자리 손님은 감을 잘 먹는 손님이다.

ㄴ 스님이 병풍에 스님 초상을 잘 그렸다.

ㄷ 이 염주는 도선사 스님의 염주다.

ㄹ 저쪽 거리 굽은 길은 많이 굽은 길이다.

ㅁ 저 건너 싸리문에 살대 세웠다.

ㅂ 참외 장수가 참외 팔러 와서 참외 팔지 못하고 또 참외 팔러 간다.

ㅅ 특허 허가국의 국원

(3) 목소리에 변화와 억양을 준다

자기의 말소리를 녹음해서 들어보면 너무나도 단조로운데 놀랄 것이다. 전혀 억양이 없다. 그렇다면 좋아하는 가수나 아나운서의 말이나 노래를 따라 해보는 방법도 활용해 볼 일이다.

다음은 한쪽 귀를 가볍게 앞으로 굽혀서 머리 쪽으로 밀어붙인다. 그리고 이 장을 처음부터 소리 내어 읽어보라. 그러면 당신의 말소리가 들릴 것이다. 여기서 많은 사람들이 느낄 수 있는 것은 그 말소리가 매우 단조롭다는 점이다. 억양은 물론 말에 변화가 없다는데 놀랄 것이다. 말의 높낮이는 가장 중요한 대화의 전달 방법이다. 이는 어느 점을 강조하는가에 따라 문장이 갖는 뜻이 전혀 다르게 된다. 이를테면 '나는 그가 돈을 훔쳤다고는 말하지 않았다.'라는 문장은 어떤 말을 강조하는가에 따라 여러 가지로 다른 의미를 갖는다.

말의 강조와 억양을 연습하기 위해서 이제부터 2주일에 걸쳐 날마다 10분 정도 소리를 내서 신문을 읽어본다. 연설가는 물론 말하는 직업을 가진 사람들은 하루도 빠짐없이 연습을 반복하고 있다. 이 방법으로 음성을 다듬고 생기 있는 말을 한다.

말에 강약과 억양을 넣으라. 귀를 머리 쪽으로 밀어 누르고 자기의 말소리가 개선 되었는지 확인해 보라. 2주일 동안에 다소 개선되었다고 하더라도 큰 소리로 신문을 읽는 연습을 계속하면 더 좋은 결과를 얻을 수 있다.

결국 말소리는 인간성을 전달하는 최대의 수단이므로 향상시키는데 노력과 시간을 들일 가치는 충분히 있다.

(4) 바른 자세를 취할 것

말할 때의 자세가 나쁘면 정확한 말을 할 수 없다. 바르게 호흡

할 수 있도록 바른 자세로 자리에 앉는다. 설 때도 똑바로 선다. 턱을 정면으로 올리고 바르게 발음할 수 있도록 자세를 취한다.

입은 확성기와 같다는 점을 염두에 두고 듣기 쉬운 방향으로 향하는 자세가 바람직하다. 즉, 말을 듣는 사람 쪽으로 향한다.

【원칙 2】 언어 구사법

말의 표현에 따라 웃고 울고 사랑하기도 한다. 언어는 반영과 증오, 그리고 죽음까지도 만들어 내며 또한 기쁨이나 우정을 만들고 생명까지 유지시킨다.

언어는 성공과 개인의 운명을 좌우한다. 인간은 언어로 생각한다. 만약 우리에게서 언어를 빼앗는다면 사고할 수 없다.

문명은 언어와 함께 발전해 왔다. 한 나라의 운명조차도 언어에 의해 바뀌는 경우가 역사를 통해 증명해 주고 있다. 우리 인간은 지금도 이런 과정을 거쳐 발전을 거듭하고 있다. 인류의 발전을 나타내는 최대의 향상은 역시 인류가 사용해 온 언어에 의해서다.

그런데도 항상 쓰고 있는 언어에 대해 무관심한 태도는 매우 안타까운 일이다. 언어는 인간성을 따뜻하고 빛나는 열정으로 동화시키는 불길과 같다. 언어는 남을 설득하고 강한 인상을 심어주는 힘이 있다. 인생을 보다 높은 정상으로 이끌 수 있는 원동력이다.

그러므로 대화의 진정한 목표, 즉 남에게 이익과 즐거움을 주기 위해 언어를 구사해야 한다.

이제부터 설명하는 내용은 당신의 능력이나 매력을 나타내기 위한 언어 구사법이다. 그것은 당신의 말과 인간성으로 표현될 것이다.

(1) 남이 알아들을 수 있는 언어를 쓸 것

'이 연구자의 출현으로 하여 그의 헤게모니는 공간에 있어서 계속적 이동에 의해 유시화된 지역에 최소 한도, 동시간에 미치게

되었다.'

위의 문장에는 분명 틀린 데가 없다. 이 문장에 쓰여 있는 언어는 모두 사전에 나타나 있다. 그런데 한 가지 문제는 이 글을 읽어도 뜻을 파악하지 못한다는 점이다.

누구나 알 수 있는 언어로 고쳐 보기로 하자. 앞에 든 문장은 법원의 판결문이나 관청 공문서 작성에 흔히 쓰이는 문체이다. 지금도 이런 식의 문장을 사용하는 사람은 많다. 그렇게 틀에 박힌 글을 쓰면서도 자기가 유능한 문서 작성가로 착각하고 있다.

그러나 이것으로 말을 잘 하고 못함을 판단할 기준이 될 수 없다. 왜냐 하면 말을 잘 하는 사람은 자기 자신이 아니라 남에게 즐거움과 이익을 주는 언어의 정직함에 달려 있다.

(2) 커뮤니케이션의 문제점

상품을 판매하는데 있어 가장 기본적인 문제 중의 하나는 판매원들의 말, 즉 언어 구사의 능력이다.

이를테면 자동차 판매를 시작했다고 하자. 처음 2~3개월은 그런대로 해 나간다. 상품 팔기에 열중하여 고객의 입장에서 말을 하고 이익을 주기 위해 노력한다.

그런 동안 경험이 쌓이고 고객을 대하는 태도, 말씨에 이르기까지 많은 것을 배우고 적응해 간다. 판매하는 자동차의 부품 이름이며 성능, 고객의 취향에 맞는 상품의 유무에 대해 알기 시작한다. 다음에는 고객을 상대로 전문용어를 구사하게 되어 자기도 모르게 전문가임을 과시하여 강한 인상을 주려든다.

이에 고객들은 "여보세요. 우리들은 문외한이므로, 지금 당신이 하는 말을 알아들을 수가 없군요."라고는 말하지 않지만, 그 대신에 "그럼 생각해 보겠습니다. 대단히 고맙습니다."라는 말을 남기고 자리를 뜨게 마련이다.

이때 가장 문제가 됨은 진심으로 이해하는 고객이 없다는 점이다. 오직 남에게 강한 인상을 심어주고 있을 뿐이다. 오히려 전문적인 용어를 사용하여 남이 알아듣지 못함으로써 자기 과시에 만족하려는 것인지도 모른다. 그러므로써 전문가인 척하고 권위자가 된 것으로 착각한다. 결과적으로 이해를 받지 못한다.

그러므로 자기 자신이 쓰고 있는 말의 뜻을 잘 이해하고 나서 상대를 설득한다. 자신조차도 이해할 수 없는 말을 썼을 때 상대가 이해하지 못하는 것은 당연하다. 이 점을 유의해야 한다. 상대가 이해할 수 있는가의 여부는 말하는 쪽에 달려 있다. 상대를 설득하기 위해서는 상대가 이해할 수 있는 말을 구사해야 한다.

(3) 묘사적인 언어를 쓸 것

다음 글을 읽어보라.

"주님이 나를 지켜주신다. 그리고 나의 필요를 채워 주신다."

"주님은 나에게 휴식과 평안을 주신다."

"주님은 내게 힘을 주시고 바른 길로 인도하신다."

"병 들었을 때도 나는 결코 두려워 하지 않는다. 주께서 함께 하시기 때문이다. 주님은 나를 낫게 해 주신다."

정말 훌륭한 문장이다. 그러나 수천 년 동안에 걸쳐 사람들의 마음 속에 살아 있을 정도로 좋은 문장일까. 한 세대에서 다음 세대로 이어지면서 슬플 때나 괴로울 때 이 말씀을 믿음으로 간직할 수 있을까. 그토록 의지의 힘과 빛남을 가지고 있을까. 아닐 것이다. 꼭 그렇지만은 않다.

하지만, 이와 똑같은 뜻을 간직한 성경의 『시편』을 지은 이는 어떤 언어로 표현하고 있는지 살펴보기로 한다. 이 글은 오랜 동안 수많은 사람들의 마음 속에 살아 있는 아름다운 글이다.

주는 나의 목자이시며

나에게는 모자람이 없다.

주는 나의 푸른 목장에 누워

휴식 때도 함께 하신다.

모두를 위해 나를 바른 길로 인도하신다.

비록 내가 죽음의 골짜기를 지날지라도

그 재앙을 두려워하지 않으리

당신이 나와 함께 계시기 때문이다.

당신의 채찍과 지팡이는 나에게 위안을 주신다.

|시편 : 23편|

그 얼마나 큰 차이가 있는 문장인가. 묘사적인 말이다. 『시편』을 지은 이는 자기의 생각과 이미지를 나타내기 위해 묘사적인 언어를 구사한 대표적인 글이다.

칼빈 크리치는 말이 없는 악명 높은 인물이었다. 어느 날 밤, 그의 부하 두 사람이 내기를 했다. 그때 한 사람은 크리치가 말을 세 번 이상은 할 것이라고 했고, 또 한 사람은 세 번은 하지 않을 것이라는 내기를 했다. 크리치는 이 말을 듣자 세 번 이상을 말할 것이라고 한 친구에게 "이번엔 자네가 졌어!"라고 말했다는 것이다.

크리치는 확실히 훌륭한 악인인지 모르지만, 이런 사람과 함께 식사를 할 수 있는 다정한 상대일까. 만약 당신이 죽음과 같은 침묵을 열광적으로 예찬하는 팬이라면 모르지만.

침묵을 미덕으로 삼는 것은 너무나도 지나친 자기 만족이다. 대화를 묘사적인 언어나 감정으로 수식하는 것을 망서려서는 안 된다. 『시편』을 쓴 작가도 묘사적인 언어를 써서 자신의 기도를 영원히 남긴 것이다. 그렇다면 당신도 묘사적인 언어를 씀으로써 생생하고 활기찬 감동적인 말을 할 수 있다.

■묘사적인 언어를 쓰는 방법

매력적이고 알기 쉬운 말을 쓴다는 것은 눈이 밝음을 뜻한다. 이 점을 잊지 말아야 한다.

당신의 가정이나 직장의 분위기에 맞게 묘사적인 언어를 구사하는 연습을 해 보라.

다음과 같이 해 보면 많은 도움을 받을 수 있다. 일어난 일이나 장소, 그 외의 에피소드 등을 말하기 전에 잠깐 눈을 감고 떠오르는 장면을 머리 속에 그림으로 그리며 설명해 본다.

"우리집 뒤뜰에는 여러 그루의 나무가 있다."

라고 말하는 대신,

"우리집 뒤뜰에는 작은 장독대가 있고 돌 틈 사이로 갈색 상수리 열매가 떨어져 뒹글고 있다."

라고 한다든가,

"우리들은 교외에서 살고 있다."

라고 말하는 대신, 이렇게 해 보라.

"우리에게는 고양이와 개, 아이들이 있어서 놀이터가 필요하다. 그런데 이곳엔 전원 주택이 2백여 채나 있다. 한적한 교외의 풀이 자란 도로가의 집에서 살고 있다."

또 당신이 세일즈맨이라면,

"이 깡통따기를 쓰면 매우 편리합니다."

라고 말해서는 도움이 안 된다.

"아주머니! 놀기에 바쁜 아이들이 '밥 줘!' 하며 현관을 들어설

때 옥수수 통조림에 이 깡통따기를 살짝 대기만 해도 뚜껑은 금
방 따집니다. 아주 손쉽게 따지므로 손을 다치는 일도 없고 힘
도 들지 않아요."
라고 말한다.

묘사적인 형용사를 사용하여 듣고 있는 사람이 흥미를 갖도록
이야기한다. 마음 속에 그림을 그리듯이 대화에 빛깔을 넣어보라.

묘사적인 언어를 바르게 구사함은 주장하고자 하는 요점을 뒤로
돌리고 장황하게 불필요한 말을 늘어놓거나 아무 뜻없이 말로 묘
사하는 것이 아니다. 말의 요점을 더욱 확실히 하기 위해 묘사적
인 언어를 구사하는데 목적이 있다.

관계 없는 세부적인 내용을 나열하는 것은 좋지 않다. 이야기의
극적인 흥미를 더욱 빛나게 하여 열의와 활기와 인내를 가지고 상
대에게 전하도록 한다.

▌들어서 기분 좋은 언어를 쓰라

그러므로 상대가 들어서 기분 나쁜 말은 피해야 한다.

이를테면 "거짓말이야, 헛소리 말아!" "웃기는군!, 난 몰라!",
"실례가 아니야, 말도 안돼." "이 바보!" 등등.

이와같이 별로 의미가 없는 말을 너무 많이 쓰고 있다면 문제가
있다. 같은 말이나 표현을 여러 번 반복해서 듣게 되면 누구나 짜
증스러움을 느낀다. 너무 자주 쓰는 언어를 점검하여 다른 말을
찾아 연습한다. 이것이 바로 바른 언어구사법이다.

▌모독적인 언어의 무의미함

필자의 친구가 이런 말을 했다.

"나의 아버지는 75세인데, 모욕적인 말이나 저주 섞인 언사를 쓰는 일이 없습니다. 상대에게 저주의 말을 하지 않아도 달리 좋은 말이 얼마든지 있다고 늘 말씀하셨지요."

저주의 말을 자주 하는 사람일수록 자기 감정을 적절히 표현할 능력이 없다. 또 표현할 언어를 별로 알고 있지 않다는 사실을 자기 스스로 공표하고 있는 셈이다.

모욕적인 말을 해서 좋은 인상을 준다는 것은 불가능하다. 오히려 나쁜 인상만 남긴다. 그러므로 듣고 있는 사람의 귀에 기분 좋게 들리는 언어를 쓰도록 힘써야 한다.

솔로몬의 잠언箴言은 좋은 예문이 될 것이다.

'기분 좋은 말은 벌꿀처럼 영혼을 달게 느껴지도록 하고 몸까지 건강하게 만든다.'

【원칙 3】 제스처를 쓸 것

말할 때 쓰는 제스처는 그것을 조합하면 수만 가지에 이른다. 그러나 실제로는 그 같은 제스처를 쓰지 않는 사람이 더 많다.

제스처는 감정을 전하고 말에 생생한 열의를 준다. 듣고 있는 사람이 지루해 할 때, 그것을 없애는 방법이 제스처다.

미국 해군 당국은 케니온 대학의 말하기 교실팀과 합동하여 실험을 거듭한 결과 재미있는 일을 증명했다.

인간은 상대의 얼굴이 보이지 않아도 호통을 들으면 대개의 경우 되받아 호통을 친다는 사실이다.

이 실험은 전화, 핸드폰, 그 외의 장치를 사용하여 행해졌다. 목적은 나라 밖에 있는 선박에서 명령을 내릴 때 가장 알맞는 목소리를 조사하는데 있었다. 그 실험에서 밝혀진 일인데, 먼저 말하는 쪽에서 부드럽게 말하면 받는 쪽도 부드럽게 대답한다. 그러나 화가 나서 호통을 치면 같은 대답이 되돌아 온다는 것이다.

당신의 말을 듣고 있는 사람은 그 때의 분위기와 감정을 반영한다. 자리에 앉아 무뚝뚝하게 말하면 듣는 쪽에서도 큰 감정이 생기지 않는다. 보통 성인의 경우 듣는데 전념할 수 있는 시간은 15초로 보고 있다. 그 이후부터는 듣는 사람의 흥미도 엷어지고 주의력도 흐트러진다는 것이다.

그러므로 상대의 주의를 끌기 위한 시간은 15초이다. 뭔가 다른 것으로 상대의 주의를 끌어들이지 않으면 안 된다. 눈짓을 하거나, 고개를 갸우뚱거리거나, 어깨를 움추려보거나, 손을 써서 제스처를 취한다. 앞으로 몸을 내밀거나 뒤로 물러서는 등, 어쨌든 몸을 움직여야 한다.

이 연습을 거울 앞에서 해 보라. 자기 자신에게 말을 걸어보라. 눈썹을 움직이고 머리를 흔들고 입을 벌리며 손을 움직이는 연습을 해 보라.

이와같은 제스처에 의한 움직임은 당신의 대화를 빛나게 하고 생명을 불어넣어 준다.

두려워해서 안 되는 일 : 가장 중요한 제스처는 미소를 잃지 않는다는 점이다. 말하기 전문가들은 미소를 습관으로 삼으려고 노력한다. 이름을 날린 유명한 연설가들은 미소짓는 모습을 습관으로 삼는 것이 그 무엇보다도 가장 어려웠다고 털어놓을 정도다.

미소 지으며 말하라. 말할 때에 입술 양끝을 올리도록 하라. 그러나 진지하고 엄숙한 느낌을 표현하고자 할 때는 어떻게 하면 될까? 그것은 간단하다. 언제라도 하고 싶을 때는 할 수 있다는 자신감을 가진다.

지금 당신의 표정은 너무나 엄숙하다. 그러므로 미소 짓는데 더

많은 연습 시간을 할애하라. 때로는 호탕하게 웃는 미소를 연출해
보라. 말에 리듬과 경쾌함을 더 하라. 이것이 최대의 제스처다.

▍말하기를 개선하는 3가지 원칙

알기 쉽고 재미있고 생생한 말하기를 위해서는 다음 3가지 원칙
이 필요하다.

① 똑똑히 말할 것.

　㉠ 입술과 턱을 움직일 것.

　㉡ 집중할 것.

　㉢ 말소리의 변화나 억양을 쓸 것.

　㉣ 바른 자세를 할 것.

② 언어 구사법

　㉠ 남들이 이해할 수 있는 언어를 쓸 것.

　㉡ 묘사적인 언어를 쓸 것.

　㉢ 남이 들어서 기분 좋은 언어를 구사할 것.

③ 제스처를 쓸 것.

　㉠ 제스처를 써서 활기 있는 말을 할 것.

　㉡ 미소를 지을 것.

제18장 상대의 마음을 사로잡는 6가지 규칙

"여러분, 누구나 마음 속으로는 비겁자입니다. 하지만, 난 위험
에 직면했을 때 자신감을 안겨 주는 지혜를 발견했습니다."

대학 축구팀에서 꽃을 피우던 왕년의 축구 선수 말이다.

미네스타 대학의 베이브 르보아는 미국 축구 챔피언팀에서 활약
한 사람이다.

그와 점심을 먹으면서 아프리카 원주민에게 살해된 선교사들의
이야기를 하고 있는 중이었다. 만약 그러한 위험한 일에 직면했다
면 어떻게 대처했겠느냐는 내용이 대화의 주제였다. 앞에 인용한
글은 그가 한 말이다.

경기장에서 시합을 하는 동안 육체적인 위험과 승부에 따른 정
신적 스트레스로 항상 마음의 침착성을 강요당하는 사람이라면 누
구나 마음 속으로는 비겁자라고 지적한 말이다.

그는 또 말을 이었다.

"나는 시카고 올스타전 때 이런 생각을 했어요. 모두들 축구 선
수는 용기가 남다르다고 믿고 있는 것 같은데, 꼭 그렇지는 않
아요. 그들도 남들과 같이 시합 전에는 불안해 합니다. 시합 전
날 밤에는 너무 불안한 나머지 꿈까지 꾸게 되지요. 그리고 운
동장에 들어설 때는 그만 수만 명이라는 관중 앞에 주눅까지 들
고 말아요. 그래서 어떻게 하면 강한 기력을 가질 수 있을까 생
각했던 거예요. 예정대로 시합은 시작되고 그때 나는 전혀 딴
사람이 됩니다. 걱정도 두려움도 없습니다. 시합은 생각보다도
훨씬 쉽게 풀려나갔지요. 그 후부터 이 교훈은 내 삶에 많은 것
을 가르쳐 주었습니다. 그 교훈이란, 우리들이 필요할 때는 하느
님이 용기를 주신다는 생각입니다. 이건 사실입니다. 지금 이 자
리에서 평화롭게 이야기를 나누는 당신과 내가 생명에 위험을
느끼고 있다면 얼마나 불안하겠습니까. 하지만 그와 같은 상황
에 직면했다고 하면 내 자신도 모르게 용기가 솟아나거든요. 왜
냐 하면 견디지 않으면 안될 시련을 이겨내기 위해서 하느님은
반드시 용기를 주실 것이라는 믿음 때문입니다. 이토록 나에게
자신감을 안겨다준 것은 바로 삶의 지혜입니다. 뭔가 마음이 불
안해지거나 사사로운 작은 일에 직면했을 때는 용기와 침착성이
생겨난다고 믿고 있어요. 그러니까 무슨 일이 있어도 적극적으
로 행동하려는 의욕을 갖는 것입니다."

얼마나 재미있고 활기에 넘치는 이야기인가. 그렇다면 그와 비
교하여 내 자신이 왜 재미 없는지도 알았을 것이다. 베이브 르보
아는 자기도 모르게 상대의 마음을 붙잡는 규칙을 따르고 있었던
것이다. 그는 가면이나 잘못된 자기 과시의 겉치레를 모두 벗어
던지고 있었다. 한편 우리 주변에 가면으로 자신의 얼굴을 가리고

있는 사람은 의외로 많다.

그러나 그는 삶을 자극하는 모든 겉치레를 벗어 던지고 자기가 두려워하고 있는 모습을 솔직하게 인정하고 있다. 언제나 불굴의 용기를 가지고 있다고 하는 거짓된 감정에 얽매이지 않고 문제에 직면하면 그 해답을 얻고자 자신의 내면에 있는 의심과 두려움을 모조리 털어놓는다.

그래서 그의 이야기는 활기에 차 있고 재미와 감동을 전해 준다. 누가 들어도 마음이 움직이는 내용이다.

남과 이야기를 하고 있을 때, 상대의 마음을 사로잡으려면 다음과 같은 규칙을 실행에 옮기도록 한다.

【규칙 1】 자기 자신을 들어내라

어느 날 저녁, 말하기 교실에서의 일이다. 수강생들은 각각 자기가 선택한 제목에 대해 각자 3분간씩 발표하기로 했다.

제목은 '벼룩 훈련'부터 '피키스탄의 석유 자원'에 이르기까지 각양각색이었다.

그러나 그날 밤 상을 받은 사람은 자기 자신을 아낌없이 들어내 놓은 여성으로 참가자들의 마음을 사로잡았다. 그녀는 중년의 흑인 여성이었는데, 다음과 같은 말을 들려주었다.

"나는 백인과 결혼한 가정 주부입니다. 우리들의 결혼 생활에 따르는 가장 큰 문제를 이야기할까 합니다."

그녀는 여기서 잠깐 말을 끊고 자리에 앉아 있는 사람들이 그녀에게 시선을 집중시키기를 기다렸다. 사람들은 극적으로 자기 자신을 들어내 놓은 솔직함에 그녀를 지켜보았다.

"흑인과 백인이라는 상반된 남녀가 결혼을 했을 경우에는 많은 문제가 따르지요. 우리 두 사람이 함께 있을 때 주위 사람들의 호기심어린 눈길, 이웃으로부터의 조용한 거부감, 부모나 친척에 대한 걱정 등등 이루 헤아릴 수가 없습니다. 그러나 참으로 가슴 조이는 일은 8세된 아이가 학교에서 울며 돌아올 때였어요. '엄마, 왜 나에게는 친구가 없어요? 난 친구를 갖고 싶은데……. 모두 나를 놀리기만 해요. 누구 하나 친구가 되려고 하지 않아요.'라며 흐느낄 때였어요. 아이의 피부색은 아주 희답니다. 하지만 우리 아이는 흑인이나 백인 어느 쪽에서도 받아들여지지 않았어요. 흑인이나 백인 가릴 것없이 우리 아이를 놀리는 거예요. 남편과 저는 우리들의 문제를 서로 이해하고 잘 알고 있지만, 8세인 아이에게 어떻게 설명해야 할지! 양쪽으로부터 이렇게 놀림을 받는건 뭔가 나쁜 짓을 했기 때문이 아니라 아이의 태어남에 원인이 있다는 사실을 어떻게 알려야 할까요. 이에 대한 대답은 없다고 봐요. 아이에게 이해시킬 방법이 없다는 겁니다. 문제를 안고 성장해서 스스로 깨닫게 할 수밖에 별 도리가 없어요. 그러나 엄마로서 아이가 보는 눈앞에서 동정을 내보일 수도 없어요. 아이에게 상처를 주고 싶지 않기 때문입니다. 그래서 저는 결코 눈물은 보이지 않기로 했어요. 하지만 내가 가장 슬펐던 순간은 문이 열리면서 거기 눈물로 범벅이된 아이 얼굴을 보는 순간입니다. 또 놀림을 받았구나! 그런 시련을 이해하기에는 아직 나이가 어리다고 생각할 수밖에 없답니다. 이는 엄마의 슬픈 위안일 뿐입니다. 이런 슬픔은 아마 아이가 어른이 될 때까지 계속 되겠지요."

이어서 그녀는 구체적인 문제점에 대해 학교 당국과 어떻게 타협을 했는지에 관해서도 소신있게 설명했다.

그녀는 끝까지 불평을 털어놓지 않고 설명했다. 자기 자신을 진솔하게 들어낸 것이다. 그녀가 자리에 앉자 사람들은 일제히 박수를 쳤다. 그녀는 자기 자신을 솔직하게 털어놓음으로써 사람들의 마음을 사로잡은 인간이 된 것이다.

유의란 자기 자신을 들어내는 표현이다 : 앞에서 예로 든 이야기는 자기 자신을 들어낸 것 중에서 온전한 방법이다. 그러나 보다 유쾌하고 명확한 방법도 있다. 이를테면 다음과 같은 경우다.

"현재도 많은 문제를 안고 있는데, 왜 오늘밤은 이토록 즐거운지 저 자신도 이상하게 느껴져요. 오늘 오후 가계부를 살펴보았더니 지난달 자동차 월부금, 아이들의 옷, 집세에 이르기까지 아직 내지 않고 있다는 걸 알았어요. 예금통장에는 겨우 75달러 83센트 밖에 남지 않았는데 말예요."

라고 로버트 론슨이 말했다. 그러자 그의 아내는

"그 남았다는 75달러 83센트라는 돈도 이상해요. 두 달 전부터 제가 통장을 보관하고 있는데 은행에서 자동납부되는 돈과 제 계산이 맞지 않는 거예요. 지난달에는 잔고에서 26달러 10센트가 달랐고, 전전달에는 37달러가 차이 났어요. 학교 때 산수 점수는 반에서 상위권이어서 늘 자랑이었는데, 왜 그렇게 되었을까요."

라고 말을 이었다. 그러자 로버트가 말을 받았다.

"하지만 문제는 딴 데 있었던 거요. 지불할 날이 번번이 코 앞에 있었으니까요. 그래서 봉급날이 되면 곧장 은행으로 뛰어가 몽땅 통장에 넣었지요. 그런 문제가 생긴건 9개월 동안 꼭 두 번 있었지요."

그러자 장내는 한바탕 웃음이 터지고 유쾌하기만 했다. 모두 앞을 다투어 가정의 예산 문제, 월부금 갚기, 살림살이 이야기에 꽃

234

을 피웠다. 무엇보다도 그런 화제를 제공하며 자기 자신을 들어 내 놓고 화제의 중심이 된 두 사람의 공이었다.

가정의 재정 문제로 하여 속을 썩히지 않는 사람은 거의 없을 것이다. 우리들 주변 가까이에 있는 사람들 가운데 호주머니 속에 들어 있는 돈을 서슴없이 공개할 수 있는 사람은 얼마나 될까.

언제인가 유쾌한 내용의 편지를 잘 쓰는 사람에 대한 이야기를 들은 적이 있다. 모두들 입을 모아 이토록 재미있는 편지는 아직 읽어본 적이 없다고들 한다. 어디가 그토록 재미있었는지는 대략 짐작이 갈 것이다. 자기의 재정 상태를 한눈에 볼 수 있게 가계수표 뒷면에 편지를 쓴 것이다.

항상 자기 자신을 나타내야 한다 : 하버드 롤 박사는 강연을 직업으로 삼고 있다.. 그러니까 말하는 것이 직업인 것이다. 그는 사람들 앞에서 말할 때 가장 큰 장애가 된 것은 자기 자신이었다고 서슴없이 말한다. 남 앞에서 자기 자신을 모두 들어내 놓는 일이 가장 어려웠다고 고백했다.

자기 자신을 벌거벗듯 모두 내보인다는 것은 결코 쉬운 일이 아니다. 그는 하느님의 존재와 인간 창조의 당위성에 대해 이야기하며 아이 기르기의 책임과 의무를 묻고 사회 문제에 관해 의견을 말한다.

그의 강연은 인간을 중심으로 삶과 죽음에 이르기까지 폭 넓은 내용을 주제로 하고 있다. 그렇게 함으로써 청중을 매료시킨다.

그의 강연은 고답적인 설교 냄새가 풍기지 않으며 인간의 결점을 도덕적 견지에서 비판하는 자기 성찰은 비장하기까지 하다.

무명의 코메디언 잭파를 스타로 탄생시킨 것도 이와 비슷하다. 단지 대본을 외우는 희극배우라는 이미지에서 탈피하여 참다운 자기 자신의 모습을 보였을 때 비로소 인기 탤런트가 되었다.

그는 2천만 명이라는 시청자들 앞에서 울고 웃으며 인생 문제를 말하고 독특한 어조로 거침없이 남을 비난하고 비평하는 것조차도 서슴지 않았다. 그 역시도 있는 그대로의 자기 자산을 들어내보임으로써 흥미를 모았던 것이다.

작곡가 마빙 베르린은 조지 가쉰을 처음으로 만났을 때 금방 그의 천재적 재능을 알아보았다. 당시 가쉰은 주급 35달러를 받으며 작곡가 사무실 잡부로 일하고 있었다. 그의 모습을 지켜본 베르린은 급료를 세 배 더 줄테니 자기 일을 돕지 않겠느냐고 말했다. 그러면서 그는,

"하지만 자네는 내 말을 듣지 않은 게 좋을 걸세. 왜냐 하면 지금 자네가 내 일을 돕게 되면 이류 베르린 정도에서 만족해야 하겠지. 그러나 끝까지 자네 자신을 지킨다면 언젠가는 꼭 일류 가쉰이 될 걸세."

가쉰은 항상 자기 자신만을 고집했다. 그리하여 미국의 전설적인 작곡가가 된 것이다. 한 가지 일에 성공하려면 자기 자신을 지켜야 한다. 그대로의 자기 자신을 보이는데 망설여서는 안 된다.

'어떻게 하면 말 잘 하는 사람이 될까?'라는 논문을 쓴 크리스토퍼는 다음과 같은 문장으로 끝을 맺고 있다.

'있는 그대로의 당신이 되라.'

미래의 연설가를 지향하는 사람들이 저지르기 쉬운 잘못은 성공한 연설가들을 흉내내려는 경향이다. 자기만의 개성이나 특별함을 발견하여 장점으로 살리려고 하지 않는다. 하느님은 당신에게서만 찾아볼 수 있는 개성을 점지해 주셨다. 또한 하느님은 당신에게 생각하는 것, 말하는 것에 이르기까지 독창성과 개성이 발휘되기

를 바라고 계신다.

그러므로 당신은 말하기, 표현 방법, 생활 양식 등이 다른 사람과는 조금씩 비교될 것이다.

‘자기를 주장하라. 결코 남을 흉내 내지 말라.’
라는 에머슨의 충고를 잊어서는 안 된다.

상상력이 뛰어나고 자질이 풍부한 인격의 소유자로 말을 잘 하는 사람이 되고 싶다면 있는 그대로의 당신 자신이 되어야 한다.

【규칙 2】 관심 있는 것에 대해 말할 것

상대의 마음을 사로잡으려면 많은 것에 흥미를 가져야 한다. 흥미롭지 않은 내용을 아무리 재미있게 얘기해도 사람들은 관심을 보이지 않는다.

어느 날인가, 친구 사무실에서 그를 기다리고 있을 때의 일이다. 그때 비서 책상 위에 두툼한 베스트 셀러 한 권이 놓여 있는 걸 보았다. 그래서 비서에게 그 책을 읽고 있느냐고 물어보았다. 그녀는 지금 읽고 있는 중이라고 대답했다. 나는 다소 무료한 터라 다시 재미있느냐고 물어보았다. 그러자 그녀는 관심 없다는 듯한 표정으로 대답했다.

“솔직히 말해서 조금도 재미 없어요.”

그러면서 다시 말을 이었다.

“이 책은 꼭 읽을 만한 가치가 없다고 생각해요. 지루해서요. 하지만 조금만 더 읽으면 돼요.”

‘좋아하지도 않는 책을 무엇 때문에 읽느냐’고 필자가 묻자, 그녀는 계면쩍다는 듯 미소 지으며 말했다.

“하지만, 저도 이 책의 내용에 대해 이야기하고 싶어요. 남들 앞에서 이 책을 읽었다고 말하고 싶거든요. 또 그들과 지적인 대화를 나누고 싶어서지요.”

이런 식으로 책을 읽는다면 그 결과가 어떻게 될 것인가는 상상이 된다. 처음부터 흥미 없는 책을 억지로 읽은 다음 재미있게 이야기를 한다는 것은 고통이다.

재미없다고 생각하면서 겨우 읽은 책에 대해 이야기하느니 보다 나날의 체험이나 일상생활에서 얻은 경험을 화제로 삼는 편이 상대의 마음을 사로잡을 수 있지 않겠는가.

각종 잡지사나 연감출판사는 책에 실을 재미있는 기사거리를 찾고 있다. 대중의 주목을 끌만한 기사를 싣고 싶은 것이다. 그래서 편집실에는 뛰어난 문필가들로 구성되어 있다.

이를테면 아프리카에 관한 기획기사를 쓰려면 편집실 사원을 도서관으로 보내 필요한 자료를 수집하여 굳이 아프리카 현지로 가지 않아도 기사를 쓸 수 있다. 그런데도 왜 쓰지 못할까?

이에 대해 출판사 관계자는 이런 답변을 할 것이다.

“우리가 바라고 있는건 실제로 현지에 가 본 사람이다.”

그들이 찾고 있는 집필자는 아프리카 대륙에 깊은 관심을 갖고 현지로 달려가 직접 확인한 사람을 말한다. 그런 사람만이 독자의 마음을 사로잡아 자기 감정과 견해를 생생하게 기사화할 수 있다는 믿음 때문일 것이다. 다른 사람들이 당신에게 바라는 것도 이러한 경험과 흥미에 있다.

상대의 마음을 사로잡는 인간이 되기 위해서는 자기가 흥미를 보이는 것에 대해 이야기하도록 하라.

【규칙3】 실예나 일화를 사용할 것

누구나 이야기를 듣는 것을 좋아한다. 이를테면 다음과 같은 애기가 있다.

문장 1 : 제니 버몬트는 작은 마을에 살고 있는 젊은 여성인데 많은 수입을 올리고 있다. 그녀는 22세인데도 소득은 연간 3천만 원 이상이다. 제니는 인구 3천이 조금 넘는 마을의 작은 고등학교를 졸업하자, 얼마 동안 집 가까이 있는 치과병원에서 안내 겸 청소원으로 첫 근무를 시작했다.

그러나 그녀의 꿈은 커서 얼마 뒤엔 도시로 나가 비즈니스 학원에서 비서 과정을 공부했다. 거기서 컴퓨터를 배워 지방 법원 속기사로 취직했다.

그녀의 실력은 1분간에 500단어를 치는 1급 워드프로세서였다. 이렇게 해서 2년도 못 되어 연간 3천만 원 이상의 수입을 올리게 되었다.

위의 글을 다음과 같은 내용으로 고쳐 본다.

문장 2 : 법원 속기는 재미있는 분야이며, 좋은 수입을 보장 받는다. 그러나 속기사로 근무하기 위해서는 전문 학원에서 훈련을 받고 능력시험에 합격해 자격증을 취득해야 한다. 요즈음은 젊은이들도 이 분야에서 많은 활약을 하고 있다.

그러면 위의 문장 1과 문장 2를 비교하여 어느 쪽이 더 재미 있는가를 살펴보자. 틀림없이 문장1 쪽이 더 흥미를 느끼게 해준다. 왜 그럴까? 그 이유는 3가지로 살펴볼 수 있다.

① 우선 문장 1은 평범한 이야기로 구성되어 있다. 이야기는 들으면 재미가 있다. 실화, 일화, 그리고 그밖의 여러 가지 이야기는 매우 즐겁고 대화에 생동감을 더해 준다.

문장 1은 제니라는 젊은 여성에 관한 이야기였다. 한 젊은 아가씨의 성공담이다. 의욕이 솟아나는 내용을 가진 이야기는 흥미를 갖게 한다.

이에 대해 문장 2는 법원 속기에 대한 설명으로 그쳤다. 이와 같은 내용은 남들의 흥미를 끌 수 없다. 인간을 주인공으로 한 이야기보다는 흥미를 끌지 못한다. 사물에 대한 설명보다 인간에 대한 이야기가 훨씬 더 마음을 사로잡는다.

② 문장 1은 주인공이 있다. 누구나 이야기 속의 주인공에 관심을 갖는다. 이야기를 들으면 자기가 주인공이 된 듯하여 끌려들어간다. 문장 1은 제니가 주인공이다.

③ 문장 1의 내용은 매우 구체적이다. 이름, 장소, 숫자 등이 거론되어 있다. 하지만 문장 2는 그저 막연하게 법원 속기에 대한 것만 서술하고 있다. 내용이 구체적이지 못하기 때문에 흥미를 끌지 못한다.

그리스도와 사도들 사이에 이루어진 대화는 2천년 동안이나 이어져 오고 있다. 인류가 멸망하지 않는 한 계속될 것이다. 무엇보다도 중요한 것은 그 대화가 기록으로 정리되었다는 사실이다. 대화의 내용이 구체적으로 상세하게 기록되어 있다. 이는 그리스도가 비유의 화법을 자유로이 구사했기 때문이리라.

그리스도의 모습은 이야기를 듣는 사람들이 자기의 눈과 귀로 직접 확인할 수 있도록 비유를 예로 들어 이야기를 구사했다고 한다. 그리스도는 예언을 성취하기 위해 이 세상에 나타나신 것이다.

'나는 비유를 써서 입을 열어 창세기부터 숨겨져 온 사실을 말하노니….' |마태복음 13 : 34|

한편 이솝 이야기에는 요점을 설명하기 위해 우화가 이용되고 있다. 그래서 오늘날까지도 널리 애독된다. 수세기 전에 쓰여진 당시보다도 현대에 이르러서 더 많이 읽히고 있는 추세다.

그러므로 당신도 상대의 마음을 사로잡으려면 실화나 우화 등을 적절히 써서 이야기로 만들어 보라. 이 경우 다음 같은 것에 유념해야 한다.

① 인간에 대한 이야기가 사물에 대한 설명보다도 더 흥미를 준다는 사실을 염두에 둔다.

② 주인공을 등장시키는 내용이 더 재미있다.

③ 일반론보다 구체적인 사실이 더 흥미를 끈다.

【규칙 4】 첫 말로 상대의 마음을 붙잡는다

말을 할 때에 가장 중요한 것은 처음의 10초간이다. 왜냐 하면 그 10초 동안에 승부가 결정되기 때문이다. 마음이 안정되지 못한 사람이나 흥미를 보이지 않는 사람의 마음 속을 파고들 수 있는 가치가 바로 이 순간이라는 뜻이다.

프랑스 철학자이자 저술가인 라로쉬 후꼬는 이렇게 말한다.

'상대가 우스운 이야기를 할 때 함께 유쾌해지는 사람이 없다는 건 놀라운 일이다. 그 까닭은 모두 상대의 말보다도 자기가 말하려는 것에 정신을 쏟고 있기 때문이다.'

처음 10초 동안에 상대의 마음을 끌어들이라. 상대의 마음을 사로잡아라. 흥미를 갖고 당신의 이야기를 듣게 하라.

재미 있는 첫 말 한마디 : 재미있는 첫 말은 당신 자신을 소개하는 핵심이다. 연설을 시작할 때 사회자에 의해 여러 가지 과장된 말로 소개된다. 당신도 말하기 전에는 예외가 아니다. 이제부터 말하려는 내용에 대해서 너무 겸손하거나 자기 비하를 한다면 도움이 안 된다. 슬기롭게 첫 출발을 내디디면 성공할 수 있다. 다음에 소개하는 말은 필자가 좋다고 선별한 내용이다.

"내가 지금부터 말하려는 내용은 당신에게 매우 중요합니다."

이 경우 꼭 해야 할 말은 "이것은 당신에게 별로 도움이 될 일이 아닐지도 모르지만……"이나, "당신의 비즈니스와도 깊은 관계가 있으므로 틀림없이 흥미를 가질 것입니다."이고, 절대로 해서는 안될 말은 "당신의 비즈니스에는 이미 낡은 단어가 되었을지도 모르지만…."이 된다.

그리고 꼭 해야 할 말은 "재미있는 이야기가 있어요."이고, 해서는 안될 말은, "별로 재미없는 이야기를 해서 죄송하지만…."이 된다.

또한 꼭 해야 할 말은, "재미있는 이야기이므로 잘 들어보세요."이고, 결코 해서는 안될 말은, "너무 재미없는 이야기라서 흥미가 없을지 모르지만…."이 된다.

이어서 꼭 해야 할 말은, "요 근래에 제가 들은 것 중에서 가장 지미있는 이야기입니다만…."이 되고, 해서는 안될 말은, "정말 재미없게 느껴질지 모르지만, 저는 너무 재미있게 들었습니다."가 된다.

이처럼 재미있는 말로 서두를 꺼내고 난 다음에 5~6초 동안 간격을 둔다. 잠시 상대의 마음에 당신의 이야기를 받아들일 수 있도록 여백을 만들어 준다. 그리고 나서 이야기를 시작한다.

위에서 소개한 서두는 좋은 점을 강조하고 나쁜 점을 무시하기 위한 하나의 방법일 뿐이다. 이와 같은 말을 써서 분위기를 만들고 상대의 마음을 사로잡아 대화의 벽에 부딪치지 않는 지혜를 배운다.

【규칙 5】 유머를 두려워하지 말라

유머는 특별한 기술이나 재능을 필요로 하지 않는다. 유머나 우스게 소리로 하는 말은 매우 어려운 표현이라는 사람이 많은데 조금도 걱정할 일이 아니다.

심리학자 월리암 타카레는 이렇게 표현한다.

'훌륭한 유머는 최고급 양복 중의 하나다.'

웃음은 신으로부터 받은 고귀한 선물이라고까지 극찬할 정도이다. 그런데도 우리들은 생활 속에서 유머의 즐거움을 충분히 활용하고 있지 못하다. 유머 감각을 살려 재미있는 이야기를 연출해 보라. 모두 함께 웃는 기쁨의 의미를 깨달을 수 있을 것이다.

문필가 론 웨즈는 극찬한다.

'사람이 웃으면 하느님은 만족하신다.'

홀라스라는 작가는 그의 저서에 쓰고 있다.

'행복한 삶은 사랑과 웃음 속에 있다.'

시인 에머슨은 충고한다.

'웃음으로 삶의 공간을 메워라.'

또한 헨리 워드피처는 경고의 메시지를 보낸다.

'명랑하지 못한 사람은 마치 나사 빠진 마차와 같다. 길가에 구르는 자갈에 부딪칠 때마다 불쾌하게 덜컹거린다.'

마음껏 웃으면 기운이 솟아나고 혈액 순환을 돕고 긴장이 풀린다. 이야기를 풍요롭게 하는 최대의 힘이 된다.

알프렛은 말 잘 하기로 이름난 방송 사회자다. 방송 때는 물론 평상시에도 항상 유머를 곁들였기 때문이다. 그래서 그의 명성은 더 높았다. 그는 이렇게 말했다.

"남을 웃길 수만 있다면, 그 사람의 생각이나 믿음, 생활 습관까지 변모시킬 것이다."

당신의 말에 꽃을 피워라. 그러면 당신의 삶은 향기와 아름다움으로 빛날 것이다. 당신의 이야기에 사람들이 박장대소를 하지 않아도 좋다. 그저 즐겁게 들을 수 있고 미소 정도면 훌륭하다. 그것만으로도 당신은 듣는 사람들을 즐겁게 하고 그들의 하루에 뭔가를 유익함을 생산해 준다.

다음과 같은 비결을 익혀 대화에 참고하기를 바란다.

㉠ 특별한 경우가 아니라면 사투리를 쓰지 말 것.

㉡ 요점만 정리해 간략하게 말하는 습관을 갖는다.

㉢ 듣고 있는 사람에게 지금 자신이 하고 있는 말을 그 전에 들은 일이 있는가를 묻지 말 것. 재미있는 이야기라면 두 번 들어도 좋고 다시 들을 때가 더 재미있는 경우도 있다. 재미있는 이야기는 아름다운 노래와 같다. 만약에 노래는 한 번만 들어야 되는 것이라면 베토벤의 명곡을 거듭 들을 필요가 없다.

㉣ 자기 자신을 웃음거리로 삼는다면 이야기를 더욱 유쾌하고 유머러스하게 할 수 있다. 당신 자신을 웃음의 포적으로 활용하라.

미국에서 재미있는 연설가로 알려진 빌 콥은 말할 때 다음과 같이 첫 말을 시작한다.

"어느 날 오후, 나의 딸이 학교에서 돌아와서 제 엄마에게 뭔가 물었지요. 그러자 아이의 엄마는 '그건 아빠에게 여쭈어 보렴.' 하고 대답했지요. 그러자 딸아이는 '하지만 그렇게까지 해서 알고 싶진 않아요.'라고 대답하더라는 거예요."

이와같이 어떤 사람을 이야기의 소재로 삼아 듣고 있는 사람을 웃기려면 그 과녁을 당신 자신에게로 돌려야 한다.

㉤ 말을 하기 전에 미리 연습을 한다. 새로운 이야기를 할 때는 두 번 세 번 자기 자신을 향해서 말해 본다. 그런 연습 과정을 거치면 훨씬 말에 자신감을 갖고 재미있게 할 수 있다.

좋은 재료 수집법 : 어느 날 필자는 저녁 식사 모임에 참석하였다.

그때 여러 명에 둘러싸여 이야기를 나누고 있었다. 그의 말을 듣고 모두들 큰 소리로 웃었지만, 오직 한 사람은 시무룩한 표정으로 바닥만 내려다보고 있었다. 그 까닭은 그가 진심으로 믿고 있는 신앙에 대해 비판하고 있었기 때문이다.

이런 광경을 목격한 필자는 항상 다음과 같은 요령을 여러 사람들에게 소개하고 있다. 이는 이야기의 재료를 모으는 데 많은 도움이 되었다.

- 부인이 미안해 하며 얼굴을 붉히는 일
- 성스러운 것을 더럽히는 일
- 누군가의 마음을 상하게 하는 일
- 인간의 약점을 웃음거리로 삼는 일
- 신성한 것을 모독하고 비웃는 일
- 어린아이를 울게 하는 일
- 모두 함께 웃을 수 없는 일

【규칙 6】 항상 준비해 둘 일

당신은 파티 석상에서 꽃 같은 존재가 될지도 모른다. 또 해학적인 이야기로 점심 때, 아니면 여가 시간에 주위 사람들을 매료시킬 수 있을지도 모른다. 저녁 식사에 초대한 친구 부부를 웃게 하여 유쾌한 시간을 가질지도 모른다.

당신이 다음날에야 비로소 깨달은 것은 왜 이러한 모습과 능력을 일찍 발견하여 활용하지 못한 것일까 하는 아쉬움을 가질 것이다. 그러나 이미 때는 늦었다.

여러 번 후회한 적이 있을 것이다. 그때 재미있는 유머를 썼다면 말은 잘 하는 사람이 되었을 텐데 하고 후회한다.

이런 일을 반복하지 않으려면 미리 할 말을 준비해 두어야 한다.

갑자기 말을 해야 할 곤란함에 처하는 경우가 자주 있는 것은 아니지만, 언제나 자신을 내세울 준비된 자세는 필요하다.

이 장에서는 상대를 즐겁게 하는 화제에 대해 많은 설명을 피력했다. 그리고 대화에 적극적으로 참여하여 상대의 마음을 사로잡는 매력 있는 사람이 되려면, 어떤 재료가 좋은 지에 대해서도 알았다.

에피소드, 실화, 일화, 경험 등 당신만의 독특한 빛깔이 있을 것이므로 그 내용을 수첩에 적어 본다. 그런 다음 말하기 전에 수첩을 보고 어느 것을 어떻게 쓸 것인가를 염두에 둔다.

말하기 전에 다시 한번 기억을 새롭게 정리하면 할 말이 생각나지 않아서 곤란함을 당하는 일이 없다.

미리 준비를 하면 상대의 마음을 사로잡을 수 있는 확고한 신념이 생긴다. 말하기 전에 다음 6가지 규칙을 지키도록 노력한다.

① 자기 자산을 들어낸다.

② 관심을 가지고 있는 것에 대해 말한다.

③ 실예나 실화를 예화로 한다.

④ 서두의 말로 상대의 마음을 사로잡는다.

⑤ 유머를 두려워하지 않는다.

⑥ 말할 내용의 재료를 준비해 둔다.

제19장 밝은 인간관계를 만들자

이제 모든 준비는 끝났다. 듣기와 말하기도 배웠다. 이 두 가지를 익히면 말을 잘 하는 사람이 될 수 있다. 이 장에서는 다음과 같은 내용에 대해서 설명해 보기로 하자.

① 짧은 대화법

② 긴 대화법

③ 대화를 컨트롤하는 법

말하기와 듣기를 조화있게 배우는 요령을 터득하는 일이다.

이에 관한 설명을 하기 전에 말하는 시간과 듣는 시간을 어떻게 배분하면 좋은가에 대해 살펴보자. 말을 잘 하는 사람도 종종 무시해 버리는 문제인데, 당신도 그 내용이 무엇인지 알고 싶을 것이다.

상대가 당신이 말하는 것을 한 마디도 빼놓지 않고 분명히 듣고 있다면 좋은 기회다. 그러나 당신의 말을 더 이상 계속해서 듣기를 싫어 할 때는 다음 규칙을 활용하여 말을 제한해야 한다.

주어진 전체 시간을 사람수로 나눈다. 그것이 당신이 말을 해도 되는 시간이다.

만약 듣는 사람이 5명이라면 5분의 1이란 시간이 당신이 말할 수 있는 시간이다. 두 사람이라면 2분의 1이다. 하지만 그만한 시간이 당신에게 꼭 보장된다고는 생각지 말아야 한다.

자기가 말할 시간을 얻기 위해 남의 말을 중단시켜서는 안 된다. 어떤 이유가 있더라도 이 점만은 꼭 지켜야 한다. 그것이 훌륭한 이야기꾼인지 아닌지를 가늠한다. 왜냐 하면 말을 잘 하는 사람은 남의 말을 중단시키지 않고, 오히려 자기의 말을 자제시킨다.

그러니까 항상 누군가가 말하고 싶어 하는지 주의 깊게 지켜보아야 한다. 만약 그런 기미가 보이면 즉각 당신은 말을 중단하고 상대에게 기회를 주어야 한다. 더 이상 말해 보았자 아무런 뜻이 없다. 상대가 들어주지 않을 터이니까.

그러므로 앞에서 말한 규칙을 마음에 새겨서 말하기 3가지 방법에 대해 설명해 보기로 하겠다.

▌짧은 대화법

다음과 같은 상황이라면 어떻게 말해야 좋을까?

① 당신이 세일즈맨으로 첫 고객을 방문했을 때
② 식사 초대를 받았을 때 당신의 양쪽 자리에 모르는 사람이 앉아 있을 경우
③ 매일 아침 버스 정류소에서 만나는 사람을 대할 때
④ 퇴근 후 신입사원과 자리를 함께 했을 때
⑤ 저녁 식사 모임에 처음으로 소개 받았을 때

248

⑥ 취직 면접시험 때

⑦ 동아리 모임에 처음으로 참가할 때

⑧ 회사 파티에서 상사의 부인과 첫 대면 때

이상은 짧은 대화의 전형적인 무대이며 간단한 대화를 나누는 곳이다. 어느 경우에나 좋은 인상을 남기고 싶은 것이 인간의 마음이다. 한편 이러한 자리를 싫어 하고 경원한 나머지 피하려 드는 사람도 있다.

하지만 이런 자리나 모임은 대화를 가장 원활하게 하는 기회이다. 앞으로 끈끈한 우정이 맺어질지도 모른다. 여기서 짧은 대화를 통해서 흥미를 끄는 사람들을 만날 수 있는 시간이다.

첫째 기본 사항 : 우선 짧은 대화와 긴 대화의 차별을 알아야 한다. 짧은 대화는 간단한 인상이나 의견, 생긴 일, 경험, 상황 등의 이야기로 이루어진다.

긴 대화는 보다 내면적인 감정이나 인생에 대한 도전, 중대한 사건 등, 2~3분의 시간으로는 모두 설명되어질 수 없는 일들이 말해진다.

그러므로 개인적인 짧은 대화가 되지 않도록 각별한 주의가 요구된다. 상대의 개인적인 감정이나 영역에 개입하여 뭔가를 알아내려고 하는 느낌을 주지 않도록 배려해야 한다.

짧은 대화의 두 번째 기본 사항 : 남을 즐겁게 하려면 말하고 싶은 사항을 골라서 해야 한다. 다음에 열거한 것은 사람들이 말하고 싶어하는 사항이다. 좋아하는 순서에 따라 설명해 보기로 한다.

① **자기 자신** : 사람들은 자기 자신에게 생긴 일이나 본 것, 들은 것을 말하고 싶어한다. 남성의 경우는 현재 진행되고 있는 일이나 희망, 일하면서 바람직한 사건에 대해 말하고 싶어하

고, 여성의 경우는 가정에서의 잡다한 일들, 쇼핑, 아이에 관해 말하고 싶어한다.

② **자기 의견** : 사람들은 자기의 의견을 말하기 좋아하며 잘 모르는 것까지 이야기 거리로 한다. 전화 설문조사를 한 일이 있다. 실제로는 존재하지 않는 법안에 대하여 사람들의 의견을 물어본 것이다.

그러자 많은 사람들이 존재하지도 않는 내용인데도 장황하게 의견을 늘어놓았다. 잘 모르겠다고 대답한 사람은 극히 소수였다. 그러니까 자기가 잘 모르는 일에 대해서도 여러 가지 의견을 말하고 싶어한다는 사실을 입증한 셈이다.

③ **남에 대한 일** : 제3의 화제는 남에 대한 견해다. 사람들은 남의 말하기를 좋아한다. 정직하게 현실을 살펴보면 사람들은 남의 잘못에 관심을 갖는다. 그것은 남의 인생에 매혹을 느끼기 때문이다. 인간에 대한 놀라운 사실을 말하려 들고 보은 관계가 있는 사건을 좋아한다.

인간에 대한 이야기가 기분 좋은 낙관적인 것이며, 흉이 아니라면 한결 즐거움을 얻을 수 있다. 이 도전에 응할 것인지의 여부는 당신에게 달려있다.

④ **사물에 대한 것** : 이 영역에 포함시킬 수 있는 내용은 날씨라든가, 정치, TV 프로그램이나 시사 문제 등이다. 그에 대한 상대의 의견을 들어보면 제2의 영역이 되기도 한다.

"오늘은 퍽 춥군요."라고 말하는 대신,

"오늘 같은 날에는 차에 부동액을 쓰는 것이 좋겠지요?"하고 물어보라.

⑤ **당신에 대한 것** : 이에 대해서는 맨 나중에 다룰 문제다. 이를

해결하기 위해서는 화제를 너무 지루하게 말하지 않으면 된다. 수술이나 질병, 가정 내의 작은 일들, 남에 대한 근거 없는 비판이나 비평과 같은 듣기 거북한 말을 하지 않는다면, 화제를 재미있게 이끌어갈 수 있다.

그러나 이것보다도 처음의 4가지 화제가 대화를 더 재미있게 이끌어간다는 점을 있지 말아야 한다.

짧은 대화의 세 번째 기본 사항 : 당신은 상대로부터 대화를 이끌어내지 않으면 안 된다. 다음과 같은 도구를 써라.

【도구1】 질문을 한다

한 마디로 대답할 수 있는 질문은 삼가야 한다. 하는 일이 재미있느냐는 막연한 말보다는 지금 하고 있는 일의 어떤 점이 재미있으냐고 구체적으로 물어야 한다.

당신이 살고 있는 곳은 편합니까라고 물어서는 안 된다. 당신이 살고 있는 곳은 어떤 점이 편리하냐고 물어야 한다.

대화를 이끌어가기 위해서는 반지, 보석, 조직의 뱃지, 의상, 방 안에 있는 집기에 이르기까지 사소한 것에 대해서도 질문하라. 질문만큼 대화를 원활하게 하는 요령도 없다. 상대의 의견, 하는 일, 가족, 취미, 흥미, 경험, 가정, 휴가, 좋아하는 것, 싫어하는 것 등에 대해서 물어본다.

【도구2】 쇄빙선│얼음 깨는 배│을 이용한다

이는 짧은 대화를 오래 끌어가기 위한 멋있는 방법이다. 우선 사실이나 일어난 일에 대해 말하고 그 자리에서 상대의 의견을 들어본다. 앞으로 1주일 동안 신문에서 몇 가지 이야기 거리를 선택하여 이 방법을 연습 활용해 본다.

"국회에서 예산을 증액했다는데 당신의 생각은 어떻소?"

"신문에 도시에서 근무하는 경찰관은 그 도시 안에서 살아야 한다는 기사가 났던데, 왜 이러한 규칙이 필요한 지 당신은 어떻게 생각하오?"

그런 규정이 공평한가를 되묻고, 이것이 경찰 행정에 어떤 영향을 미치는 지에 대해서 상대의 생각은 어떠한가를 물어본다.

쐐빙선으로 사용할 수 있는 기사는 도처에 있다. 사소한 에피소드, 사건, 경험에 대해서도 같은 방법을 쓴다. 우선 설명을 하고 나서 의견을 들어본다. 또는

"이런 일을 당신도 경험한 적이 있소?"

라고 물으면 된다.

【도구 3】 의심에 대한 것

"자네, 여행 이야기를 좀 해주게."

라는 말은 의문을 묻는 질문의 예다. 경험이나 사건 등을 말할 실마리가 된다.

이를테면, "대학에 다니는 따님의 얘기를 듣는 걸 즐거움으로 느끼고 있어요."라던가, "그 브로치 어떻게 된 거예요?"라고 말을 걸어본다.

이것이 짧은 대화의 기본적인 사항이다.

상대로부터 의견을 끌어낼 수 있도록 그날의 사소한 사건을 준비하도록 한다. 한편으로는 상대가 자기 자신에 대한 일을 털어놓는 계기를 만들어 준다. 그에 알맞은 질문도 준비해야 한다.

또 당신 자신의 경험을 간단하지만 재미있게 그 사이에 끼우면 된다. 상대도 같은 시간을 갖도록 배려하여 그의 말을 끌어내도록 유도 한다.

이렇게 하면 누구와도 친근감을 갖고 좋은 사귐으로 출발하여

관계를 유지할 수 있다. 짧은 대화를 소홀히 해서는 안 된다. 잡담을 하는 것도 좋다. 직장에서도 잘 모르는 사람과 적극적으로 말을 걸어야 한다. 만약 당신이 세일즈맨이라면 새 고객을 찾아 적극적으로 방문한다.

자, 이제 모든 준비는 다 되었으니 출발해 보라! 이 방법을 실행에 옮기는 일이다. 그러면 즐기면서 대화를 할 수 있다. 그리고 능력에 흥미를 더 하여 자신감이 붙게 될 것이다.

▌긴 대화법

긴 대화는 짧은 대화에서 시작된다. 긴 대화를 하기 위해서는 2~3분이라는 연습 시간이 필요하다. 이 때야말로 당신의 대화 기술이 시험 받게 된다. 왜냐 하면 대화를 제2 막으로 옮기지 않으면 안 되니까. 이것은 보다 깊은 맛을 연출해 내는 무대와 같다. 사소한 이야기보다 훨씬 도움이 되고 만족스런 경험이 되므로 대화의 절대조건이다.

이와 같은 짧은 대화를 긴 대화로 가져가기 위한 공식은 복잡한 단계를 필요로 하지 않는다. '상대에게 생각케 한다.'라는 매우 간단한 방법이다.

대다수의 사람들은 지루함을 달래면서 반복되는 일상생활에 대부분의 시간을 소비하고 있다. 그 어느 쪽도 결코 바람직한 태도는 아니지만, 일률적으로 생활하고 있는 것은 확실하다. 그러면서 한편으로는 보다 즐거운 일이 생기지 않을까 기다리고 있다.

3천 명을 대상으로 조사한 결과 93퍼센트가 장래의 즐거운 생활을 기대하고 있다는 응답이었다.

크리스마스, 봉급 인상, 퇴직, 새집 마련, 자녀의 입학과 졸업 등이다.

하루의 생활을 시작하면서 점심시간이나 저녁의 TV프로그램 등을 즐거움으로 삼고 기다린다. 인간의 마음은 단조로운 시간을 어떻게 보내야 할 것인가에 초조감을 갖는다.

인간이라면 누구나 다 자기 자신에 대한 사소한 일로 늘 고민하고 있다. 각종 청구서, 질병, 분쟁, 하지 않으면 안될 일, 자기 자신에 대한 끊임없는 걱정과 불안감에 빠져 있다. 이러한 무거운 짐으로부터 탈출하기 위해 적당한 오락을 찾는다.

그 무대에 당신이 등장한다. 그리고 대화를 통해 그런 사람들의 단조로운 생각을 바꾸어 버리는 것이다. 이러한 일들이 이어질 때 그들은 즐거운 시간을 기대하면서 당신의 등장을 기다린다. 틀림없이 헤어질 때는 "또 만나서 이야기를 나누도록 해요." 하며 아쉬운 표정을 짓는다.

이러한 입장이 되려면 생각에 깊이를 주는 화제나 질문을 끌어내지 않으면 안 된다. 상대를 이끌어내는 화제라면 뭔가 다른 특별하고 독특한 점이 있게 마련이다. 이를테면 어떤 과학자는 젊은 과학도들과 함께 어울릴 때면 "자네들 중에 누가 형무소에 가 본 경험이 있나?"라며 그 자리의 지루함을 달랬다는 이야기다.

긴 대화에서는 내면적인 인간성 문제를 내용으로 삼는다. 예컨대 철학, 논쟁, 사회 문제 등에 이르기까지 광범위한 화제로 옮기도록 한다.

필자는 어느 저녁 식사 모임에 참석한 일이 있었다. 예정시간은 오후 5시부터 6시 반까지였는데, 8시 반이 되었는데도 사람들이 자리를 뜨지 않았다. 끊임없이 얘기가 이어졌던 것이다. 누군가가,

"성공의 정의는 무엇일까요? 누구나 모두 성공하려고 피나는

노력을 하는데, 그 성공이란 도대체 무엇일까요?"
라는 질문에 이를 계기로 얘기가 무르익었다.

현대인의 성공 기준, 지위의 상징, 물질적인 소유욕, 그밖에 인간의 행동 전반에 걸쳐 토론이 벌어졌다. 이것은 수준 있는 사고를 필요로 하는 화제였기에 모두 즐겁게 얘기를 나누었다.

그렇다면 사고를 다그치는 대화를 원활히 하는 화제의 예를 들어보기로 하자.

① 일에 있어서 자기의 능력을 발휘할 수 없는 사람이 많은 이유는 무엇일까?

② 만일 당신이 한 나라의 대통령이라면 무엇을 하겠는가?

③ 행복이란 무엇인가?

④ 인간은 왜 변화를 거부하는가?

⑤ 회사에서 월급을 3배로 올려준다면 당신의 업무 태도는 어떻게 달라지겠는가?

⑥ 달동네 사람들은 그곳이 좋아서 살고 있는 것일까?

⑦ 우리들은 얼마큼의 자신을 위해 여가를 활용하고 있을까?

⑧ 바라는 것 세 가지를 이루게 해준다면 무엇을 원하는가?

⑨ 우리들은 어떻게 양심을 지키고 있을까?

⑩ 남들 앞에서 말할 때 왜 가슴이 떨리는 것일까?

⑪ 자신의 내부에 깃들어 있는 의심과 두려움을 몰아낸 다음의 모습을 생각해 본 적이 있는가?

⑫ 뭔가 석연치 않을 때는 어떤 경우인가?

⑬ 아이들이 학교에서 배운 지식에 의문을 가졌을 때 어떻게 대처할 것인가?

⑭ 인간에게 가장 바람직하지 못한 3가지 특성은 무엇인가?

⑮ 과연 순응주의는 현명한가?

이제 당신은 어떠한 종류의 질문이 재미있는 화제를 불러일으키는가를 파악했으므로 질문을 마련하는 습관을 길러야 한다. 즉 사고를 다그치는 질문을 준비해야 한다. 그 내용은 핵무기가 인간에 끼치는 영향에 관해서, 이를 닦는 방법도 좋다.

실제로 치아가 화제의 대상에 오른 예가 있다. 치과의사들의 모임에서 자연스럽게 이야기가 나온 것이다. 그때 한 의사가 건강한 잇몸과 치아를 가지고 있는 종족은 오히려 비문명국의 원시인들이라고 말했다. 그러니까 이를 닦지 않는 사람들의 치아가 더 건강하다는 말이다. 그는 이어 의문까지 제기했다.

"그들도 치아를 잘 닦고 관리하고 있다가 엉망이 되었다는 말인가? 그런 일이 있을 수 있는가?"

상대가 스스로 생각하게 하라 : 이제까지 말해 온 내용은 긴 대화를 위한 훌륭한 기술이다. 앞장에서도 말한 바 있거니와 훌륭한 이야기꾼은 듣기도 잘 하는 사람이며 알아듣기 쉽게 똑똑히 말하는 사람이다. 자기의 내부에 있는 생각을 겉으로 꾸밈없이 나타내는 사람이다. 그리고 상대의 생각을 끌어내어 화제를 제공하고 질문을 던지는 사람이다.

■ 대화를 컨트롤하는 방법

대화를 컨트롤하면 도움이 되는 경우가 많다. 회사의 임원, 판매부서의 팀장, 면접을 담당하는 자라면 대화를 이끌어 내고 콘트롤할 수 있는 능력을 갖춰야 한다.

"어떻게 대화를 컨트롤하는가?"

라는 물음을 누군가에 질문해 보라. 그러면 이렇게 대답할 것이다.

"자기가 말하고 싶은 화제를 골라서 이끌어가면 되지요."

그러나 이런 대답은 잘못이다.

이와는 정반대다. 질문을 해야 한다. 말만으로는 대화를 컨트롤 되지 않는다. 오직 질문만이 당신이 바라는 방향으로 대화를 이끌 수 있고, 상대가 싫어하지 않는 유일한 방법이다.

반격 질문 : 상대가 질문을 받고 대화를 리드할 경우 어떻게 하면 될까? 당신은 대화를 컨트롤할 수 있을까? 물론 가능하다. 이 쪽 에서 질문함으로로써 상대의 말을 받으면 전환시킬 수 있다.

이를테면 당신이 취직 시험을 치른다고 하자. 이 경우에는 면접 을 담당하는 사람이 대화를 리드하고 컨트롤한다. 이 때도 당신은 질문 형식으로 대답하면 된다. 면적 담당자는 물을 것이다.

"당신의 경력은?"

그러면 당신은 경력을 설명하고 나서 이렇게 말하면 된다.

"여기서 하는 일은 어떤 경력을 원하고 있는지요?"

또 상대는 이렇게 물을지도 모른다.

"급료는 어느 정도를 바라고 있는가?

이때 당신은 이런 대답을 하면 된다.

"이 회사에서는 일에 대해 신중하게 평가하시고 있을 겁니다. 급료는 어느 정도로 정하고 있는가요?"

면접자의 질문에 대해 질문으로 대답하는 것이다. 만일 업무 파 트가 세일즈라고 하면 당신은 할 말만 늘어놓고 "안녕히 계세요." 라고 되돌아 오겠는가?

이러한 태도는 어떠한 성과도 얻지 못한다. 이런 경우처럼 손님 이 조건 등을 물었다면,

"이런 조건으로 만족하실 수 있으시겠습니까?"

라고 질문을 해 보라. 또 가격을 물으면,

 "수량은 어느 정도 주문하시겠습니까?"

하고 되물으면 된다.

 질문에 대해 질문으로 대답하였다면 반드시 그 사실에 대한 고객의 의견을 듣는다. 상대가 동의하고 있는 지, 아니면 반대하고 있는 지, 상대가 생각하고 있는대로인 지, 손님의 요구에 맞는 지 등등이다.

 그러므로 대화 컨트롤를 연습해야 한다. 숙달되면 대화뿐만 아니라 설득력에까지 자신감을 갖게 된다.

 화제를 바꿀 때 : 대화를 이끌어갈 때 두서없는 말로 지루하게 만드는 사람이 있다. 대화의 목적에서 벗어나 태연하게 말을 계속하는 사람이 있다. 이 정도는 대화를 컨트롤하기가 어렵다.

 당신이 초청한 파티에서 누군가가 담석 수술에 관해 대화를 독점하거나 시간이 한정되어 있는데, 불필요한 말을 늘어놓아 중요한 이야기를 하지 못하는 경우도 있다. 이럴 때 상대의 기분을 거슬리지 않고 화제를 바꾸려면 어떻게 하면 좋을까?

 이 방법 역시 간단하다. 새로운 화제를 제공하고 그 사람에게 맨 먼저 이야기를 하도록 한다. 그런 다음 다른 사람들을 화제에 끌어들이면 반전시킬 수 있다. 또다른 방법도 있다. 상대가 숨을 쉬기 위해 잠깐 말을 멈추었을 때,

 "화제를 바꾸어서 안 됐지만, 자네 의견을 듣고 싶어."

라고 말하면서 새로운 화제를 소개한다.

 이런 경우 상대는 어떤 인상을 받을까? 자기의 장황한 이야기를 끝까지 듣고 감명을 받았기 때문에 다른 의견을 듣고 싶은 것이라고 잘못된 생각을 불러일으킨다. 이에 상대는 기뻐하며 우월감에

사로잡히게 되고, 당신은 멋있게 화제를 바꾸웠다는 자만심에 빠진다.

▋시험해 보라

상대의 마음을 사로잡아 생기 있는 대화를 이끌어갈 수 있는 지식과 기술을 모두 배운 셈이다. 그렇다면 실행해 옮겨보라. 가장 친한 친구와 가족을 상대로 시험해 본다.

당신의 가정에는 생각할 수 없을 만큼의 기쁨과 즐거움이 사장된 채 그대로 있다. 그런데도 당신은 가족의 일거일동을 모두 다 알고 있다고 생각한다. 아내나 아이들의 일상생활에 이르기까지 무엇이나 다 잘 알고 있는 것으로 믿고 있다. 그래서 새로운 생각이나 의견, 화제를 끌어내려고 하지 않는다. 이러한 가정에서의 아이들은 부모에게 싫증을 느끼고 부모들도 역시 자녀에 대한 사랑의 결함을 보충하지 못한다.

유명한 심리학자 라로쉬프코는

‘우리들은 자신이 싫증을 느끼고 있는 상대에게 오히려 싫증을 느끼게 하고 있다.’

라고 쓰고 있다. 함께 많은 시간을 나누면서 상대의 마음을 사로잡는 매력적인 이야기꾼의 인간이 되라. 그것은 자기 자신에 대한 도전이다.

훌륭한 화제 연습에 가장 알맞은 시간과 장소는 가족들과 함께 하는 식사 시간이다. 화제의 내용은 가정 내의 문제를 말해서는 안 된다. 때로는 자녀들의 버릇없는 행동을 모른 체하는 작은 아량이 가정의 평화로운 분위기를 가져다 준다.

필자는 수없이 저녁 식사에 초대 받았지만 반찬을 손으로 집어 먹는 사람은 아직 보지 못했다.

그러나 위궤양 때문에 아기들처럼 죽이나 반찬을 먹는 사람을 많이 보아왔다. 이들은 맛있는 음식도 먹을 수가 없고 대화조차도 즐기지 못한다. 식사 시간만큼은 가족과 즐겁게 보내는 대화의 한 때가 되도록 노력해야 한다.

가족과 절친한 이웃, 친구와 즐거운 대화를 나누는 습관을 길들이도록 하라. 지금 당장 실행에 옮겨 보라. 이런 과정에는 다소의 노력이 필요하다. 이는 생각지도 않은 숨겨진 희망이다. 야망, 그리고 여러 가지 지식에 대한 새로운 시야가 열릴 것이다. 당신의 대화 능력이 없었더라면 결코 발견할 수 없는 소중한 것들이다.

자, 이 장에서 가장 중요한 점을 돌이켜보기로 하자.

① 훌륭한 이야기꾼의 유일한 목적은 상대에게 즐거움과 이익을 주는 일이다.

② 바르게 듣는 사람이 되어야 한다. 좋은 듣기 사람이란,

　　㉠ 들을 때 알맞은 자세를 취할 것.

　　㉡ 진지하게 흥미를 가질 것.

　　㉢ 열심히 듣고 있다는 모습을 상대가 알게 할 것.

　　㉣ 자기가 알고 있는 점을 확인해 둘 것.

　　㉤ 복습할 것.

③ 슬기롭게 말하지 않으면 안 된다. 좋은 이야기꾼이란,

　　㉠ 똑똑히 알기 쉽게 말한다.

　　㉡ 언어의 구사법을 알고 있을 것.

　　㉢ 적당한 제스처를 쓸 것.

④ 말할 때 다음과 같이 하면 상대도 즐거워한다.

　　㉠ 자기 자신을 들어낼 것.

ⓛ 자기가 관심이 있는 것에 대해 말한다.

ⓒ 실예나 실화를 쓴다.

ⓔ 첫 말로 상대의 마음을 사로잡는다.

ⓜ 숙어를 두려워하지 말 것.

ⓗ 항상 준비해 둘 것.

⑤ 짧은 대화를 할 때는

ⓖ 개인적인 것으로 하지 말 것.

ⓛ 쇄빙선, 의심을 끌어내는 질문 등으로 자기 일을 이야기
하게 한 다음 상대의 의견을 들을 것.

⑥ 긴 대화를 할 때는 상대의 속마음을 들어내게 한다.

⑦ 대화를 컨트롤하려면 적당한 질문을 할 것.

 # 당신을 매력적인 인간으로 만드는 이유

'너희들에게 진리를 가르치리라.'

이 말은 이 책에서 중요한 역할을 하고 있는 분, 그리스도가 수천년 전에 하신 말씀이다. 그렇다면 이 책에서 어떤 방법으로 진리를 배우는가 설명해 보기로 한다.

▋완전한 인간을 찾아서

인류의 역사는 영웅이나 우상으로 가득 차 있다. 우리들은 어렸을 때부터 자기가 동경하거나 숭배하는 인물을 흉내 내기 시작한다. 이렇게 해서 자신의 인간성을 형성하고 동경하는 인물의 뒤를 따라 새로운 역사를 창조해 나간다.

이것이 바로 인류사다.

개개인의 인간성을 설명하기 위해서는 필자도 역사 속에 등장한 영웅이나 우상을 필요로 했다. 즉 뛰어난 인물로 그 기준을 삼은

262

것이다.

모든 분야에 걸쳐 여러 종류의 사람들의 특성이나 기술을 자세히 조사해 보았다. 사업가나 정부 고관으로부터 영화배우에 이르기까지 성공한 사람들의 면모와 역사상의 유명한 인물에 이르기까지 살펴보았다.

그런 과정을 통해 가까스로 완전한 인간을 만났다 싶으면 그 순간 바람직하지 못한 결점이 나타난다. 다시 한 번 조사해 보았으나 추천할 수 없다는 생각이 강렬했다.

그러나 정신적인 지도자들 즉, 간디나 마틴 루터 등에 대해 조사할 때 비로소 완전한 사람을 발견할 수 있었다.

■그 자격

필자가 선택한 사람은 보통 훌륭한 인물들이 지니고 있는 특성을 조금 밖에 갖고 있지 못했다. 즉 그는 가난한 집 태생으로 부모는 노동자였다.

정신교육은 거의 받지 못했으나 자기 개조에 전념하여 인간의 본질에 대한 깊은 통찰력을 가진 사람이다.

그는 책을 쓴 일도 음악을 만든 일도 없었고 주거지인 집으로부터 150리 이상을 떨어져 본 적도 없었다. 그가 자신의 일에 소비한 기간은 불과 35개월이었다.

그는 물질적인 것을 결코 소유하려 하지 않았다. 또 공직에 있는 적도, 군대를 지휘한 적도, 어떤 조직에 가담한 적도 없었다.

그의 직업은 목수였다.

그런데도 이 비천한 지도자는 인류의 운명에 크나큰 영향을 끼친 것이다. 그것은 역사상의 어떤 나라, 어떤 국왕, 어떤 군대가 준 영향보다도 큰 힘이었다. 수백, 수천만 명이라는 사람들이 그를 숭배하고 자신의 인생을 그에게 바쳤다.

현재 그를 따르는 사도는 10억 명에 이른다. 즉 그리스도야말로 인류의 기록에 새겨진 최상의 인격이다.

▌연구의 시작

수년 전부터 중대한 사실을 깨닫고 필자는 이 분의 인격을 마음 속으로 그려왔다. 그 작업은 갈릴리 해변에서 현대 사회로 그를 불러들이는 일이었다.

모든 것은 한 장의 노란 쪽지로부터 시작되었다. 지금도 이 쪽지는 나와 함께 있는데, 거기에는 다음과 같은 메모가 기록되어 있다.

• 그리스도의 인격이란 어떤 것인가?

㉠ 사람을 있는 그대로의 모습으로 받아들였다.

㉡ 사람들을 칭찬하고 각자의 가치를 느끼게 했다.

㉢ 사람들의 인격을 되찾았다.

㉣ 이야기나 비유를 들었다.

㉤ 결코 다투지 않았다. 비난 받더라도 거역하지 않았다.

㉥ 사람들에게 뭔가, 즉 희망이나 위안을 주었다.

필자의 연구는 이 작은 쪽지로부터 출발하여 여러 해 동안 계속되었다. 그 결과에서 쓰여진 것이다. 메모와 관찰과 비교의 성과다. 정신적인 것을 현실의 생활로 바꿔 쓴 것 뿐이다.

▌그 사람의 인간성에 대하여

독자 여러분은 왜 이 책이 열의라는 특성에서 쓰여졌다는 사실

264

을 깨달았을 것이다. 열의야말로 당신을 위대하게 만드는 원동력
이다.

열의, 즉 '엔스지마즘'이라는 말은 '신의 신앙'이라는 그리스어에
서 시작된 어원이다. 그리스도는 달성할 수 있는 한, 이 열의를 예
로 증명했다.

'세상에 있는 동안에 이런 말을 하는 것은 나의 기쁨이 그들 속
에 흘러 넘치기 때문이니라.' |요한복음 17 : 13|
라는 말씀은 그리스도가 낙관적인 성품이었음을 나타내고 있다.

그러면 우정이란 무엇인가?

'나는 새로운 계율을 너희들에게 주노라. 서로 사랑하라. 내가
너희를 사랑한 것처럼….' |요한복음 13 : 34|

이 말씀은 위대한 인격의 따뜻함과 우정을 나타낸 말이다.

당신이 성공에 필요한 규칙부터 설득력 있는 인간이 되기 위한
10계까지의 장을 다시 한 번 되돌아보면 곳곳에 필자가 마음 속에
그리고 있는 그리스도의 인격이 쓰여져 있음을 알 수 있을 것이다.
맨 끝의 대화에 관한 부분에서조차 그리스도의 영향은 크다. 자기
자신을 있는 그대로 들어내 놓은 일이나 비유를 들었다는 것이 이
장에 반영되어 있다.

■ 긴 여로의 끝

여기에 우리의 인간성을 그대로 그려놓은 그림이 있다. 그것은
이 책의 처음부터 끝까지 일관하고 있는 내용의 빛깔이다.

이제 우리들의 긴 여행도 막을 내리려 하고 있다. 이렇게 오랜
동안 함께 있었으므로 다음과 같은 말을 할 수 있을 것 같다. 필자
에게 있어서 **당신은 정말로 훌륭하고 멋있는 독자였다고.**

왜냐 하면 당신의 흥미와 헌신적인 도움이 없었더라면 이 책은
쓸 수 없었을 것이니까…. 필자의 친구가 되어 이 책을 읽어준 데
감사를 드린다.

**갈릴리 스승님의 힘과 인격이 당신의 인생에 항상 힘이 되듯이,
그리고 아버지 하느님의 은총이 항상 당신과 함께 하시길!**

에필로그 **이 책을 끝내면서**

▌ 일상생활의 매력

이 책을 쓰고 있는 이층 서재 창문 밖으로부터 끊임없이 소리가 들려온다. 바로 이웃에 있는 대중목욕탕의 시원한 물소리와 동네 아이들의 재잘거림이 내 자신이 땀을 흘린 것처럼 몸과 마음이 후련해진다. 어디선가 저녁식사 준비를 하는지 생선 굽는 냄새가 풍겨와 갑자기 강렬한 식욕을 느끼게 한다.

창 너머로 내다보이는 작은 단층집 양지 바른 마당의 빨래줄에는 색색의 옷가지들이 미풍에 흔들리고 빨간 지붕과 생나무 울타리에 둘러싸인 판자집 한구석에 화분들이 장난감처럼 놓여 있고 수많은 분재들이 푸르름을 다투고 있다. 낮은 시멘트 담장 위에 제멋대로 놓인 화분에는 고목으로 키운 소나무, 느티나무, 단풍나무 등등 평범한 나무들이 가꾸어져 있었다.

저녁 무렵이 되면 어김없이 산뜻한 셔츠 차림의 노인이 화분에

물을 주기 위해 나타난다.

이곳에 있는 분재나 화분들은 어느 부자집 정원에 있는 값비싼 것은 아니다. 그러니까 인위적으로 가꾼 아름다움과는 거리가 멀고 그저 심어져 있을 뿐이다.

매일같이 저녁 무렵이면 노인은 분재에 즐거운 듯이 물을 준다. 이 노인은 어떻게 살고 있을까? 그 나이라면 직장에서도 은퇴했을 것이다. 아니면, 아직도 현역으로 근무하고 있을까? 얼굴의 혈색은 물론 말소리도 카랑카랑하여 온몸에 생기가 넘쳐 보였다.

글 쓰는 일에 지쳐 잠시 창 너머로 분재를 바라보고 있는 필자를 발견하자, 노인은 물 주던 손을 멈추고 기운차게 말을 걸어왔다.

"여, 참 좋은 곳에서 감상하고 있군요. 실컷 즐기시우."

필자는 그와 같은 노인의 모습에서 견딜 수 없는 인간의 매력을 느낀다. 공중목욕탕에서 들려오는 물소리, 생선 굽는 냄새, 분재에 물을 주는 노인, 이 모든 풍경은 어디서나 흔히 볼 수 있는 생활 속의 평범한 일상의 그림자들이다.

하지만, 거기서 풍겨나는 인간의 매력은 도대체 무엇이란 말인가? 생각해 보면 그 비밀은 반복에 있다는 사실을 알게 되었다.

하루하루 반복되는 생활의 사소한 장면이 보여주는 강인함. 거기에는 화려한 것도 용맹스러운 것도 없지만, 사람의 마음 속으로 파고드는 따뜻함과 끈질김이 깃들어 있다. 그것이 더할 수 없는 매력이 되어 다가오는 것이다.

그것은 마치 파문처럼 울려퍼지는 종소리를 조용히 혼자서 듣고 있으면 인생의 심연 속으로 끌려들어가는 것 같은 고즈넉함이 깃들어 있다.

▌반복의 말들

얼핏보기에 단조로운 반복에 지나지 않는 일들이 의외로 커다란 힘과 생명력을 간직하고 있어서 매력을 느끼는 것이 아닌가 생각되어진다.

티끌 모아 태산을 이루듯이 사소한 것이 반복되어 쌓이면 마침내 큰 산을 이루게 된다.

동굴에는 석회석의 조화가 자연의 끊임없는 변화를 자랑한다. 동굴 속을 흐르는 물이 석회암을 녹여 신비로운 돌기둥을 빚어내고, 동굴 천정에서 한 방울씩 떨어지는 물방울이 종류석을 만든다. 연필 끝과 같은 돌고드름이 1센티미터 자라는데는 약 1백 년이 걸리기도 한다. 한아름되는 대형 석주가 만들어지려면 실로 수억 년이라는 세월이 걸려야 한다.

어떤 목적을 위한 훈련이나 연습의 성과라고 말해지는 목표도 오직 반복에 의해 이루어진다. 어렸을 때 철봉을 못해서 어떻게든지 잘해 보려고 연습을 하지만 뜻대로 되지 않는다. 이런 경험을 해본 사람은 많다.

그러나 포기하지 않고 인내심을 갖고 연습하면 어느 날 갑자기 자기 자신도 놀랄 만큼 잘 하게 된다.

반복은 단순하고 부질없는 바보처럼 계속되는 행위에 지나지 않지만, 실은 이 반복이 쌓여져서 거대한 힘을 발휘하는 원동력이 되어 좋은 결과를 얻게 된다.

반복은 인간의 매력을 만들고 가꾸는 결과를 가져온다. 당신의 성격이나 매력도 반복에 의해, 즉 습관에 의해 형성된다는 것이다. 그러므로 당신이 스스로를 매력 있는 인간으로 만들어지기를 바란다면, 이 책을 거듭거듭 읽고 쓰여 있는 내용을 실행에 옮기는 방법이 중요하다.

아무리 감명 깊게 읽은 책이라도 2주일이 지나면 거의 기억하지 못하는 것이 인간의 한계이다. 오직 감명의 여운만이 희미하게 남아 그 내용을 이야기하려고 해도 정확하게 말할 수 없다.

아무리 감동적인 이야기라도 이틀만 지나면 절반 밖에 기억하지 못한다. 대개 24시간이 지나면 24퍼센트를 잊게 되고, 48시간 뒤에는 50퍼센트, 4일 뒤에는 85퍼센트, 16일 뒤에는 98퍼센트를 잊게 된다고 보고되어 있다.

▮ 알리스토텔레스와 순재(荀子)

'목 안을 넘기면 뜨거운 줄 모른다.'라는 속담처럼 한 번의 충격은 일시적이다. 그러나 반복은 뜻하지 않은 성과를 가져다 준다.

인간 생활의 반복은 맹목적이 아니다. 인간은 맹목적인 행동에는 견디지 못한다. 만일 바닷가의 모래알을 세는 일을 시킨다면 사람들은 미치고 말 것이다. 인간이 뭔가를 이루려면 목표가 필요하다.

나무를 심으려는 목표, 늘 몸을 깨끗이 보존하겠다는 목표, 식사를 준비하는 목표 등등, 그 목표에 따라 알맞은 행동을 하게 마련이다.

이런 사실은 몇 사람들의 지혜를 빌려 인식되고 알려졌다. 새로운 사상으로 나타난 것이다. 이미 수천 년 전부터 모든 인간에게는 목표 지향적인 존재임이 분명하게 밝혀져 왔다.

"모든 인간은 목표를 찾는다. 성공이나 행복을…. 성공을 위한 오직 하나의 길은 사회에 이바지함으로써 만족감을 얻는 일이다. 그러기 위해서는, 첫째 구체적이고 명확하며 현실적인 이상,

즉 목표와 목적을 갖는 일이다. 둘째는 당신이 목표를 달성하고자 하는 수단, 즉 지혜와 돈과 방법을 찾는 일이다. 셋째는 그 목표를 향해 당신의 모든 수단을 총동원하는 일이다."

이는 아리스토텔레스의 말이다. 그리스의 첫째 가는 대철학자가 말한 이 목표의 중요성은 동양의 철인 순자가 기원전 3세기에 한 말과 일맥상통한다. 그는 이렇게 말했다.

"인간에게 주어진 재능의 차이는 절름발이 거북이와 머리가 여섯 개나 달린 명마만큼 다르다. 그러나 목표를 세워 행동하면 이 절름발이 거북도 그 빠른 준마를 따라 잡을 수 있다. 한 걸음씩 걸어서 쉬지 않으면 절름발이 거북이라도 천 리의 길을 갈 수 있다. 그런데 아무리 명마라 해도 진퇴를 거듭하거나 좌우로 비틀거리면 절름발이 거북이를 따르지 못한다."

▌인생의 목표

현재 이같이 변화무쌍한 세계에서 살고 있는 우리들의 모습은 어떤가? 확실한 목표를 갖고 명확한 인생관을 가지고 생활화는 사람이 얼마나 있을까?

필자는 어떤 경영자 클럽에서 강연할 때, 수강자 33명을 대상으로 물어보았다.

"당신의 인생 목표는 무엇인가?"

다음과 같은 대답을 들을 수 있었다.

• 확실한 구체적 목표를 가지고 있다. ─2명
• 구체적은 아니지만, 그저 막연하게나마 목표는 가지고 있다.
  ─16명
• 생각해 본 일은 있지만, 목표를 갖고 있지 않다. ─7명

• 생각한 일이 없다. —8명

아무튼 목표를 가지고 있다는 사람은 전체의 반이고, 그 중에서 명확한 목표를 가지고 실행에 옮기고 있다는 사람은 2명뿐이었다.

점을 칠 때 산대를 잡은 사람은 진심으로 목표하는 바를 염원해야만 비로소 올바른 점괘가 나온다고 한다. 요즘 대중적으로 즐기는 볼링도 예외는 아니다. 그저 막연하게 공을 던지는 것보다 스트라이크를 노려 던져야 핀을 맞추는 확률이 높다. 야구의 투구도 그렇다.

그런데 중요하기 그지없는 인생의 목표조차도 세우지 않고 불확실한 삶을 살고 있는 사람이 의외로 많다. 인생에 대한 목표가 없으면 전력 투구할 에너지가 생기지 않는다. 비록 생겼다 하더라도 엉뚱한 곳에서 폭발해 버린다. 목표를 향해 에너지가 집중되어야 생각한 것보다 더 많은 성과를 올릴 수 있다.

이를테면 두 다리와 손이 없는 사람이 입으로 훌륭한 글씨를 쓰는 것도, 장님 부부가 자식을 건강하고 훌륭하게 키우는 것도 모두 강렬한 목표 의식을 가지고 거듭거듭 반복하여 연습을 쌓아온 결과임을 명심하기 바란다.

▌목표와 집중력

에너지가 바로 집중력이다. 교육학자 영 디어는 집중력에 대해 다음과 같이 정의하고 있다.

'집중력이란 당신이 가치가 있다고 믿는 인생의 목표를 설정함으로써 그에 집중하는 에너지다. 그것은 잠재능력을 완전하게 발휘할 수 있도록 방향이 지워진 에너지다.'

동물도 목표를 향해 에너지를 발휘하고 있는 것처럼 보인다. 고양이는 쥐라는 목표물을 붙잡기 위해 으슥한 곳을 달리고 있으며, 제비는 겨울이 오면 따뜻한 남쪽나라로 날아간다.

목표물을 향해서 행동한다는 점에서는 동물도 인간도 마찬가지다. 그렇다면 동물과 인간을 구별하고 있는 것은 도대체 무엇일까?

동물은 목표를 향해 본능적으로 움직일 뿐이지만 인간은 의식적으로 목표를 세워 도달하려고 노력한다.

이를테면 굶주린 까마귀와 인간이 한 그루의 감나무를 발견했다고 하자. 나무에 감이 알맞게 익어 주렁주렁 달려 있다. 까마귀는 본능적으로 굶주림이 충적될 만큼 사정없이 쪼아먹을 것이다. 그것은 까마귀의 본성에 맞는 행위이다. 인간 역시도 배가 부르도록 실컷 따 먹을 것이다. 그러나 인간은 어느 정도 배가 부르면 장래에 대해 생각할 것이 틀림없다. 그리고 감나무 종자를 땅에 심어 감이 없어지지 않기를 바랄 것이다. 몇 년 뒤에는 한 그루의 감나무에서 수십 그루, 수백 그루로 번식되어 보다 많은 감을 딸 수 있다는 지혜를 터득한다. 현재 뿐만 아니라 자기의 죽음 뒤까지 생각하는 것이 인간이다.

이와같이 목표 설정이란 미래를 상상하는 힘이며 미래에 대한 의식적인 작용이다. 이 목표 설정이야말로 인류에게 주어진 최고의 은혜이다.

우리들은 이런 위대한 힘을 부여 받고 있다. 한 사람도 예외없이 모두 부여 받고 있는 것이 인간의 본능적 삶이다.

▌습관의 힘

인간은 태어나는 순간부터 주위 환경에 의해 가꾸어지고 순응한다. 삶을 살아가면서 끝없이 반복되는 일상을 통해 겪는 일, 주변에서 들은 것으로부터 영향을 받고 이로 말미암아 무의식 중에 반응을 일으켜 행동하고 있다.

만약 어린 아이에게 "너는 바보다. 너는 바보다."하고 계속 말한다면 아무리 영리한 아이라도, 정말 바보가 되어버린다.

필자의 친구로 하루에 담배를 3갑이나 피우는 어느 대기업 영업 이사가 있었다. 건강에 해롭기 때문에 담배를 끊을 결심을 하지만, 아직도 끊지 못하고 피우고 있다. 그는 우수한 영업 책임자인 만큼 의지도 강하고 판단력도 확실하지만, 담배 하나 끊는데 이렇게 고생하고 있다. 담배가 건강에 나쁘다는 것은 잘 알고 있으면서도 식사 후에, 손님을 만날 때 무의식 중에 담배에 불을 붙인다. 이렇듯 10년 이상 거듭되어 온 습관은 하루 아침에 고쳐지지 않는 법이다.

옛부터 작심삼일이라는 말이 있는데, 해가 바뀔 때마다 금년에는 꼭 일기를 써야겠다든가, 아침이면 30분 일찍 일어나겠다고 굳게 결심하지만, 사흘도 못 가서 그걸 지키지 못하는 경험은 누구나 겪는 일이다.

이제까지의 타성을 깨뜨리고 새로운 일을 시작하려 해도 오래된 습관의 거대한 힘에 의해 방해 받는다. 습관을 고치고 행동의 방향을 바꾸려면 어떻게 해야 되는가?

그와 같은 행동을 계속 요구하는 근본 원인, 즉 마음가짐을 바꿔야 한다. 즉 담배를 피우는 습관의 배후에는 담배를 피우고 싶다는 마음의 갈망이 자리잡고 있기 때문이다.

■ 마음가짐을 바꾸어라

마음가짐이란 무엇인가? 마음가짐이란 반복에 의해 형성된 사고의 무의식적 반응이다.

이를테면 소극적인 사람은 너무 소심하기 때문에 무슨 일이나 결단 내리기를 주저한다. 보다 인생을 풍요롭게 살고 싶다라든가, 남이 좋아하는 매력적인 사람이 되어야지 하는 소망을 입버릇처럼 되내이지만, 전혀 행동으로 옮기려 하지 않는다. 그래서 변함없이 볼품 없는 인생을 보내고 있다..

이러한 사람은 말만 앞세우고 행동 단계에 이르러서는 꽁무니를 뺀다. 결코 목표를 이루지 못하고 땅 속으로 되돌아가는 허망한 삶이 기다리고 있을 뿐이다.

소극적인 마음가짐 역시 반복에 의해 형성된 무의식적 반응이다. 따라서 소극적 마음을 바꾸려면 반복에 의해 다른 무의식적 반응을 만들어 내지 않으면 안 된다.

그렇다면 소극적인 마음가짐을 바꾸려면 어떻게 하면 되는가?

마음가짐을 변화시키려면 문제 의식을 갖고 명확한 목표를 설정해야 한다. 뚜렷한 의식을 갖고 흔들리지 않는 삶을 살면서 목표를 달성했을 때의 만족감을 느끼지 못한다면 굳이 애써서 마음가짐이나 습관을 고치려는 사람은 아무도 없을 것이다. 타성에 젖어 삶의 흐름에 자신을 내던지는 것이 훨씬 더 편하기 때문이다.

목표 없이는 어떠한 일도 이룰 수 없다. 무엇보다도 당신의 삶에 성공을 대입시키려면 목표를 정해야 한다.

'나는 사람을 끌어들이는 매력 있는 인간이 되리라.'는 목표를 종이 써서 가까운 곳에 놓아둔다. 눈에 잘 띄는 곳에 붙여둔다. 그런 다음 날마다 반복해서 종이에 쓴 내용을 바라보며 자신에게 타이른다. 그 목표가 당신의 정신과 육체가 하나가 되어 깃들 때 비로소 매력 있는 인간으로 성장할 수 있다.

옮긴이의 말

이 책은 『The power of a magnetic personality』를 옮긴 것이다. 저자 로버트 콘클린(Robert Conklin)은 20여 년 동안 인간의 의욕개발, 인간관계, 세일즈맨쉽, 리더쉽에 대해 성인교실 강좌를 열고 인성개발에 많은 노력을 해 왔다.

한편으로는 공업화학제품을 생산해서 급성장을 이룬 콘클린 주식회사의 경영자이기도 하다.

최근 '인간회복'이라는 말이 널리 사람들의 입에 오르내리고 있지만, 어떻게 하면 인간성을 회복할 수 있을까 하는 점에 이르면 구체적으로 그 답을 얻지 못한다. 이러한 상황 속에 많은 사람들은 여러 가지의 고민, 불안, 의심, 공포감에 사로잡힌다.

자기 연민, 욕구 불만, 적의, 분노, 이런 것들이 우리 인간의 사고와 행동을 부패시켜 버린다. 인간성은 부추韮가 들어 있는 병과 같아서, 이 병 속에 아무리 향이 좋은 것을 넣어도 금세 부추 냄새에 옮고 만다.

그와같이 인간성이라는 그릇을 새로 장만하지 않으면 무엇을 넣더라도 본래의 향과 맛을 잃어버리고 만다.

이 책은 그 그릇을 새로 마련하는 구체적인 방법을 제공하고 있다. 당신이 이 책을 읽는 동안 자기 자신을 다른 방향에서 보게 되고, 새로운 인생의 길을 찾아 떠나가게 될 것이다. 보다 풍요로운 생활, 행복한 가정, 보람 있는 일을 향하여 자기를 변화시키고 드디어 인생의 전환기를 맞아들이게 된다.

인생은 무한한 가능성에 차 있고, 당신도 미개발의 잠재능력을 풍부히 간직하고 있으므로 자신의 변화와 노력을 통해 목표에 다다를 수 있다. 매력 있는 인간이야말로 무엇과도 바꿀 수 없는 인생의 재산임을 명심하기 바란다.

끝으로 독자 여러분의 양해를 바라고 싶은 것은 편의상 책명을 『변화의 힘』으로 바꾸어 펴냈음을 양해 바란다.

옮긴이 씀.

The Power of a Magnetic Personality
변화의 힘

2008년 5월 25일 초판 인쇄

지은이 | 로버트 콘클린
옮긴이 | 홍 석 연
펴낸이 | 홍 철 부
펴낸곳 | **문 지 사**
등록일 | 1978. 8. 11(제 3-50호)
서울특별시 은평구 갈현1동 423-16
영업부 | 02) 386-8451
02) 386-8452
편집부 | 02) 382-0026
팩　스 | 02) 386-8453

값 10,000원